FVA

# Corinna T. Sievers

# VOR DER FLUT

ROMAN

FRANKFURTER VERLAGSANSTALT

*Freitag*

Die Praxis liegt in der Nebenstraße einer Fußgängerzone. Das Städtchen ist klein, nicht einmal zweitausend Einwohner, von Interesse: die Männer. Es dürften achthundert sein, Minderjährige abgezogen.
Die Fußgängerzone ist klein, mein Arbeitsort ist klein. Ersetzt man das Wort *klein* durch *armselig*, es trifft in vollem Umfang zu. Immerzu windig, die Fenster stumpf von Salz.
Aber die Insel, an deren Weststrand die kleine Stadt liegt, hat einen Ruf. Zweimal im Jahr fallen die Reichen ein, mit dem Flugzeug, mit der Bahn, mit der eigenen Karosse. Auch Reiche haben schlechte Zähne, die Fäulnis verborgen unter teurem Zahnersatz, je größer und weißer, desto besser.
Zweimal im Jahr ist Hochsaison, sie währt ein paar Wochen, dann bohre ich im Akkord. Mir zur Seite eine Schar Gehilfinnen, angeheuert vom Festland. Einstellungsvoraussetzung: Unscheinbarkeit. Ein Großteil der Kundschaft sind Männer, ich teile nicht gern.
Ich bin einundfünfzig Jahre, Zahnärztin und Nymphomanin.

Meine Geschichte zu erzählen erfordert schonungslose Ehrlichkeit und Offenheit, mein Ich ebenso Studienobjekt wie dasjenige der gevögelten Männer, und auch der ungevögelten. Nur eine sorgfältige Untersuchung aller Beteiligten wird zur Auflösung führen, sei sie Versöhnung, Trennung oder Tod.

Meine Krankheit: die Nymphomanie mit ihren unausrottbaren Wurzeln, ihren verschlingenden Trieben, ihrem alles verdunkelnden Schattenwurf und ihren Freuden.
Aber es geht um mehr, um das Ringen der Geschlechter miteinander, um den Triumph des einen und den Untergang des anderen.
Judith schlug Holofernes den Kopf ab, nachdem er sie gefickt hatte.
Sie betrachtete die Liebe als Gefangenschaft.
Es ist die Geschichte vom Ende meiner Ehe.

Neun Zwölftel des Jahres sind Nebensaison, Nebensaison beschönigender Ausdruck für Unterbeschäftigung, Arbeit bestenfalls für zwei: mich selbst, zur Erscheinung später, zweitens Frau Peters, dreiundsechzig, kurzes graues Haar. Das schneidet sie selbst, ebenso die Nägel, dickwandiges Horn. Neben der Bürotätigkeit entfernt sie Zahnstein, saugt Speichel, fertigt Provisorien. Wir putzen gemeinsam, zweimal wöchentlich, in der Hauptsaison täglich, unterstützt durch eine Reinigungsfirma (männliches Personal, vorwiegend Migranten, nordafrikanischer Raum).
Ende Januar sind die Weihnachtsgäste längst abgereist. Zwischen zweitem Weihnachtstag und Neujahr habe ich ein Viertel des Jahresumsatzes erwirtschaftet, in finanzieller Hinsicht wie in sexueller.
Heute drei Patienten, guter Durchschnitt für einen Freitag in der Nebensaison. Ich könnte mehr bohren, würde ich weniger vögeln.
Die drei allesamt Inselbewohner, Fischesser, aus gesundheitlichen Gründen wünschenswert, auch für den Zahnschmelz, als Geschlechtspartner unannehmbar, zum Geruchssinn der Nymphomanin später mehr.
16.30, es ist stockfinster, vom Himmel vereinzelte Flocken,

das Städtchen liegt im Norden, vom Polarkreis nur eine Tagesreise entfernt. Die Zahnarzthelferin hat abgerechnet (einhundertzwei Euro Umsatz), den einzigen Behandlungsstuhl desinfiziert, türkis, eine bei Zahnärzten beliebte Farbe, die Fensterläden sind geschlossen.

Es hat mich eine Unruhe befallen, meine Unruhe ist elementar.

Jedem Buch voraus geht eine andere Geschichte, der Großteil bleibt unerzählt, so auch jene Woche, bevor der Roman beginnt. Nur so viel: Ich bin, ausgesprochen gegen meine Gewohnheit, seit einer Woche ungefickt.

Der Mangel ist existenziell, er lässt mich zusammenschrumpfen gleich einem Ballon, aus dem die Luft entweicht. Anstatt zu schweben, taumelt er zu Boden, die Haut tausend Runzeln, das defekte Ventil ist leicht auszumachen: meine Vagina. Einzig ein Stopfen verspricht Heilung. Ein Bild, das zu Recht lächerlich erscheint, in jeder Erzählung gibt es Fallstricke, unfreiwillige Komik beispielsweise, ohne Zweifel gehört der Stopfen dazu, dennoch: Es mangelt genau daran.

Den Kittel ausgezogen, zu Boden geworfen, nach einem Arbeitstag wie diesem (dreimal foetor ex ore, lateinisch für Mundgeruch) trage ich ihn kein zweites Mal.

Es klingelt. Der automatische Türöffner ist abgestellt, die Peters noch in Weiß, sie öffnet, vor der Tür ein großer Herr.

Lassen Sie uns die Zeit anhalten. Für mich hängt alles vom ersten Augenblick, vom allerersten Eindruck ab: Innerhalb der nächsten Sekunden werde ich den Entschluss fassen, mich dieses Mannes zu bemächtigen oder nicht.

Wenn auch in diesem speziellen Fall der aktuell bestehende Mangel meine Reizschwelle senken dürfte, der Liebesmangel.

Der Fremde ist groß, annähernd einen Meter neunzig. Einzelheiten des Körperbaus entziehen sich, er trägt Mantel, Kamelhaar oder Kaschmirwolle, sandfarben. Seine Schultern hängen, nicht viel, aber ausreichend, um zu erkennen, die Rückenmuskulatur ist schwächlich, bestenfalls trainiert er unregelmäßig. Arme kurz. Den Kopf hält er gesenkt, sucht mit großen, wässrigen Augen meinen Blick. Sexueller Mangel auch bei ihm. Glauben Sie mir, ich sehe das.
Die Lippen leicht geöffnet und feucht, wahrscheinlich Allergiker, er atmet durch den Mund.
Kopfhaar ausreichend vorhanden, unvollständig geordnet (draußen stürmt es). Haarfarbe und Mantel harmonieren.
Senfgelber Schal, mittelbraune, kürzlich polierte Budapester, Größe vierundvierzig oder fünfundvierzig.
Das Doppelkinn unvollständig verborgen unter Kragen und Schal.
Für einmal will ich wohlwollend sein: Nicht zwingend korreliert Bindegewebsschwäche mit sexuellem Unvermögen. Trotz schwimmender Augen, hängender Unterlippe, im vorliegenden Fall ist eine Libido erwartbar, mir sind schon Fälle begegnet von umgekehrter Korrelation, von außerordentlicher sexueller Performance bei schwächlicher Konstitution. Er trägt um den Hals ein Schild, *Fickbar! Fuckable!*, außerdem in Türkisch und Suaheli und wer weiß in welchen Sprachen noch.
Drei Sekunden sind vergangen, vielleicht fünf. In Gedanken Geschlechtsverkehr gehabt, den Gedanken vermessen, ob er zum Liebeswunsch taugt.
Der Fremde: Guten Abend.
Sein Name sei Rübesam, den Sohn wolle er anmelden, der habe krumme Zähne, fünf Jahre alt, ob etwas frei sei, am liebsten schon kommende Woche.

Dysfunktionelle Stimme, nicht unähnlich einem Eunuchen, reizvoll unstimmiges Bild, hier erbarmungswürdig, dort saftstrotzend.
Er zieht seinen Mantel aus, legt ihn über den Arm, ist mürbe an Brust, Bauch und Hintern, jeder Versuch, dies zu verbergen, unterbleibt, eine Authentizität, die mich sexuell entzündet, ungleich heftiger als Perfektion.
Die Peters beugt sich unter die Rezeption, startet erneut den Rechner.
Zwei, drei Termine sind noch frei nächste Woche, sagt sie, sie spricht durch die Nase.
Sie sagt: Wenn es recht ist, stelle ich ein paar Fragen.
Ich schweige, nehme den Kittel vom Boden.
Die Peters fragt: Wohnhaft auf der Insel?, und trommelt mit den Fingern.
Rübesam antwortet: Im Ferienhaus.
Und sonst?
In der Hauptstadt.
Beruf?
Eigentlich Ingenieur. Jetzt Manager.
Er sieht mich an.
Die Peters fragt: Gibt es eine Frau Rübesam?
Da zögert er, verbreitete Angewohnheit unter Ehebrechern, als materialisiere sich die Gattin erst im Moment ihrer Erwähnung, dann nennt er doch den Namen, das Kind ein kleiner Freiherr, Rübesam dem Muttertitel angehängt.
Wir werden uns erlauben, den Fragebogen zur Krankengeschichte vorab zu mailen, umgekehrt bitten wir um die Übersendung etwaiger Röntgenbilder, sagt die Peters, noch immer stocksteif.
Rübesam nickt, die Alte geht auf Terminsuche.
Wir könnten am Montag, 13.30 Uhr, sagt sie.
Für Montag der erste Eintrag.

Dann käme das Kind mit meiner Frau, sagt Rübesam, obwohl.
Obwohl?, wiederhole ich, mein erstes Wort.
Grundsätzlich bevorzuge ich im Umgang mit Männern ein Muster aus Anziehung und Zurückweisung, von beiden die Zurückweisung zweifelsohne dasjenige Element mit der stärker erotisierenden Wirkung.
Meine Bemühung um Distanz bei aller Schroffheit vergeblich, auch ich trage das Schild, *Fickbar! Fuckable!*, die Lust hat ein Gesicht. Obwohl, sagt Rübesam, er habe dem Kleinen versprochen mitzukommen.
Ich sage: Es ist immer von Vorteil, beide Eltern kennenzulernen, die meisten Gesichtsmerkmale sind erblich.
Rübesam hängt an meinem Mund, der ist rot geschminkt. Er lächelt. Richtig, sagt er, die Zähne habe der Junior von ihm.
Auf meiner Wange ein winziger Tropfen Spucke.
Rübesam rollt die feuchten Lippen ein, schluckt.
Die Peters druckt einen Terminzettel, überreicht ihn, Rübesam dankt, zurück in seinen Mantel, muss an mir vorüber. Sagt Pardon, berührt meine Hand, nickt, geht aufrechter durch die Tür als gekommen, Eros aus seinem Ei geschlüpft, am Rücken zwei winzige goldene Flügel. Dann ist er fort.
Ich hebe die Hand, betrachte sie. Dort, wo Rübesam mich gestreift hat, frisst sich ein kleines Feuer durch die Haut.
Im Raum der Geruch von nassem Mann und etwas anderem.
Lustig, sagt die Peters, der roch wie Ihr Gatte.
Die nervliche Verschaltung von Geruchssinn und Triebverhalten könnte dem Liebesobjekt zum Vorteil gereichen. Im vorliegenden Fall tut sie es nicht, von den Sinneszellen meiner Nase neuronales Querfeuer zur eigentlichen Ab-

sicht. Jemandem den Schwanz zu lutschen, der den gleichen Duft trägt wie mein Mann, könnte zum Debakel werden.
Lustig, sagt die Peters, der hatte gar keinen Ehering.
Begibt sich unter die Rezeption, schaltet zum zweiten Mal den Rechner aus, für heute ihre letzten Worte.
Ich senke die schmucklose Hand. Mein Ring zu Hause hinter den Tampons im Badezimmerschrank, gelegentlich hole ich ihn hervor, manchen Männern gefällt es, die Frau eines anderen zu vögeln.

Das Dorf im Osten der Insel. Der Sandstrand einige Meter breit, statt eines Meeres schwarzer Schlick. Niedrige, reetgedeckte Häuser, manche vierhundert Jahre alt, die Menschen gebeugt, ausgenommen jene, die in den letzten Jahrzehnten zugezogen sind.
Ich bin einen Meter vierundsiebzig.
Das Haus ist von Wasser umgeben. Eine kleine Landzunge, darauf die Warft, bei Hochwasser steht die Flut im Garten. Dann leckt sie am Rasen, fließt in die Kaninchenbaue, die Hasen warten auf unserer Schwelle, bis wieder Ebbe ist. Es sind zehn oder zwölf, eine graue Sippschaft und eine schwarze.
Mein Mann ist pensioniert, Analytiker im Ruhestand, Freudianer.
Im Ruhestand auch sein Glied.
Er heißt Hovard, altnordisch Ho für Heim, Vard für Beschützer.
Ich heiße Judith, mein Schoß, wie Judiths in der Bibel, ist trocken geblieben.
Statt mich zu vögeln, ist Hovard mein Deichgraf, Schutzherr unserer Halbinsel, sie gegen die Flut zu verteidigen, das Haus gegen das Salz, füllt seine Tage. Das Salz ver-

schlingt Dach, Balken und uns, besonders gefräßig ist der Ostwind.
Trotz Fäulnis und Moder: Wir sind reich, die Insel hat einen Ruf, das verfallende Walfängerhaus auf der Landzunge ist ein Vermögen wert, regelmäßig treffen Kaufanfragen ein, man bietet uns Millionen, obwohl der Tag, an dem die Sturmflut es in Besitz nehmen wird, nicht fern sein dürfte. Im Flur gekreuzt die Kiefer eines Schweinswals, vor Jahren in unserem Garten gestrandet, von Hovard grob zerlegt und entbeint, darunter eine Landkarte, 1654. Damals, was heute unser Grund und Boden ist, Hunderte Meter hinter der Küste.
17.30 Uhr an einem kalten Freitag Ende Januar. Für gewöhnlich hat Hovard das Licht gelöscht, in die vereiste Scheibe einen Ausguck gekratzt, Platz genommen in seinem Sessel, Fernglas auf das Watt gerichtet. Die da leben: Austernfischer, Säbelschnäbler, das Möbel ist aus rotem Samt.
Mein Mann ist aufgewühlt, Grund ist ein Eisberg, der alle zwölf Stunden von der Tide versetzt wird, mit jedem Hub, jeder Böe, einige Meter näher an unser Gartentor. Der Wind kommt seit Weihnachten von Ost.

Ein kleiner Parkplatz neben der Praxis. Von einer Funzel beleuchtet, statt Asphalt Eisbahn, der Hausmeister hat vergessen zu streuen oder hat schon Wochenende.
Außer meinem Wagen (Porsche) noch ein anderer (Porsche, das neuere Modell). Der Fahrer sitzt im Dunkeln, das Glimmen einer Zigarette, aus dem geöffneten Fenster quillt Rauch, den der Wind mitreißt.
Einen Fuß vor den anderen, ich rutsche, grätsche, die Tasche schlägt zuerst auf, dann die Hüfte.
Die Tür der Karosse schwingt auf, irgendein Mechanismus,

der dem Scharnier zu Geräuschlosigkeit verhilft, in wenigen Schritten ist der Fahrer bei mir. Wirft seine Zigarette fort, geht in die Knie.
Sind Sie verletzt?, fragt Rübesam.
Ich schüttele den Kopf, will auf und kann nicht, der rechte Absatz im Mantelsaum verhakt, Rübesam löst ihn, fasst mich am Arm. Sein eigener kamelhaarfarbener Schoß schleift im grauschwarzen Schnee.
Wir stehen.
Meine Hüfte, sage ich.
So dürfen Sie nicht fahren, sagt Rübesam.
Lässt mich nicht los. Führt mich an seine Beifahrertür, öffnet, legt die Hand auf meinen Scheitel (nachgefärbt in zweiwöchentlichen Intervallen, den vernichtenden Niederschlag von Grau auf die sexuelle Attraktion brauchen wir nicht zu erörtern, biologische Entsprechungen gibt es zahlreich, den Verlust der Pracht eines Fells, Gefieders oder Geweihs), er sagt: Vorsicht, tiefergelegt.
Schirmt meinen Kopf, bis ich sitze.
Umrundet den Wagen, windet sich hinein, der Mann zu schwer, zu weich, fließt in den Sitz, knöpft den Mantel auf, im Auto unter dem Himmel blaue Schwaden. Er stößt die Luft aus, zu jeder Bewegung ein Laut, wendet mir das Gesicht zu, alles darin glänzt, Lippen, Nase, Augen, ein wenig hängt das rechte Lid.
Keine Minute darf man Sie allein lassen, sagt er, eine Bevormundung, die ich nicht übelnehme, sondern mir erkläre als Teil des Balzverhaltens.
Stört es, wenn ich ein Fenster öffne?, frage ich.
Auf der Mittelkonsole eine Zigarettenschachtel, die legt Rübesam über meinen Schoß hinweg ins Handschuhfach.
Ich betätige den Fensterheber.

Ganz schön streng, sagt er und betrachtet mich, noch immer über die Mitte gebeugt. Sein Gesicht jetzt sehr nah.
Ich muss mich auf etwas gefasst machen, sagt er, richtet sich auf, startet den Motor.
Er sagt: Ich bringe Sie nach Hause.
Ihn vögeln oder nicht. Zwei Kreaturen, die in mir ringen, mich Tag für Tag in Stücke reißen. Die eine Tier, von Alters her wild und schön, bereit, sich selbst zu zerstören, ihr Genital dem starken Körper aufgepflanzt gleich einem Prunkstück.
Die andere entwicklungsgeschichtlich jung, klar und kühl, dem weiblichen Verstand unterworfen, das Genital in Rückbildung begriffen zugunsten des Großhirns.
Auch wenn das Tier triumphiert: Es ist wählerisch. Von den verfügbaren Kandidaten wird die Hälfte ausgemustert. Dann jedoch wird die einmal gefällte Entscheidung für oder wider den Beischlaf unumkehrbar sein.
Im Innenraum des Wagens die Gemengelage von Tabak und Hovard-Parfum und etwas Drittem: Rübesam schwitzt aphrodisisch mit dem Duft frischen Spermas.
Plötzlich eine an Euphorie grenzende Vorfreude, Vorwegnahme des grenzüberschreitenden Geschlechtsverkehrs mit einem Fremden, der Vorahnung des Scheiterns zum Trotz.
Kurz lege ich die Hand auf Rübesams und sage: Danke, sehr liebenswürdig.
Körpereigene Opioide aus dem Hypothalamus fluten mein Blut, der hormonelle Rückweg verschlossen bis zum Zeitpunkt der Vereinigung.
Ich bin Erik, sagt Rübesam, und zu Hause wäre wo?
Ich bin Judith, sage ich, ich wohne in K., und mein Mann wartet schon.

Sie fragen sich, warum ich meinen Mann erwähne. Gerade jetzt.
Ich frage Sie: wann sonst?
Die Nymphomanin ist keine Lügnerin, im Gegenteil. Sie fühlt sich der Wahrheit verpflichtet, dies gilt für beide Seiten, den Gatten und den Liebhaber.
Hovard weiß um jeden einzelnen. Nicht wenige kennt er persönlich, ich habe sie mit nach Hause gebracht. Manche älter als er (zweiundsiebzig), dann gibt er seiner Freude Ausdruck, der Junior zu sein.
Erik ist Mitte vierzig.
Dass sie jünger sind, kommt jetzt öfter vor, da relativ zu mir ihre Zahl zunimmt, während umgekehrt die Alten impotent werden oder aussterben.

Die Straße wird schmaler, faulige Wiesen saugen das Licht ab. Alle fünfzig Meter ein vom Wind gebeugter Stamm.
Ein Bauernhof, die Stalltür steht offen. Am Abend brüllen die Kühe, ihre Euter zum Bersten voll, sie brüllen nach ihren Kälbern, jedenfalls nach dem Melkroboter.
Weiter hinten beginnt der Horizont. Auflaufendes Wasser.

Ich dirigiere Erik durch das Dorf. Hier und dort ein Licht, die Fenster klein, spinnwebfeine Vorhänge, die Frauen häkeln sie noch selbst.
Erik erzählt. Hier haben seine Frau und er sich auch etwas angesehen, aber dann sei es der Freifrau zu einsam gewesen. Und für das Kind gebe es keinen Spielplatz.
Ich antworte: Ihre Frau hatte recht. Es ist einsam. Aber der Spielplatz ist der Strand.
Erik nickt. Die Freifrau und er seien nicht immer einer Meinung.

Meinerseits bedarf es keiner Worte, während Erik seine Gattin desavouiert.
Ein für unser Vorhaben unverzichtbarer Vorgang.
Unterdessen haben wir vor unserer Pforte gehalten. Weiß lackiert, zwischen runden Findlingen, auf den Wällen eine feste Grasnarbe. Der Ostwind trägt Gischt auf die Windschutzscheibe.
Ohne mich anzusehen, fragt Erik, ob ich Kinder habe. Obwohl er die Antwort schon kennt.
Ich schüttele den Kopf und weiß, dass er, der Ehebrecher, meine Antwort begrüßt.
Dies aus zwei Gründen:
Ein weiblicher Körper, der nicht geboren hat, kommt dem Ideal der Jungfräulichkeit näher, selbst wenn es sich um eine alternde Frau handelt.
Eine kinderlose Geliebte ist verfügbarer als eine Mutter.
Erik hat den Motor abgestellt. Am Tor erscheint Hovard, trägt Strickjacke, hat den Sturm im Rücken, wie ein Kragen die am Hinterkopf verbliebenen Strähnen. Tritt durch die Pforte, richtet seine Brille, verschränkt die Arme.
Sein Abschiedsküsschen und gleichzeitig unser erstes platziert Erik an meinem Mundwinkel, was an der Dunkelheit liegen kann, wahrscheinlich jedoch nicht, da öffnet Hovard die Beifahrertür. Irgendwie vom Tor zum Wagen gekommen, er nimmt meine Tasche, hilft mir aus dem Wagen, nickt Erik zu. Alles mit Erhabenheit, auch wenn der Sturm an ihm reißt und anderes noch. Wirft die Tür zu.
Ich winke, Erik winkt, der Wagen rollt davon.
Ein Patientenvater!, übertöne ich das Heulen, und dass mein Porsche nicht habe anspringen wollen!
Die Pforte schlägt auf und zu.
Hovard, für einen Moment im Windschatten der West-

mauer: Ich bringe dich Montag zur Praxis. Dann sehe ich mir das Auto an.
Küsst mich auf die andere Wange, die unbenutzte.
Er ist nicht schön, Ohren groß, Nase spitz, der Mund Ringmuskel, dem die Lippen abhandengekommen sind.
Spreizt die Nüstern, eine Bewegung knapp über der Wahrnehmungsschwelle, und: Lass uns noch mal ums Haus gehen, ich muss dir etwas zeigen.
Grundsätzlich ist Hovard das Ausmaß meiner Promiskuität bekannt, er ist bemüht, ihr mit Gefasstheit zu begegnen, sich Seelenruhe durch Aussicht auf die Freiheit von Leidenschaften zu beschaffen, nicht anders zu erlangen als durch Gefühlsabschaffung.
Wir pflegen einen kultivierten Umgang, aber nicht immer gelingt sein Bemühen um Selbstformung. Im Versagensfall kann ihn eine Unruhe befallen, wenn ein Ärgernis seinen Sinnen Schärfe verleiht, dann offenbart er eine Empfindsamkeit, die im Normalzustand auf seinem Sessel am Fenster nicht zu erahnen ist. Insbesondere, wenn ich rieche, zum Beispiel hier und jetzt nach Nikotin.
Ein Raucher also!, ruft Hovard.
Ich folge ihm in den Sturm, Wind und Gischt tragen den Erik-Geruch davon.
Wir drücken uns entlang der Hauswand, weißer Putz, unter den Füßen glattgetretener Stein. Hovard ruft, die Hände zum Trichter: Jahrhundertelang trug der Weg den Walfänger ins Heim, nach einem Jahr auf rauer See zurück in die Stube, wo in der Wiege ein neues Kind schlief, vielleicht sein Blut, vielleicht auch nicht!
Das sagt er nicht von ungefähr, wie er grundsätzlich nichts von ungefähr sagt.
Wir stehen an der Veranda, verwitterte Eichenrahmen, Gläser geschliffen, Anbau von 1890, als man den Wal-

fang industrialisierte und die Dörfler Muschelfischer wurden oder Künstler. Das Haus fiel an einen Maler, Impressionist, Pointillist, wie ich muss er die Einsamkeit geliebt haben, anders ist die Insel nicht zu ertragen. Muss wie ich das Abendlicht geliebt haben und die Männer, in meinem Schlafzimmer getupfte Sonnenuntergänge über dem Meer, schmalhüftige Gestalten am Strand im Spiel. Der empfindsame Eigentümer und Architekt des unzeitgemäßen Glasanbaus blieb unverheiratet, entsprechende Einträge finden sich im Gemeindebuch. Die Grundschuld ungetilgt, kein Fischer kauft schwule Kunst, dazu der ruinöse Bedarf an Kohle, so undicht war die Veranda und ist es noch heute, wie immer sich Hovard müht, die Fugen abzudichten, bei Sturm aus Ost flackern im Innern die Kerzen.
Seitlich der Fensterfront eine Glastür, Ornamente von Lilien gleich verschlungenen Körpern.
Hovard hat meine Hand genommen, zieht mich in den Garten, wir versinken im Morast, der Rasen in jämmerlichem Zustand, der Grund der Warft vollgesogen mit Salzwasser. Eine andere Pforte trennt das Grundstück vom Strand, bis hier schlagen die Wellen. Wir bleiben stehen, Hände an die Ohren gepresst, in der Dunkelheit leuchtet der Sand, wenn das Wasser zurückrollt. Auch der Eisberg scheint zu leuchten, im Innern blaues Licht. Zwischen den Dornen der Heckenrose Seegras und Muscheln, nach Abflauen des Sturmes wird Hovard sie aus den Zweigen klauben.
Ist das schon der Scheitelpunkt?, rufe ich.
Hovard schüttelt den Kopf, der Wind trägt seine Worte fort, ich glaube zu hören: Mitternacht.
Hier beginnen unsere Abendspaziergänge, den Strand entlang bis zum nächsten Dorf, heute steht, wo wir sonst gehen, das Eiswasser knietief. Wir kehren um.
Auf der Schwelle vor der Terrassentür Kaninchen, links die

grauen, rechts die schwarzen. Teilen sich die Warft, unterhöhlen die ohnehin schwindende Scholle, ohne Feinde auf der Insel, noch hat kein Fuchs den Weg vom Festland gefunden.

Hovard schließt auf. Um durch die Eingangstür zu treten, muss er sich bücken. Nimmt den Südwester vom Kopf, das wenige Haar von der Farbe alter Schokolade, elektrisch aufgeladen, stiebt in alle Richtungen, dagegen spannungsarm die Hovard-Seele, zumindest behauptet er das, obschon Seele ein Begriff ist, den er ablehnt, die Psychoanalyse verwendet Persönlichkeit.

Er hängt die Öljacke an den Garderobenhaken, fährt sich über den Schopf, steigt aus den Gummistiefeln (gelb wie Mütze und Joppe), stellt sie auf die Schuhablage, geht in die Stube. Vornübergebeugt, die Schwerkraft zieht am hohen Schädel.

Ich hänge den Pelz auf, Lamm geschoren, ein altes Stück, dieser Tage heißt es Vintage, an den Füßen ebenfalls Lamm. Der Umgang mit Fellen auf einer Insel ist dem Pragmatismus geschuldet, zuerst kommt der Mensch, dann das Tier. Darunter Jeans, slimfit, rote Bluse, schwarze Wäsche, Körbchengröße A, kleiner ist nicht zu haben.

Brüste bestehen aus Fett. Mein Körperfettanteil: fünfzehn Prozent. Gesunde junge Frauen: fünfundzwanzig. Im Klimakterium: fünfunddreißig. Was soll sich in meinen Titten befinden. Frauen meiner Statur (lang und schmal und weiß) haben keine.

BH gepolstert, biologisch zwingend, warum, will ich erläutern, so oder ähnlich hundertfach erlebt: erstes Abendessen der libidinös veranlagten Frau mit Quasi-Unbekanntem. Im Anschluss, an die Hauswand gelehnt oder im Auto, Geküsse. Seine Zunge Schwanz in Miniaturform, mein Mund heiße, feuchte Stellvertretermöse. Vorweggenommener Ge-

schlechtsakt, Hände auf Arsch und Titten, manche fühlen nach der Pussy.
Tastbefund meiner Brüste: negativ. Verschwindende Prominenz nivelliert vom Gewebe der Oberbekleidung.
Die vollständige Abwesenheit von Titten irritiert. Selbst die Liebhaber knabenhaften Wuchses sind angewiesen auf die Illusion einer weiblichen Brust.
Darum das Polster, zwei, drei Zentimeter mehr, und der männliche Sexus ist bedient.
Ich bin Feministin, ich bin stolz, aber was nützt das, wenn ich Lust habe, einen Schwanz zu lutschen.

Wohnraum und Küche derselbe Raum. So üblich bei den Friesen, Wärme ist kostbar, im Winter stand früher die Kuh in der Stube. Quer durch das Zimmer am Boden die Mistrinne.
Hovard hat den Kühlschrank geöffnet.
Er sagt: Ein Glas Riesling auf den Schreck.
Auf welchen Schreck, lässt er offen, den angeheirateten Freiherrn oder den Eisberg.
Entkorkt die Flasche, Oberarme sehnig, schnüffelt, schenkt ein. Ich betrachte seinen Arsch, flach geworden, ob die Eier wohl noch da sind.
An seinem Hemd eine Fluse, die zupfe ich ab, lasse die Hand sinken, streife wie versehentlich den nicht vorhandenen Hintern.
Er verkostet. Und gegen den Kühlschrank gelehnt: Fick ihn nicht, den Raucher. Ich hab kein gutes Gefühl.

Wir duschen und schlafen getrennt. Mein Bereich geht nach Süden. Das Reetdach reicht über das Fenster, nur wenn er tief steht wie jetzt, ist der Mond zu sehen. In dieser Nacht dreiviertelvoll.

Ich lasse die Lampe ausgeschaltet, entkleide mich, an der Wand mein fadenscheiniger Schatten.
Im Bad brennt die Deckenlampe aus Marokko, das Leuchten der LED gebrochen in tausend Farben. Geschenk eines Maghrebiners, um den es hier nicht gehen soll, vielleicht in einer anderen Geschichte.
Die Frau im Spiegel ist bleich. Ihre Fragilität elementar. Gleichwohl ist sie in der Lage, sich mit Vehemenz an ihre Liebhaber zu werfen, als vervielfache eine geheimnisvolle Zentrifugalkraft die Masse ihres Körpers.
Groß und blond und mittelgescheitelt, das Haar am Hinterkopf verknotet, wenn sie Zähne flickt. Es ist zu fein, da kann auch ihr Friseur nicht helfen. Der ist ein junger Typ mit Pferdeschwanz, wenn er sein Schwämmchen eintunkt, riecht es nach Erde. Er drückt es auf ihren Scheitel, Farbton young blond, dabei streift er ihre Brüste. Unter der Wärmehaube beschließt sie, mit ihm zu schlafen.
Die Haut: zu hell, zu viele Muttermale, das größte an der linken Brust hat sie entfernen lassen. Dem entspross ein Borstenbüschel, eine Grässlichkeit, deren evolutionärer Sinn sich ihr in keiner Weise erschließt (überhaupt stellt sich die Frage des biologischen Nutzens der Hässlichkeit).
Züge annähernd symmetrisch, Leberfleck auf der rechten Wange, borstenfrei.
Ihr Gesicht ist klein, alles darin zu groß, Augen, Nase, Mund und Zähne, Männer sind gerührt, man wolle sie immerzu ansehen, die kleine Visage der fehlerhaften Proportionen, und küssen.
Dort, wo sie lebt, ist es kalt, Jahresmitteltemperatur acht Grad. Würde die Sonne scheinen, hätte sie Sommersprossen.
Die Brüste niemals fest gewesen. In einem Roman liest sie

von festen Brüsten und weiß nicht, wie sie sich diese vorstellen soll. Wie Melonen?
Ihr sind zwei reife Beeren gewachsen.
Keine Hängetitten, Minititten können nicht hängen, Mastoptosis (medizinische Hängetitteneinheit) Grad null – Nippel weit oberhalb der Unterbrustfalte. Trotz runder, rosaroter, reizbarer Warzen die Brüste an ihr das Armseligste, die kleinste Männerhand füllen sie nicht aus.
Ihr Bauch will sich runden, als drängten mit jedem Jahr Verdauungsapparat und Gebärmaschine nach unten und vorn. Das Bindegewebe hört zu binden auf.
Was dem Arsch widerfährt, ist nicht weniger beschämend, einst rund und seitlich konkav, ohne Falte, ohne Überhang, jetzt das vergänglichste aller Einzelwesen. Will ihr zergehen, zerfließender Polyp, an Breite zunehmend, lichter Höhe abnehmend, als verwese er bei lebendigem Leibe.
Sie rennt dagegen an, nach Leibeskräften den Strand entlang.
Mit ihrer Pussy ist sie beschenkt, fleischiger Kelch, zur Bestäubung an Nektar und Pollen gelangt nur ein kräftiger Rüssel.
Länge der Beine aus dem Rahmen gefallen, über den Knien die Haut im Begriff zu erschlaffen.
Falls Sie neugierig geworden sind, männlich und im geschlechtsreifen Alter: Ihre E-Mail an die Praxis, bitte.

Das Walfängerhaus ursprünglich ein einziger Raum für Mensch und Vieh, Kojen an die Wände gezimmert. 1910 teilte der Impressionist ein Schlafzimmer ab, möglicherweise außerstande, in Gegenwart seiner Bilder zu ficken. Grundsätzliche Eigenschaft von Männern: dass ihnen Dinge heiliger sind als Menschen.
Nach dem Kauf baute Hovard an, die Bauvorschriften sind

streng, genehmigt wurden ein kleines Zimmer, zwei winzige Bäder.

Die Wanne ist kurz, ich bade im Sitzen, den Kopf auf der Umrandung. Und denke an Erik.
Schön ist er nicht. Aber gepflegt. Gepflegt ist wichtiger als schön. Er wird gut riechen, da bin ich sicher, sein Mund wird mir schmecken.
Für die Nymphomanin oberstes Gebot: rituelle Reinheit von Hautfalten, Körperöffnungen und -höhlen.
Vor dem Geschlechtsverkehr die große Waschung, an der fremden Haut allenfalls ein schwacher Männerduft, molekulare Mengen von Pheromonen, unerträglich: Ausscheidungsprodukte. Ein einziges Fäkalatom, und ich fliehe.
Anders ist es während des Aktes: alle weiteren Körperflüssigkeiten zugelassen.
Diese Überlegungen stelle ich an, als Hovard ins Badezimmer kommt. Er klopft nicht an, das hält er für sein Hausrecht.
Bringt in einem bauchigen Glas den Riesling.
Aus dem Elsass, sagt er.
Der Wannenrand ein kleiner, gemauerter Absatz, darauf kommt der Wein und auch Hovard. Sieht meine Nacktheit und sieht sie nicht.
Eigentlich möchte ich verstummen, kreuze die Arme über der Brust.
Gleichwohl wird aus Gründen des Fortbestands unserer Ehe ein diplomatischer Verkehr, kein sexueller, aufrechterhalten.
Hovards Stimmlippen belegt, mehrmaliges Räuspern, dann hat er sich warmgeredet, grundsätzlich mangelt es ihm tagsüber an Gesprächspartnern. Er erzählt von seinem Tag, welche Fliesen er ausgebessert, bei welchem Trödler er

Ersatz gefunden hat für den verrosteten Türbeschlag, wie es aussieht auf unserem Konto und mit der Altersversorgung.
Mit dem kalkulierenden Hovard vor Augen kommt mir Erik abhanden, zerfließt zwischen meinen Schenkeln.
Hovard reicht mir das Glas. Um es zu nehmen, muss ich die rechte Brust entblößen respektive denjenigen Abschnitt des Brustkorbs, dem sie anhaften sollte.
Ob sich der Tittenmangel Hovard erschließt, vermag ich nicht zu beantworten. Gewöhnt man sich an Leerstellen? Ich glaube nicht. Schönheitsfehler bleiben Stachel im Fleisch, sogar Liebende sind von der Natur mit Urteilsvermögen beschenkt.
In einem Zug leere ich den Riesling.
Hovards Mängel sind offenkundig, sie quälen mich wie Ungeziefer, der turmhohe Schädel (hinter eckiger Stirn ein hochfunktionelles Frontalhirn), das spärliche Haar angeordnet nach Art eines Kränzchens, der schmutzig-graubraune Ton, an der Kuppe Restflaum derselben Farbe. Nase und Ohren lang, Augen hellblau, von wässriger Leuchtkraft, sie wären der einzige Reiz, hinge nicht das Unterlid, legte es nicht ein Geflecht hellroter Gefäße bloß.
Sie wissen, wovon ich spreche, was uns befällt im Angesicht von Hässlichkeit, impulsartiges Zurückweichen, vergleichbar der Abscheu vor einem wilden Tier, niederschwelliger zwar, aber dauerhaft nagend.
Seit einigen Jahren ist sein Bindegewebe schwach, auch die Muskulatur, das Glied nie anders als schwach gewesen. Die Natur verschwendet sich an Geist oder Körper, niemals an beide.
Er hat seine Rede beendet, das Badewasser ist kalt.
Die Standuhr in meinem Schlafzimmer schlägt elf.
Hovard erhebt sich: Mach die Kerzen aus, bitte.

Beugt sich hinab und sagt: Falls du noch wach bleibst, sieh nach dem Eisberg.
Küsst mich auf die Lippen, nimmt das Glas und ist fort.
Eigentlich ein guter Mann, auch wenn er mich nicht fickt.
Er lässt mich mit anderen ficken.

23.33 Uhr. Ich habe die Kerzen ausgeblasen, stehe nackt am Fenster. Brüste, Schenkel halbgefroren, in meinem Rücken der Kamin, Hintern und Waden glühen.
Ich halte den rechten Arm gestreckt, wenn ich Daumen und Zeigefinger spreize, entspricht die Spanne der Höhe des Eisberges. Helles Türkis, jetzt, da es aufklart.
In einer halben Stunde wird die Flut den Scheitelpunkt erreichen.
Ich warte, Brustwarzen steif, die Wanduhr schlägt zwölf, noch einmal strecke ich den Arm aus. Um die Breite einer Fingerkuppe ragt der Eisberg über die Spitze meines Zeigefingers hinaus.

Graugelb. Zuerst trifft im Großhirn das Licht ein, Sekundenbruchteile später der Ton. Irgendein Nachbar schaufelt Schnee.

Erster bewusster Gedanke: Erik. Ich habe von ihm geträumt, noch kurz vor dem Aufwachen. Träume generiert das Stammhirn, ebenso wie Triebe. Dieser Trieb ist haltlos. Bei aller Unvollkommenheit des Liebesobjektes: Der Erik aus meinem Stammhirn verspricht Seligkeit, allein durch Visualisierung seines Geschlechtsteils.

Im Anfangsstadium der Begierde reicht das an Vollkommenheit: die Vorstellung des erigierten Organs. Körpereigene Endorphinproduzenten lösen Glückseligkeit aus wie einen Rausch.

Aber der Blutspiegel will gehalten werden, und die Unruhe kehrt zurück. Sie weicht einer Getriebenheit, der die Visualisierung des Gliedes nicht mehr genügt. Nur eine Inbesitznahme vermag sie zu befrieden.

Unter der wünschenswerten Voraussetzung, dass der Liebeswunsch vom Objekt erkannt und geteilt wird, folgen Maßnahmen, die dem Zweck des Beisammenseins dienen, normalerweise ein Abendessen in einer Fischbude respektive beim Sternekoch, Mittelmaß ist auf der Insel nicht anzutreffen, am selben Abend Küsse, gelegentliches Herzeigen der Möse und Schwanzstreicheln. Im Normalfall von nun an eine Umkehr ausgeschlossen.

Neben dem Glück stellt der hormonelle Niederschlag etwas Zweites, ebenso Mächtiges zur Verfügung: die Verblendung.

Sie überzieht das Liebesobjekt mit Wohlwollen und stattet es mit wirklichkeitsfremder Anziehungskraft aus.
Sie nehmen an, dass die darauf folgende geschlechtliche Vereinigung eine Katharsis darstellen müsse.
Nicht für jeden. Nicht für mich.
Ich antworte Ihnen: Was ist mehr als Geschlechtsverkehr? Vielfacher Geschlechtsverkehr.
Mein Körper hat drei Löcher, die ich mit einer größtmöglichen Zahl an Schwänzen stopfe, nach Möglichkeit kein zweites Mal mit demselben.
Am wenigsten mit Hovards. Mit jedem anderen, nur nicht mit seinem.
Erik dürfte mein fünfhundertster Liebhaber werden. Einzig das zukünftige Glück zählt.
Hovards Diagnose: Ich löse nichtsexuelle Konflikte durch Sexualität.

Tosend meine Seligkeitsgedanken, tosend die dürren Zweige der Pappeln vor meinem Fenster, da verdrängt ein anderes Geräusch mein Erik-Glück: draußen Männerschritte in wilder Folge. Ich lausche ihren Füßen, acht oder zehn, sie haben schwer zu tragen.
Im weißen Hemd barfuß über den Flur in die Stube. Es zieht, im Kamin liegt kalte Asche. Sonst facht Hovard am Morgen das Feuer an, überhaupt vermelden meine Sinne: Er ist nicht da (das Phänomen der spürbaren Abwesenheit des Gatten im Moment des Betretens der gemeinsamen Wohnung oder des Hauses ist allen Verheirateten bekannt, als käme auch das Unbelebte zur Ruhe, in meinem Fall gefolgt von Erleichterung).
Die Männer stehen im Garten. Sie haben eine Kette gebildet, werfen sich mit baumstarken Armen Sandsäcke zu, der letzte stapelt sie auf, errichtet gegen die Flut eine Mauer an

der Ostseite des Grundstücks. Dort steht auch Hovard, zu schwach als Mann und Kettenglied, die Stiefel knöcheltief im Wasser. Er dirigiert, wenngleich sein Orchester ihn nicht beachtet. Die Kameraden tragen Blau, neongrün auf ihren Rücken: Seenot. Vor lauter Gischt ist der Himmel eins mit dem Meer.
Ich wollte, der Augenblick dauerte an, so schön sind die arbeitenden Mannsbilder.
Ich hebe den Arm, spreize Daumen und Zeigefinger: Der Eisberg, obschon im Schaum kaum auszumachen, überragt die Spanne um eine halbe Daumenlänge.
Ich habe versäumt, das Hemd zuzuknöpfen, stehe mit gestrecktem Arm und halbnackt am Fenster.
Bald befinden sich Sonne, Mond und Erde in Opposition. Das ist die Springflut.
Die Männer haben fertig geschleppt und gestapelt, sich umgewandt, ihre Münder stehen offen, sie starren in meine Richtung. Nur Hovard nicht, der lehnt an der Pforte, das Gesicht himmelwärts, mit einer Hand abgeschirmt, er beobachtet den Flug der Vögel. Wenn sie über Meer gehen, wird der Sturm abflauen, das ist seine Hoffnung.
Da beginnen die Männer zu lachen, ich höre ihr Grölen durch die Scheibe, sie zeigen mit den Fingern. Vor Scham verlässt mich mein Trotz, ich bin doch noch schön. Ich senke den Kopf, da sitzen die Kaninchen: Es mögen zehn sein, aufgereiht und farblich sortiert auf meiner Schwelle, die Männer schlagen sich auf die Schenkel.
Mich haben sie nicht gesehen.

Mittags wollen wir einen Spaziergang machen. Hovard möchte an den Weststrand, dort ist es geschützt, mit dem Auto eine Viertelstunde. Wir fahren durch die Dörfer, das schönste heißt B., hier lebt Erik.

An der Hauptstraße Boutiquen und Nobelrestaurants im Winterschlaf.
Vorgeblich unscheinbar die Nebenstraßen, schmal und bucklig, münden in armierte Auffahrten, ringsherum Videoaugen. Wege geräumt, als hätte es niemals geschneit.
Ich auf dem Beifahrersitz, meine Hand in Hovards Nacken. Eine der Berührungen, die wir uns gestatten. Sein feines Haar fließt über meine Hand, er wäscht es morgens und abends. An keinem Tag unseres gemeinsamen, ein Vierteljahrhundert andauernden Lebens war Hovard anders als nahezu geruchsfrei. Zudem ist meinerseits ein neurobiologisches Phänomen nicht auszuschließen: ein Schaltkreis von Geruch und Gefühl. Nicht nur, dass mich Männerduft erregt. Umgekehrt löst der Gedanke an das männliche Geschlechtsteil ein eingebildetes Geruchsempfinden aus, eine Geruchs-Fata-Morgana, als entzünde mein Verlangen mein Riechzentrum, als heiße ans Vögeln zu denken, es zu riechen.
Der Gedanke an Hovards Geschlechtsteil riecht nach nichts.

Alles andere als geruchsfrei bin ich nach meinen nächtlichen Streifzügen. Sosehr ich mich auch parfümiere, Haut und Haar dampfen, Zigaretten, Wein, Schweiß und Ejakulat.
Häufigste Konstellation: Vom Vögeln nach Hause gekommen, mitternächtlich oder später, einen Schwanz gelutscht dreißig Minuten zuvor, zwergenhaft, riesenhaft, es entlädt sich der eine wie der andere, nicht selten über mein Gesicht. Notdürftig gewaschen, die Zeit hat gedrängt, mein Liebhaber wird zu Hause erwartet. Keine Ehefrau, die Hovards Geduld besäße.
Er dann hinter der Tür im Pyjama, er wartet immer, bis ich heimkomme, zwecks Kontrolle oder aus Sorge oder beides.

Begrüßt mich, Küsse auf den Mund, da geht ein Reißen durch ihn, ein Moment kürzester Drangsal, eine Entgleisung seiner Züge für den Bruchteil einer Sekunde, und ist vorüber. Er nimmt meine Hand, zieht mich an den Tisch, mich und meinen Geruch, eine Schleppe von Sperma und Schuld hinter mir her. Wir setzen uns über Eck, Hovard lässt nicht los. Auf meiner Hand ein Geflecht blauer Venen, denen fährt Hovards Zeigefinger nach. Endlich: Ob ich einen schönen Abend gehabt habe.
Ich bejahe, und wahrheitsgemäß: Ein kleiner Spaziergang, und irgendwo eingekehrt.
Sehe Hovard ins Gesicht, Kiefer, die arbeiten, wie sie nur arbeiten auf der Suche nach einer Formulierung von außerordentlicher Schärfe und Seltenheit und Bedeutung.
Er sagt: Auch unter dem Gesichtspunkt der Hygiene ist deine Handlungsweise wenig wünschenswert, wenn nicht sogar selbstschädigend, Judith.
Nimmt meine Hände zwischen seine. Um uns wird der Dunst ranzig. Ich nicke, und wir schweigen.
Mein Wunsch zu fliehen ist immens, aber Hovards Hand lässt nicht los. Ich weiß nicht, ob ich ihn lieben soll oder hassen. Entscheide ich mich, ihn zu lieben, besteht die Gefahr, mich selbst dafür zu hassen. Manchmal denke ich, nur einer von uns könne existieren.
Irgendwann löst er seinen Griff. Ich stehe auf und gehe, an der Tür drehe ich mich um und sage: Ich werde jetzt ein Bad nehmen.
Hovard mit dem Rücken zu mir sagt nichts, Ehemann und Arzt und Gefängniswärter.
So oder ähnlich jedes Mal.

Da rechts, ich kenne das Sträßchen. Drehe den Kopf, irgendwo am Ende verlässt eine schwarze Limousine die Einfahrt.

Wohnt hier der Raucher? Willst du nachsehen?, fragt Hovard, drosselt schon das Tempo.
Fährt zurück, ohne meine Antwort abzuwarten, und heftig in die Gasse, als der andere Wagen auf die Hauptstraße biegt.
Ich sage: Achtung!, Hovard setzt auf den Gehweg, hält an, hebt zur Entschuldigung die Hand. Die Fahrerin eine feste Blonde, fest auch das Haar. Man kennt solcherlei Haar, stählern um den Kopf nach Art eines Helmes. Blick geradeaus, kein Winken.
War das seine Frau?, fragt Hovard.
Kann sein, sage ich.
Dann hat er nichts zu lachen, sagt Hovard, rollt zurück auf die Fahrbahn und fragt: Welche Hausnummer?
Wir zählen rückwärts, das letzte Haus rechts, handgefertigte Ziegel, Sprossenfenster, Strohdach weizengelb, am Garagentor lehnt ein Kinderschlitten.
Unter fünf Millionen nicht zu haben, nicht auf dieser Insel, sagt Hovard, und: Edelspießer.
Wendet das Auto.
Ich setze das Kraulen fort, dort, wo Hovard es am liebsten hat, am Ansatz des Musculus sternocleidomastoideus, des Großen Kopfwenders oder Kopfnickers.

Auf dem Steilufer beim Leuchtturm, er ist von 1856, weiß mit schwarzer Binde. Sein Feuer ist bei Tag erloschen, es erwacht eine Stunde vor Sonnenuntergang. Der Parkplatz eine asphaltierte Klippe, Schnee und Eis sind geräumt, darüber Türme von Wolken, im Westen reißen sie auf, aus den Fugen stürzt Blau und Gold.
Hovard bei laufendem Motor in anhaltender Betrachtung.
Ich betrachte Hovard.
Lass uns, sage ich. Wir steigen aus, gehen über die verlas-

sene Fläche in Richtung des tosenden Meeres. Rechter Hand die schwarze Heide, im Sommer ist sie violett. Weiter nördlich wird die Insel breiter, schemenhaft im Dunst der Rücken eines riesenhaften Wales. Von Kopf bis Schwanz einhundertfünfzig Meter, vielleicht auch mehr, quer über die Insel ausgestreckt und regungslos, er muss gestrandet sein. Sein Rücken ist schmutzig gelb. Vielleicht ist es auch die Wanderdüne, man sieht sie mal hier, mal dort. Dahinter nur noch Sandbänke, der Arktische Ozean. Dort kreuzen die anderen Wale, die nächste Küste ist Grönland.
Wir laufen bis zur Abbruchkante, bleiben an einer Latte stehen. Auf einem Pfosten: Lebensgefahr. Dreißig Meter Tiefe. Das Kliff ist rot.
Eine hölzerne Treppe führt hinab zum Strand, die Stufen bedeckt von gefrorener Gischt.
Hovard geht voran in der unausrottbaren Überzeugung, mich beschützen zu müssen, tatsächlich rutsche ich aus, rutsche in meinen Ehemann, der hält mir stand.
Unten hat der Sand eine Kruste, Schaumblasen von Wellenkämmen gerissen, zu Glas erstarrt, jeder Schritt klirrt. Wir halten nach Norden, quer über den Strand auf den Meeressaum zu, unter den Sohlen Messermuscheln, rasierklingenscharf. Dann laufen wir am Wasser, Gummistiefel umspült mit jeder Woge, manche Brecher treten über den Rand, laufen innen den Schenkel hinab. Hovard schreitet stramm, nach wenigen Minuten dampfen meine Füße.
Vereinzelt Spaziergänger mit Kapuze, ununterscheidbar, Mensch und Hund gegen den Wind geduckt.
Hovard nimmt meinen Schal, meine Handschuhe, es folgt der Mantel.
Ich bin gern dein Kofferträger, sagt er.
Jetzt pass auf, Kofferträger, sage ich, Pullover über den Kopf, in rascher Folge Hemd, BH, Schuhe, Jeans, Höschen.

Nur mit den Füßen ins Wasser, ruft Hovard, bückt sich, beginnt, meine Kleidungsstücke einzusammeln. Er schüttelt, streicht und faltet, legt sie sich über den Arm.
Die Erkenntnis kommt gleich der Entladung einer seit langem schwelenden Entzündung, dem Reißen gespannter Haut über der widerwärtigen Beule, dies bei ausbleibender Erleichterung, Heilung nicht absehbar: Hovard hält mich für ein Kind, sein Kind.
Das Kind ist nackt.
Bevor Sie denken, ich habe den Verstand verloren: Auf der Insel zieht man sich aus. Vollständig. Wann immer man will. Nur nicht wo. Ausschließlich am Strand. In den Dünen Buden, davor im Sommer Holzbänke, auf denen nackt gespeist wird. Im Winter gibt es die Einrichtung der Strandsauna, geöffnet von November bis März, die schwitzenden Nackten laufen zum Meer, trinken Glühwein im eisigen Sand.
Ich renne los, höre nicht Hovards Rufe: Nur mit den Füßen!, und als mir das Wasser zum Bauch reicht, stürze ich mich vornüber. Die Welle schlägt über mir zusammen, und mit ihr die Kälte, eine Kälte, die ich nicht erwartet habe, Kälte ja, aber nicht die augenblicklich lähmende Wirkung auf meine Muskulatur. Nichts gehorcht mehr: Arme, Beine, Brustkorb. Unumkehrbares Erstarren, gleich einem toten Stück Holz, die Brandung ist stark an diesem Abschnitt, jedes Jahr Tote, Baden nur unter Aufsicht, ich werde umhergeworfen, schlage Purzelbäume.
Dann ist die Welle weitergerollt, ich öffne die Augen, liege am Grund, mich wiegt der Strom, über mir Licht, gebrochen durch die Meeresoberfläche und Millionen Luftblasen. Vollendete Stille, wenn dies der Tod ist, ist er begehrenswert, viel begehrenswerter als alle Begehrlichkeiten meines Seins.

Mir ist nicht mehr kalt. Um meinen Kopf treibt langes Haar, ich bin wunschlos, wäre da nicht das Bedürfnis, ein letztes Mal einzuatmen, nichts Metaphysisches, finaler Instinkt, die Lungen zu füllen, und sei es Salzwasser statt Luft, die letzte Handlung des Ertrinkenden.
Es ertönt Musik, sie ertönt nicht, sie kreist mich ein, schlägt über mir zusammen, befreit mich von meiner Schwere und hebt mich an, masselos geworden, eine Hülle aus Haut. So unwichtig sie Ihnen im Moment des Todes erscheint, Sie sollen von ihr wissen, denn Musik wird eine Rolle spielen. Sie kommt, wann sie will, manchmal, wenn ich ficke, und immer, wenn ich sterbe. Nicht von innen, ich schwöre, sie ist da.
In meinem Wassergrab drei Frauenstimmen, sie schwellen an, singen denselben Ton, Sechzehntelfiguren gleich meinem Herzschlag. Eine von ihnen sein, sobald ich atme.
Ich öffne den Mund, es schmeckt nach Salz und Eis, will inhalieren, hier würde die Geschichte enden, wenn nicht mein Ehemann wäre, Fels in der Brandung, grenzenloser Langweiler. Er würde jeden retten, ob der will oder nicht, er lässt keine Verirrungen zu, hegemonial männlich und dann noch berufen auf seinen hippokratischen Eid.
Packt mich beim Arm, reißt mich in die Höhe, mein Kopf durchstößt die Oberfläche.
Ohne Zutun öffnet sich meine Kehle, Luft pfeift in die Lungen, im Bruchteil einer Sekunde bindet Sauerstoff an rote Blutkörperchen, das Herz verdoppelt seinen Auswurf. Schäumendes, hellrotes Blut erreicht die Endstrombahn, das Hirn.
Die Violinen verstummen und die Wasserfrauen, zuletzt verklingt ein langer Ton.
Das Wasser ist nicht tief, es reicht uns bis zur Brust. Hovard ist vollständig bekleidet, Ströme von Gischt auf seiner

Glatze, Lippen blau, zusammengeschnurrt zu einem Strich. Worte werde ich später hören.
Nur die Augäpfel kann ich bewegen: Am Ufer stehen sieben oder acht Figuren, die rufen, klatschen, Hovard hebt mich in seine Arme. Hat selbst Schwierigkeiten zu laufen, so sehr zittert er. Mich an die Brust gepresst, erreicht er den Strand, sinkt in die Knie, legt mich hin, legt sich hin.
Die Spaziergänger streifen ihre Mäntel ab, ihre Pullover, mancher trägt zwei Hosen übereinander. Einer schält Hovard heraus, hilft ihm in fremde Kleidung, ein anderer versucht es mit mir. Reibt mich trocken mit irgendeinem Fetzen, ich würde gern den Kopf heben und ihn ansehen und schaffe es nicht, steif wie eine Marionette, nur er kann mir die Glieder heben. Obwohl mein Blick getrübt ist, ahne ich, es ist ein schöner Mann, dunkles Haar und zerzaust, seine Mütze hat er mir aufgesetzt, eckige Stirn, eckiges Kinn, Augenfarbe im Winterlicht unbestimmbar.
Da geschieht etwas Merkwürdiges: Während der Mann sich mit dem Pullover müht, beginnt sein Hund, mir die Beine zu lecken, beginnt an den Zehen, leckt von unten nach oben. Ein Hirtenhund oder etwas in der Art, er hat viel Fell, seine Zunge ist rau und groß und warm, die schönste Berührung meines Lebens, später einmal werde ich sagen, sie war es, die mich zurückgeholt hat.
Jeans bekomme ich auch, sie sind viel zu groß, der Zerzauste kniet vor mir in langer Unterhose.
Ich bin angezogen, Hovard auch, der Mann fragt: Können Sie stehen?
Und ich: Bitte, würden Sie mir helfen.
In einer kleinen Prozession führt man uns Richtung Parkplatz. Ich eingehakt beim Zerzausten, Hovard bei einem anderen. Eine Frau trägt Hovards nasse Kleider. Der Hund noch immer neben mir, seine Schnauze in meiner Kniekehle.

Auf der Treppe: Einer zieht mich, einer schiebt, dann sind wir oben und am Auto.
Jemand ist vorgelaufen, hat den Motor angelassen, das Gebläse aufgedreht, der Innenraum gleicht einem Tropenhaus. Sie haben uns verladen, Hovard hinter das Steuer, mich daneben, er nennt noch unsere Namen, Adresse, später werden wir Kleider tauschen, uns bedanken. Jetzt schlagen die Türen zu, wir sitzen regungslos im warmen Luftstrom.
Minuten später er: Was hast du dir dabei gedacht.
Meine Zunge, meine Lippen wollen nicht gehorchen.
Du hast doch studiert, sagt Hovard. Du weißt doch, was kaltes Wasser mit einem Körper macht.
Er sieht zu mir hinüber: Erst recht mit einem Kinderkörper.

Später sitzen wir am Feuer. Ich habe Eiergrog gemacht. Rum, Zucker, heißes Wasser, darin verquirlt ein Eigelb. Das bin ich Hovard schuldig, obwohl ich normalerweise in der Küche keinen Finger rühre.
Meine Haut ist rosig, der Kopf klar, das Bad in der Nordsee hat mich erfrischt. Anders Hovard. Gesichtsfarbe grau, Skleren rot, zwischen den Brauen eine steile Falte. Ich hocke neben ihm, reibe seine Stirn.
Außer medizinischen Untersuchungen und geschwisterlichen Küssen sind Massagen erlaubt.
Er sagt: Mir tut der Nacken weh.
Ich trete hinter ihn, Fingerspitzen an seinen Schläfen. Über das Jochbein die Wangen abwärts, Hals und Schultern. So trocken die Altmännerhaut, dass sie knistert. Aus seiner Kehle ungewohnte Laute. Wäre er ein anderer, jetzt würde ich ihn küssen.

Wie zuletzt geschehen 1994. Dann aber, ein halbes Jahr nach der Hochzeit, verkündet Hovard seinen Rückzug aus

dem ehelichen Bett. Zu kopulieren entspreche nicht seiner Natur. Er liebe mich, aber nicht meinen Körper. Nicht dass etwas damit nicht stimme, ganz im Gegenteil, er interessiere ihn nur einfach nicht. Psychoanalytiker, ebenso wie andere Menschen, haben ein Recht auf sexuelle Integrität. Auch wenn sie darin bestehe, dass sie keinen Sex haben.
Das ist gut fünfundzwanzig Jahre her. Nach einer kurzen Phase der Entbehrung hatte ich den ersten Liebhaber, einen zahnärztlichen Kollegen.
Gelegentlich vermisse er Hautkontakt, sagt Hovard.
Das eine ohne das andere gebe es nicht, sage ich. Ich habe auch keinen Vorschlag, woher er seinen Hautkontakt beziehen könne. Vielleicht gebe es Prostituierte, die nur streicheln. Ich jedenfalls sei nicht zuständig.

Heute Nachmittag bin ich zuständig, denn Hovard wird eine Erkältung bekommen, und ich bin schuld. Er zittert und hält sich gekrümmt, als habe er Leibschmerzen.
Nach dem Eiergrog geht es ihm besser. Wir stehen am Fenster in Betrachtung des Eisberges. Hovard ist größer als ich, aber neuerdings scheint der Unterschied geringer.
Heute ist er grün, sagt Hovard, das hat mit dem Gelb des Himmels zu tun, Blau und Gelb macht Grün.
Ich glaube, er hat sich gedreht, sage ich, sieht irgendwie unheimlich aus, wie er mit der Breitseite auf uns zukommt.
Wie ein Rammbock, sagt Hovard.
Und der Wind immer noch von Ost, sagt Hovard.
Ich nicke, und so vergeht das Wochenende.

Ich kann ausschlafen. Der erste Patient kommt um halb zwei. Anderes habe ich nicht zu erledigen, Hovard kauft ein und putzt. Ich habe keine Hobbys, außer zu laufen und zu vögeln. Gelegentlich erstehe ich teure Kleider.
Die Hypersexualität ist eine im internationalen Klassifikationssystem für Diagnosen verzeichnete Krankheit und betrifft Menschen, die über einen Zeitraum von sechs Monaten wöchentlich mindestens sieben Orgasmen haben, was uneingeschränkt auf mich zutrifft. Wenn ich nicht beischlafe, besorge ich es mir selbst. Sollten Sie die Schilderung für entbehrlich halten oder sich gar abgestoßen fühlen, lesen Sie weiter auf Seite zweiundvierzig.
Im Anschluss werden Sie der Ehefrau meines künftigen Geliebten begegnen.

Weder in Häufigkeit noch Ausführung ist die weibliche Masturbation substanziell verschieden vom männlichen Wichsen. Mit einer Einschränkung: Männer wichsen morgens, Frauen zu jeder Tages- und Nachtzeit.
Daher ist der Umstand, dass ich am Morgen dieses Montags masturbiere, dem Zufall geschuldet. Der Chronologie eines Triebstaus.
Grundsätzlich ist das Erwachen aus dem Nachtschlaf ein Vorgang, der jeder Erotik entbehrt. Weder ist das Weckgeräusch sinnlich noch die Bewusstwerdung des bevorstehenden Tagespensums oder der darauf folgende Versuch der Bewältigung. Ich behaupte, jeder Arzt hat Versagens-

ängste, insbesondere, da sein Versagen unmittelbare Konsequenzen nach sich zieht. Nur durch die Furcht des Patienten nähern wir uns der Überwindung der eigenen. Nicht wenige Kollegen greifen zu Drogen, was andere Probleme schafft. Allenfalls im Rahmen meiner Rendezvous erlaube ich mir hin und wieder ein kleines Aufputschmittel, das Ausdauer verleiht und das Selbstbewusstsein steigert, wenn auch nur für einige Stunden. Sie kennen die zugehörigen Partydrogen, zum Beispiel Speed. Natürlich verwende ich die medizinische Darreichung als Tablette reinster Qualität. Zu hoch dosiert führen Amphetamine zu Halluzinationen, was mir nur selten passiert. Was der jeweilige Liebhaber für sexuelle Ekstase halten kann. Mein einziges Geheimnis vor Hovard, verschlossen im Betäubungsmittelschränkchen in der Praxis.
Dann aber gibt es Tage, an denen ich geil erwache. Sich im Laufe der Nacht ein Heer von Botenstoffen auf den Weg gemacht hat, meine Blutbahn zu fluten, auf Fortpflanzung aus, obwohl biologisch nicht wünschenswert, allenfalls brächte in meinem rückgebildeten Uterus die Reproduktionsmedizin ein fremdes Kind zustande. Merkwürdigerweise träume ich von Liebe und Sex in einer Gleichzeitigkeit, die in der Realität nicht anzutreffen ist oder zumindest mir nie untergekommen. Manchmal ist es Hovard, der mich fickt, allerdings ein schöngefärbter Hovard, von aller Welkheit und allem Zynismus befreit.
Mein morgendliches Begehren würde in Kopulation münden, wenn nicht der Platz rechts von mir leer wäre, weder von Hovard belegt noch von irgendwem sonst, so mündet es in Masturbation.
Das Stammhirn besorgt den Trieb, das Großhirn das Sehnen, die wichsende Hand erlöst mich für vierundzwanzig Stunden.

Hovard behauptet, niemand müsse masturbieren, niemand kopulieren. So viel hätten wir im Laufe unserer Zivilisierung und Humanisierung gelernt.
Er vielleicht.

Gesunde Organe sind im Ruhezustand nicht wahrnehmbar, sehr wohl aber im Zustand gesteigerter Aktivität oder Krankheit, dies gilt für Zähne, Herz und Geschlechtsorgane. Meine Klitoris an diesem Morgen auf das schärfste wahrnehmbar, und da ich männerlos bin, wird die Berührung von eigener Hand existenziell.
Oberhalb der Klitoris befindet sich ein Knochen, Os pubis, das Schambein. Es befindet sich dort, um die Klitoris auf fester Unterlage bewegen zu können. Die räumliche Beziehung kann kein Zufall sein.
Sollten Sie männlich sein und sexuell aktiv, wiederhole ich: Die Klitoris will am Os pubis gerieben werden. Mit erheblichem Druck. Mit etwa dem gleichen Druck, den Sie ausüben, um zu hobeln.
Im akuten Stadium der Verliebtheit verdrängt das Liebesobjekt, aktuell Erik, jede anders gelagerte Fantasie.
Sonst kann man vertrauen auf die aphrodisierende Wirkung von Abwechslung. Kopftheater mit männlichem Hauptdarsteller, einer respektive mehrere.
Als ich jung war, grundsätzlich mehrere. Mein fantasiertes, leichtbekleidetes Ich ausgestreckt und schutzlos auf dem Boden, der war stets hart, bevorzugt aus Stein, aus kaltem Stein. Den Kopf hielt ich zur Seite geneigt, um mich ein Heiligenschein von langem blondem Haar, länger noch als heute, die Augen geschlossen. Madonna erwartet ihre Schändung. Was ihr Ausdruck nicht verrät: Erregung. Zwischen den weißen Schenkeln Nässe, die wird zur Pfütze.
Die zarte Brust ist entblößt, hebt und senkt sich, der

höchste Punkt Madonnens zwei winzige Wärzchen, gleich zwei Himbeeren aufgepflanzt. Rechter Hand eine Schlange männlicher Experten, katholisch und redlich und streng. Sie kommen über mich einer nach dem anderen, ich kann die Beine nicht weit genug spreizen, will ihr Gefäß sein, bodenloses Gefäß, wenn es sein muss, für alle Männer dieser Welt.

Da war ich fünfzehn.

Mit zunehmendem Alter hat ihre Zahl abgenommen. Ich begnüge mich nach Möglichkeit mit einem oder zwei, dafür detailliert, Schwanz und Eier hochauflösend, Hunderte Pixel, auch Mund, Brusthaar und Hände.

Heute zum ersten Mal Erik. Und während er sich in meinem Kopf entkleidet, während sein Penis einem Schachtelkasper gleich aus der Hose springt, ohne Zögern sich in meinen Mund rammt, tiefer schraubt über meine Kehle hinaus, ejakuliere ich, wie Männer es tun, denn auch Frauen ejakulieren, allenfalls einige Mikroliter weniger.

Wohlgemerkt unterstützt durch rohe Bewegung der Klitoris über das Os pubis. Die Vagina kaum je im Spiel.

Der weibliche Orgasmus gleicht einer Woge. Fälschlich wird behauptet, sie trage uns mit sich. Wahr ist: Eine Welle nach der anderen reißt uns in Stücke, es ist der süßeste Tod. Ich schwöre, in der Minute, bevor ich sterbe, werde ich es mir besorgen lassen.

Grundsätzlich habe ich vier oder fünf Orgasmen, von abnehmender Amplitude, ungeachtet dessen nicht weniger segensreich, bis sie auslaufen, Schaum sind an Fingern und Schenkeln und platzen.

Ich bin befreit, bin einen Tag lang des Impulses entledigt, jeden Schwanzes, der mir begegnet, habhaft werden zu müssen.

Die Drosselung meiner Körperfunktionen beansprucht

einige Minuten. Dann, und erst dann, bin ich in der Lage aufzustehen.

Die Peters ist vor mir in der Praxis. Macht Licht, lüftet, verteilt Duft aus einer Dose, der passe zu mir, die Konkurrenz schlafe nicht, die anderen Zahnärzte seien Männer, letztlich traue man denen das bessere Handwerk zu. Es gelte, sich durch Weiblichkeit abzuheben.
Wem sagen Sie das, sage ich.
Es ist kurz nach eins.
Niemand auf dem Anrufbeantworter, sagt die Peters.
Mundwinkel hinab bis zum Kinn, Kanzlerinnenvisage, sogar die lächelt mehr.
Ein paariger Muskel zieht vom Mundwinkel zum Unterkieferrand, sein Name: Mundwinkelniederzieher. Zweck: Ausdruck von Trauer und Enttäuschung. Da er mit der Lederhaut verwachsen ist, zerrt er die Züge Jahr für Jahr abwärts. Die Mundwinkel als Summe lebenslanger Enttäuschungen.
Sein Gegenspieler heißt Mundwinkelheber. Er ist halb so groß, zudem arbeitet er gegen die Schwerkraft.
Auf dem Weg in mein Zimmer betrachte ich im Spiegel meine Mundwinkel: Mit einundfünfzig auf halber Strecke. Würde es mir gelingen, häufiger zu lachen, wäre der Abwärtstrend gebrochen oder zumindest verlangsamt. Weil es in Hovards Gesellschaft nichts zu lachen gibt, spritze ich mir Botox, um den Mundwinkelniederzieher zu lähmen.
Ich stehe am Waschbecken, seife mir wieder und wieder die Hände.
Pilze, Bakterien und Viren sind meine Feinde. Ich nehme ihre Anwesenheit persönlich. Die Peters ist strikt angewiesen, Klinken, Schalter und Griffe nach jedem Patienten zu entkeimen.

Leider ist es schwierig, Männer zu entkeimen, will sagen, in toto, insbesondere gegen ihren Willen. Zur verheerenden Folge männlicher Mikroorganismen auf meiner Haut später mehr.
An diesem Arbeitstag, wie an jedem, bin ich makellos gekleidet. Vielleicht noch etwas makelloser. Die Freifrau kann kommen.
Weiße Lackschuhe mit halbhohem goldenem Absatz. Dunkelblaue Jeans, Bügelfalte (Hovard bügelt gern und gut), weißes Shirt von namhaftem Hersteller. Kittel gestärkt bis über den Hintern.
Derart vollständig angezogen bin ich nicht immer.
Gelegentlich sogar vollständig ausgezogen. Habe in meiner Praxis auf dem Boden gefickt, auf dem Behandlungsstuhl, auf meinem Schreibtisch, vaginal, oral und anal. Ehemänner bevorzugen, was sie zu Hause nicht kriegen, raten Sie, was das ist.
Unter dem Shirt und der Jeans: klinisch weiße Spitzendessous. Heute String, obwohl bei längeren Sitzungen, wie der Präparation einer Seitenzahnkrone, der Riemen zwischen den Pobacken scheuert.
So gering die Wahrscheinlichkeit ist, dass anstelle der Gattin Erik auftaucht – ich wäre bereit. Die Verfügbarkeit gilt nicht nur Erik, sie ist allumfassend. Permanente, ortsunabhängige Paarungsbereitschaft.
Eine paarungsbereite Frau will leuchten, von außen und innen, aber mehr noch von außen (eine Aussage, für die mich Mitfeministinnen verabscheuen dürften, jedoch schließen sich Emanzipation und der Wunsch nach Kopulation nicht aus). Bluse, Dessous, Rasur. Selbst wenn mich heute niemand entkleidet – mir soll prächtig zumute sein. Oder: so prächtig wie eben möglich. Faktisch gelingt es nie, die eigene Beklommenheit mittels glamouröser Erscheinung

zu überwinden, jedoch genügt die Illusion, um sich die Paarung zuzutrauen.
Eine Aufgabe mag ich nicht mehr anfangen, bevor die Freifrau und ihr Kind erscheinen. Andererseits sollen sie mich beschäftigt antreffen, schlimm genug, dass das Wartezimmer leer ist.
Also doch an den Schreibtisch, einen Arztbrief schreiben, dies eher ausnahmsweise, Kollegen, die sich für mich und meine Patienten interessieren, sind rar.
Da klingelt es, gleichzeitig summt der Türöffner.
Die Praxis ist ein ehemaliges Ladengeschäft, Kundschaft fällt von der Straße in die Behandlung.
Diesmal die Freifrau. Ihr voran die Schönheit wie ein Lichtstrahl.
Bemerkenswerte Beobachtung: Untreue Männer haben schöne Frauen. Nicht selten schöner als ich, oft auch jünger.
Nicht ihre Gattinnen scheitern, die Monogamie tut es. Ich befriedige Männer, die sich im Zustand quälendster Entbehrung befinden, ein unkontrollierbares Verlangen nach jedwedem Fick besitzen, Hauptsache, der Arsch ist neu.
Das Kind hintendrein ein kleiner Erik. Schwaches Kinn in zweiter Generation. Vergisst, die Tür zu schließen, statt einer Begrüßung die Peters: Macht man bei euch zu Hause nicht zu?
Sie kostet mich mit ihrer Keckheit noch die letzten Patienten. Ich schließe die Tür, lächle, wie es untertäniger nicht sein könnte:
Schon gut, schon gut, herzlich willkommen.
Stelle zuerst mich vor, dann die geifernde Peters, im Folgenden von der Freifrau ignoriert.
Dass die Freifrau die Ehefrau meines künftigen Geliebten ist, spricht nicht gegen sie. Ich empfinde keine Rivali-

tät. Ganz im Gegenteil: schwesterliche Liebe. Alle Frauen sind mir Schwestern, ein Bund, der jede noch so beständige heterosexuelle Fickerei überdauert.
Genau genommen sind wir uns ähnlich. Die Freifrau eine glattere Ausgabe von mir. Zu glatt, so Erik. Seiner Frau mangele es an schlechtem Geschmack, was kein schlechter Witz ist. Nach dem ersten Geschlechtsverkehr wird er Details verraten, Männer unter Oxytocin, dem postkoitalem Zutraulichkeitshormon, werden mitteilsam.
Blond ist sie und fast so groß wie ich. Etwas schwerer. Haar festgesprüht am Schädel, Gesicht oval, Nase korrigiert. Ich kenne mich aus mit Proportionen, die Natur kennt keine Perfektion. Sehr weiße Zähne. Drum herum die Lippen schmal, signalrot. Überhaupt das Make-up Ergebnis einer langen Sitzung.
Erik dürfte von mir erzählt haben. Wahrscheinlich hat sie mich gegoogelt. Es gibt nicht viele Bilder im Netz. Einige im Zusammenhang mit dem Walfängerhaus, Hovard bekam zwei Preise, architektonisch und landschaftsgärtnerisch, er und ich im Garten, einander anblickend, als hätten wir noch Geschlechtsverkehr, aufgenommen vom Inselfotografen (Bartträger, Speicheltropfen im Gestrüpp, aus hygienischen Gründen als Ficker ausgesondert). Ein weiteres am Schreibtisch meiner Praxis, gephotoshopt, wundersame Aufhebung der Schwerkraft an Lidern und Wangen, mir gefällt mein Cyborg, obgleich ich gelegentlich glaube, Enttäuschung in den Augen männlicher Patienten zu sehen, sobald ich leibhaftig in Erscheinung trete.
Die Freifrau zeigt sich nicht enttäuscht, eher beflügelt von der angenehmen Gewissheit, die Schönere zu sein.
Sie hat den Mantel abgelegt, der Peters hingehalten am ausgestreckten Arm, ebenso der Kleine. Die Peters muss sich bücken.

Er heißt Erik junior, sie: Louise Freifrau Gans-Rübesam, das ganze Klanggebilde in Schieflage durch den bürgerlichen Schwanz.

Louise muss ins Wartezimmer, dies gilt für alle Patienten, und seien sie die Einzigen. Louises Rückansicht im Rock: üppiger als angenommen. Ich stelle mir vor, wie Erik es dem Freifrauenarsch besorgt.

Unter Spannung entwickle ich Harndrang. Am Wartezimmer vorüber auf das WC, aus dem Augenwinkel sehe ich, das Kind steht auf einem Stuhl. Der ist aus violettem Samt, seine Stiefel hat der Junge anbehalten. Hovard sagt, ich habe keine Kinder bekommen, weil ich sie nicht leiden könne.

Die Toilettenschüssel wird von der Peters keimfrei gehalten, ebenso Rollenhalter, Abfalleimer und Bürste. Alle Chromteile sind poliert, ich hoffe, der Junge muss nicht pinkeln.

Verlasse den Ort, sehe die Peters Mutter und Kind in das Behandlungszimmer treiben, ihre Hände machen eine scheuchende Bewegung.

Die Phänomenologie von Müttern ist komplex, ihr Brutverhalten vielgestaltig. Was sie verbindet, ist ein von Liebe vernebeltes Hirn.

Es mangelt mir nicht an Nachsicht. Ich weiß aus anderem Zusammenhang, was es heißt zu lieben. Der Zusammenhang ist Hovard, und aus der Liebe ist etwas anderes geworden.

Denn im Gegensatz zur Mutterliebe hat die geschlechtliche Liebe eine Kehrseite, jedenfalls meine. Leider kam es nicht der erhofften Befreiung gleich, als meine Gefühle für Hovard sich in ihr Gegenteil verkehrten. Die Abhängigkeit blieb bestehen, nur war sie von da an freudlos. Ich blieb die Gefangene meines Ehemannes.

Nachdem es meinen Schreibtisch und das Röntgengerät befingert hat, bitte ich das Kind auf den Behandlungsstuhl.

Dies ist meine letzte selbstbestimmte Handlung. Louise übernimmt Aufstellung und Regie, setzt sich auf meinen Arbeitshocker. Ich begebe mich nach links auf die Assistentinnenseite.

Das Kind ist in steter Bewegung, schlägt Fersen und Fäuste ins Polster. Sein Kopf schnellt hin und her.

Sitz still und mach den Mund auf, Schätzchen, sagt Louise.

Erik junior macht den Mund auf. Louise ist vorbereitet, in der Tasche des Jäckchens die Lesebrille. Beugt sich vor, bis auf wenige Zentimeter den Zähnen des Kindes genähert. Kein Haar auf ihrem Kopf, das sich rührt.

Louise sagt: Mit dem Zahnschmelz ist alles in Ordnung, einmal hatte er ein großes Loch, nicht unsere Schuld, der Zahnarzt vom Festland, bei dem wir früher waren, hat es übersehen, ärgerlich, aber nicht zu ändern, jetzt sind wir ja hier.

Grundsätzlich ist die Bindung reicher Patienten an ihre Ärzte schwach. Der Zahnarzt vom Festland wird Louise nicht wiedersehen.

Louise sagt: Aber hier.

Sie tippt auf die oberen Schneidezähne. Das Kind lacht.

Louise sagt: Hasenzähne.

Das Kind hört auf zu lachen, schließt den Mund, blickt zu mir. Seine oberen Schneidezähne ruhen auf der Unterlippe, es ist offensichtlich, dass Louise recht hat.

Ich warte, ob noch etwas kommt. Louise hat Eriks Kinn gefasst, dreht das Köpfchen, studiert Vorder- und Seitenansicht.

Es handelt sich um eine Retrognathie, sage ich, eine erblich bedingte Rücklage des Unterkiefers, sehr gut behandelbar.

Louise sagt: Unmöglich. Der Vater hat kein fliehendes Kinn.

Hat er wohl, aber ich sage: Das ist nicht mein Fachgebiet. Da ist die Kieferorthopädie zuständig.
Der Junge hat das Bedienpanel entdeckt, der Stuhl fährt in die Höhe.
Noch habe ich sein Stimmchen nicht gehört.
Ich lege den Kopf in den Nacken: Erik, erzähl mir, wer alles auf deinem Bett sitzt.
Das Kind winkt herab.
Louise sagt: Kieferorthopädie, ist das nicht ein bisschen früh? Das kostet doch viel Geld.
Walross und Elefant!, ruft Erik. Von oben ein kleiner Speichelregen.
Louise sagt: Ich finde es jedenfalls ein bisschen früh.
Sie erhebt sich, Brille von der Nase, Eriks Hand genommen, der springt vom Stuhl. Läuft einmal rundum, beginnt, den Bohrer zu untersuchen. Wendet den Kopf, sieht mich an: Kriege ich eine Spange?
Louise: Nein.
Der Arzt kann übergriffigem Verhalten konfrontativ begegnen, mit Milde oder devot. Ich bevorzuge Letzteres. Nicht selten, dass die Machtverhältnisse sich umkehren, wenn der Patient sich seiner Vormachtstellung versichert hat.
Ungeachtet meiner Arschkriecherei bin ich ebenso durchgefallen wie der Festlandszahnarzt.
Louise an der Tür, Erik junior gebeugt über einen Korb mit Spielzeug (Kreisel, Würfel, Hampelmänner).
Louise sagt: Danke für die Beratung.
Ich sage: Ich habe nichts getan. Für eine fachgerechte Untersuchung bräuchte ich mehr Zeit.
Louise sagt: Beim nächsten Mal. Erik, Schluss jetzt mit der Chinakiste.
Die Peters: Alles made in Germany.
Die Freifrau packt den Kleinen, zieht ihn zur Tür, der heult,

um seine Belohnung gebracht und das wünschenswerte Konzept der frühzeitigen kieferorthopädischen Intervention.
Die Peters: Das Spielzeug hat keine Weichmacher.
Ich rufe: Grüße an Ihren Mann!
Da ist die Tür schon zu.
Pfeiler meiner Unternehmenskultur: Niemand, schon gar kein Patient, wird Gegenstand von Geschwätz. Das Gesicht wird nicht verzogen. Was der Peters schwerfällt, sie würgt an ihrer unstatthaften Mimik.
Ich setze mich an den Computer, rufe das Patientenregister auf. Manche Buchstaben fehlen ganz. Die Peters hat das Kind unter F sortiert, F wie Freiherr, was nicht ganz korrekt ist, aber unerheblich. Ausgeschlossen, bei einhundertachtzehn Patienten die Übersicht zu verlieren. Jetzt einhundertneunzehn.
Erik Freiherr Gans-Rübesam, geb. 15. Oktober 2013.
Die Karteikarte ist elektronisch, ich tippe: Erstvorstellung eines normal intelligenten, sehr lebhaften Kindes mit vollständigem, gepflegtem Milchgebiss, versorgte Karies (Festland). Skelettale Rückbisslage, Mundatmung, Lispeln, Speicheln (wie Vater). Evidenter Bedarf an kieferorthopädischer Frühbehandlung. Mutter wurde aufgeklärt, stimmt primär nicht zu, bittet um Bedenkzeit. Keinen Folgetermin vereinbart.
Mein Steuerberater empfiehlt, derartige Einträge durch Eltern gegenzeichnen zu lassen, was in der Praxis nicht durchsetzbar ist. Wer unterschreibt die Aufzählung eigener Irrtümer. Mütter nicht.
Mein Steuerberater ist schwul, was den Fortbestand unserer Geschäftsbeziehung sichert.
Ich wechsele zum Terminkalender. Gleich noch eine Füllung, jugendlicher Patient, wohl sehe ich dessen Schönheit,

jedoch erreicht sie mich nicht, ein Umstand, der weniger mit Gesetzestreue zu tun hat als damit, dass je älter und illusionsloser ein Mann ist, er umso schamloser vögelt; ich suche den von allem romantischen Ballast befreiten Fick; bereits die Befähigung des sehr jungen Mannes und sein Drang zur Fortpflanzung stehen meinem Ideal der unbedingten sexuellen Zweckfreiheit im Weg, der absichtslosen Getriebenheit.
Die ganze Woche kein Patient für Frau Peters, sie führt Zahnreinigungen durch, auch ihr mangelt es an Nachfrage.

Zwanzig Minuten, bis der Nächste kommt, ich sitze am Schreibtisch, Hände auf der Arbeitsfläche gefaltet. Die ist bis auf einen Kaffeebecher leer, ich lese selten, verschicke keine Briefe, abgesehen von der quartalsweisen Rechnungsstellung.
Auf welche Weise mag Erik seine Freifrau ficken. Wie eine Hündin auf allen vieren, mit über die Hüften gerafftem fleischfarbenem Rock, ihrem Bürgerlichen den bleichen Arsch zugewandt? Erik, das grimmige Geschlecht aufgestellt, dringt ein mit der Wut des Unterdrückten, stößt die Herrin mit seinem Prügel, stößt ihr den Dünkel aus dem festen, schweren Unterleib. Und für einmal ergibt sie sich, greift zwischen ihren Beinen hindurch nach Eriks Eiern, die schaukeln im Furor unter seinem Gerammel. Die Freifrau heult, und ich beinahe auch, auf meinem Stuhl vornübergebeugt, wundersame mechanische Reizung der Klitoris, es mag das Band meines Strings sein, straff gespannt zwischen Lippen und Backen. Ohne weiteres Zutun ein Miniaturorgasmus, drei oder vier winzige Kontraktionen.
Es klopft. Die Peters tritt ein, sieht meinen roten Kopf und fragt: Geht's gut?

Ich nicke. Das Stadium allerersten Begehrens ist gekennzeichnet von Exzitation und Manie, nie geht es mir besser.

Eine Stunde später. Zwei Patienten versorgt, sechsundvierzig Euro Umsatz, die Hälfte Gewinn, darauf die Steuer, etwas über sechzig Prozent. Mir bleiben neun Euro zwanzig, in der Inselwährung zwei Tassen Cappuccino.
Den hochwohlgeborenen Besuch stelle ich nicht in Rechnung.
Hätte ich Hovard nicht, die Praxis wäre längst geschlossen. Unmöglich, auf der Insel zu überleben, ohne Teil des Tourismusgewerbes zu sein. Prostituierte sind auch gefragt.
Früher einmal habe ich erwogen, meine Dienste in Rechnung zu stellen, um finanziell von Hovard unabhängig zu werden, ich kann mit Fug und Recht behaupten, weit und breit die beste Schwanzlutscherin zu sein.
Dafür bin ich jetzt zu alt. Nicht dass ich alt aussehe oder mich anfühle, ein Stück Obst von unversehrter Prallheit und Süße, umso süßer, je näher der Tag rückt, an dem es fällt.
Aber ich bin wählerisch geworden. Die Vorstellung, als Hure nicht jeden Pimmel nach Belieben zurückweisen zu können, lässt mich schaudern. Demgegenüber ist es vorzuziehen, meinem Mann auf der Tasche zu liegen.
Hovards Vater war vermögend, ebenfalls Analytiker, erfolgreicher noch als der Sohn, und zu besseren Zeiten. Heirat inbegriffen.
Das Geld seiner Mutter reicht für Hovard und mich und mehrere Generationen, die wir nicht zustande gebracht haben, wie auch?
Nachdem vor fünfundzwanzig Jahren Hovard den Geschlechtsverkehr eingestellt hatte, wäre allenfalls eine künstliche Befruchtung in Frage gekommen. Jedoch wurde

mir die Vorstellung, den Bauplan Hovards in Gestalt eines halben Chromosomensatzes in mir zu tragen, zunehmend widerwärtig.
Hovard will nicht mit mir schlafen, ergo hat in meinem Schoß sein Samen nichts zu suchen. Auch keine befruchtete Eizelle, zusammengeschustert von einer halb so alten Laborantin, in der Kälte eines Operationssaales verpflanzt, das Beet mein Leib, sein Gärtner ein steril verpackter, gut aussehender Reproduktionsmediziner, von dem ich viel lieber gevögelt als extrakorporal befruchtet werden würde.
So bleibt meine Gebärmutter leer, denn auch Verkehr im Rahmen meiner Affären führte zu keiner Empfängnis. Grundsätzlich landen drei Viertel des Fremdspermas im Freien, in meiner Faust, auf meinem Gesicht, auf den Brüsten, gleichwohl kommt es zu zahlreichen nachhaltigen Penetrationen. Davon ein Drittel vaginal.
Kondombenutzung untersage ich, gefickt wird ungeschützt oder gar nicht, obwohl ich weiß, was sich in der männlichen Harnröhre tummelt. Humaner Papillomavirus, Herpes genitalis, Gonokokken, Chlamydien, Treponema pallidum (Syphilis allerdings selten geworden). Das HI-Virus.
Blind vor der eigenen Sterblichkeit. Ärzte sind alkoholsüchtig, drogensüchtig, fettsüchtig. Ich bin sexsüchtig.
Das Laster als Ventil für täglich angestaute Triebe unter weißem Kittel. Ich drohe an meiner Würde zu ersticken. Wenn ich die Praxistür hinter mir schließe und auf die Straße trete, kann nur das Vögeln mich von meinen Fesseln befreien. Bedauerlicherweise zieht der Niederschlag des Lasters andere Schwierigkeiten nach sich, unter anderem das Risiko zu erkranken.
Dass sich bislang kein einziger Virus, kein einziges Bakterium bei mir einnisten konnte, hat seinen Grund. Bei Schwänzen fragwürdiger Frische verordne ich mir rund

um den Geschlechtsverkehr, welches Loch auch immer, die Gabe eines hochdosierten Antibiotikums, des Weiteren die Einnahme eines neu entwickelten Präparats, das die Ansteckung mit HIV verunmöglicht.
Eine bahnbrechende Entwicklung für Promiskuitive, davor besaß ich ein HIV-Test-Abonnement. Zweiwöchentlich durchgeführt in dem Glauben, es meinen Fickern schuldig zu sein.
Auch meinem Ehemann. Bei Krankheit in der Pflicht, mich zu pflegen, und ich ihn, was zum jetzigen Zeitpunkt meine Vorstellungskraft übertrifft, insbesondere wie er sich anschickt, mir meinen Arsch, den er seit fünfundzwanzig Jahren ignoriert, abzuwischen.
Zurück zu jener unerklärlicherweise ausgebliebenen Fortpflanzung: Hovard behauptet, ich sei unfruchtbar, und ihm sei dies nicht unlieb, man stelle sich vor, ein kleiner Kuckuck.

Um 16.34 klopft es an der Tür. Frau Peters' grauer Kopfmopp: Schönen Abend noch, Frau Doktor.
Stellt frischen Kaffee ab, nimmt die leere Tasse.
Schönen Abend, Frau Peters.
Kein Laut verspricht mehr Frieden als ihre verklingenden Schritte.
So begrüßenswert ist dieser Abgang, dass ich darauf verzichte, die Peters wegen ihres Freifrauengezankes abzumahnen. Eine Art post-orgastische Gutmütigkeit, die mich nach der Masturbation regelmäßig befällt.
Als mein Psychoanalytiker müsse er mir ansonsten von der Masturbation abraten, sagt Hovard, sie sei giftiger Nährboden für meine Neurose, nichts anderes stecke dahinter als Genussarmut und Vermeidung. Masturbation gleichwie Promiskuität seien meine sadomasochistischen Ersatz-

handlungen für Bindung. Denn obwohl es anders scheint: In Wirklichkeit fliehe ich vor der Liebe. Ich soll endlich aufhören, mich selbst zu beschädigen.

Die Tasse ist übergeschwappt, die Peters hat neuerdings Schwindel und anderes mehr. In der Mitte meines Schreibtischs auf der Panzerglasplatte nasse braune Ringe. Ich trinke saure Brühe, die Peters macht das extra, will eine neue Maschine, ist starrsinniger noch als ehedem.
An der Peters wie an anderen älteren Frauen ist eine Merkwürdigkeit zu beobachten: Alles an ihnen schrumpft, auch der Verstand, nur die Brüste nicht. Die trägt sie vor sich her wie einen Rammbock. Auch eine Art, sich Respekt zu verschaffen.

Einen Vorzug hat die Peters aber: Sie ist gewissenhaft. Noch nie hat sie vergessen, Patientennamen und Rufnummer ins Telefon einzugeben.
Es klingelt. Auf dem Display: Freiherr Rübesam, Erik, mobil.
Titulierung auch nicht ganz korrekt, soweit ich weiß. Wenn schon der Adelstitel auf den Ehepartner übergeht, wird er dem bürgerlichen Namen nicht vorangestellt. Die Peters liest gern Arztromane.
Ich melde mich mit Doktorstimme.
Erik Rübesam, sagt die Stimme, ich hoffe, ich störe nicht.
Immer ist es der Ton, der Lust zu verbergen sucht.
Die Wahrheit ist: Erik ist viel weiter, als der Ablauf der Dinge vermuten lässt. Hat mich seit Freitag dreißigmal gefickt, während er gewichst hat oder es sich von seiner Frau hat besorgen lassen, was auf dasselbe hinausläuft. Seit drei Tagen mit mir im Konkubinat.
Sein Timbre auch von daher: Erik weiß, dass ich ebenso an

ihn denke wie er an mich. Dass die Wucht des Verlangens Frauen in gleicher Weise trifft wie Männer. Dass Erotomanen verschränkten Teilchen gleichen. Dass die Kopplung unabwendbar und unumkehrbar ist.
Wenn Erik zweifelt, dann höchstens am Rande seines Bewusstseins als dämmernde Sorge, er habe die Zeichen falsch gelesen / ich könne es ernst meinen mit meiner Ehe / ich hätte Prinzipien, Patientenväter betreffend.
Auch wenn er zweifelt, ist der Erotomane sein eigener Meister. Er stellt den Trieb über seine Bedenken und über jegliche Neurose.
Doch muss ich das männliche Exemplar, um es zu ficken, zuerst demütigen. Erst dann wird es wild. Wild will ich es und ungebändigt. Ich darf es Erik nicht zu leicht machen.
Im Übrigen ist am nachfolgenden Dialog nichts hinzuerfunden, jedes Wort gefallen, so grotesk es erscheinen mag, so wahr ist es, in welchem Ausmaß der Trieb Männern wie Frauen das Hirn erweicht.
Erik, guten Abend!, sage ich, was kann ich für Sie tun?
Die Deckfläche aus Distinguiertheit gläsern wie Eis nach der ersten frostigen Nacht.
Erik sagt, da er Frau und Kind heute nicht mehr sehe, die beiden also gleich nach der Konsultation abgedampft seien, habe er sich erkundigen wollen, wie es gelaufen sei.
Hovard empfiehlt, diffizilen Fragen im Gehen zu begegnen. Zuerst langsam, dann immer zügiger drehe ich meine Runden um den Zahnarztstuhl, arretiert in der Höhe zwecks Erleichterung Peters'scher Putzbemühungen darunter. Der Stuhl ist wie neu.
Ich lobe das Kind äußerlich wie innerlich, Erik: Jaja, und dann: Bekommt er nun eine Spange?
Früher oder später täte das jedes Freifrauenkind.

Ich stehe vor meiner Vitrine, Ausstellungsstücke hinter Glas, Prunkstück: ein weißer Schädel. Humanpräparat aus Bangladesch, mutmaßlich weiblich, um die zwanzig, vollständiges, kariesfreies Gebiss, Zahnstellung leicht irregulär. Der Knochen von immakulatem Weiß und poliert, so junge Tote nur in Schwellenländern erhältlich.
Ich will Erik über den Befund informieren, ohne das herabwürdigende Verhalten seiner Frau zu erwähnen, keine einfache Aufgabe, da ihre Bockigkeit eine differenzierte Diagnose unmöglich gemacht hat.
Ich sage: Ihre Frau war der Meinung, Kieferorthopädie sei kostspielig und wolle gut überlegt werden.
Wie kostspielig?, fragt Erik.
Ich sage: zweitausend Euro, geschätzt. Ich bin keine Spezialistin. Ich würde ihn an einen Kollegen überweisen.
Erik sagt, er habe mit mehr gerechnet, das sei ja richtig preiswert.
Ich mache halt am Fenster, das sollte geputzt werden, was der Peters unlieb ist, da sie den festen Leib strecken muss.
Ich frage: Was tun Sie denn so als Ingenieur, jetzt Manager?
Erik antwortet: Ich manage einen mittelständischen Betrieb, Rohstoffhandel.
Ich sage: Interessant.
Dann ist es still.
Ich sage: Für zweitausend Euro verkauft man in Bangladesch seine Niere oder seinen Schädel. Der Wert von Geld ist relativ.
Erik sagt: Aha. Ein kritischer Geist.
Was ich nicht bin. Lediglich bestrebt, Erik zu maßregeln. Was seinen Wunsch anfacht, es mir zu zeigen. Was meinen Wunsch anfacht, das möge sein Schwanz tun.
Ich sage: Ich kann mit keiner Diagnose dienen. Nur so viel:

Beim kleinen Erik besteht Handlungsbedarf. Ich habe das Ihrer Frau erklärt.
Erik sagt, er hätte selbst kommen sollen. Ob ich dem Kleinen wenigstens in den Mund habe schauen können?
Und ich: Ansatzweise.
Angekommen bei meinem Schreibtischsessel, ich setze mich, Lackschuhe auf den Tisch.
Erik sagt: Hören Sie, wenn Sie mögen, kommen Sie auf dem Heimweg vorbei, trinken einen Kaffee und erklären mir, was welcher Körperteil kostet.
Entblößter als Erik in diesem Moment kann man nicht sein, auch nicht blöder, jedoch stattet die Gier den Erotomanen mit Indolenz gegenüber jeder Peinlichkeit aus, in die Stille fügt er hinzu: Selbstverständlich werde er mir ein Honorar zahlen, den höchsten Satz für Hausbesuch, plus Zuschlag für den nächtlichen Einsatz.
Ich sage: Eigentlich bin ich nicht käuflich.
Was nicht wahr ist, ich bin käuflich, nur ist die Währung nicht Geld.
Und: Moment, bitte.
Hörer auf den Tisch gelegt, Hand unter dem Kittel vorgeschoben bis zum String, winzige Stoppeln, morgen früh werden es Stacheln sein.
Ich nehme den Hörer und sage: Nächtlich wird der Einsatz nicht.
Erik sagt: Natürlich nicht.
Ich weiß, wo Sie wohnen, ich komme in einer halben Stunde, sage ich.
Erik sagt: Wie schön.
Und legt auf.
Unter Umständen, die dies rechtfertigen, könnte mich seine helle Stimme ergreifen.

Ins Bad.
Eigentlich kein Bad, vielmehr Toilette und Waschbecken, abschließbarer Schrank, darin für unverhoffte Ficks ein Gleitgel auf Wasserbasis, Bürste, Make-up, Parfum.
Ein Fach tiefer die Peters: Kamm und Pinzette, Letztere nicht nur für die Brauen. Seit der Menopause (kam für sie unerwartet früh) hat die Alte ein Bärtchen. Weiß und stachelig, über der Oberlippe zehn oder fünfzehn Borsten, auf dem Muttermal am Unterkieferrand ein ganzes Büschel.
Unter den Patienten sind wenige Kinder, die allerdings haben es in sich: Du hast einen Bart, Frau Peters! Deine Zähne sind gelb! Bist du schon hundert?
Der Ehrlichkeit halber: Jede dieser Aussagen ist wahr, oder beinahe. Und die Peters verzeiht, sie verzeiht den Kindern, nicht jedoch deren Müttern, die ihre Brut keinen Anstand gelehrt haben.
Mein Werkzeug auf dem Waschbeckenrand. Ich kämme, drehe und schlinge, das Resultat: am Hinterkopf ein dürrer Chignon. Puder, Lipgloss, ein Sprühstoß Parfum.
Die Zähne putze ich mir wund, ebenso Zahnfleisch und Zunge. Ausgeschlossen, dass mein Mund nach irgendetwas schmeckt.
Kommen wir zum Gleitgel.

Der folgende Abschnitt ist allen Liebhabern gewidmet, Überschrift:
Die Lubrifikation oder wie Frauen feucht werden.
Die Initialisierung weiblicher Erregung ist Männern in der Regel ein Mysterium (anders als ihre eigene).
Physiologisch betrachtet ein einfacher Vorgang, Reizexposition, Anschwellen der vaginalen Innenwände, Absonderung einer klaren Flüssigkeit, bei fortgesetzter Erregung Aus-

tritt des Sekrets durch die Öffnung zwischen den kleinen Schamlippen, psychologisch hochkomplex.
Zur Verdeutlichung die Schilderung einer Alltagsszene, jüngere Vergangenheit.
Vor der Tür eines Liebhabers mit Doktortitel, charakterlich gefestigt, von seiner Untreue einmal abgesehen. Ich mag ihn, aber ich liebe ihn nicht. Wir treffen uns zum dritten Mal.
Ein kleines Appartement, das er wochentags nutzt, Arzt in der Inselklinik, Pendler. Frau und Kinder auf dem Festland. Ergrauender Teppich, braunes Schlafsofa, die Vorgänge orange oder braun-orange gestreift, ich erinnere mich nicht, manchmal verwechsele ich jetzt die Örtlichkeiten. Möbliert gemietet, Teilmeerblick, ein blauer Streifen See zwischen gegenüberliegenden Hauswänden. Vor dem Fenster ein Balkon, da sammelt er den Abfall, zweimal monatlich kommt die Putzfrau, wechselt die Wäsche, entsorgt die Säcke.
Er ist hübsch und Mitte vierzig. Klebestreifen an der Tür, darauf mit Kuli sein Name, er beginnt mit F. Die Fußmatte aus steifen Borsten und staubig.
Die Bedürftigkeit des Ortes ist meiner Lust abträglich, zudem liegt hinter mir ein Arbeitstag. Betrachten wir meine Steifheit.
Beim Vögeln zu genügen in einer Weise, die zuverlässig einen fremden Schwanz sich aufrichten lässt, ist Strapaze. Lichtjahre entfernt von der unangestrengten Hingabe zweier Liebender, es handelt sich um diametral entgegengesetzte Vorgänge.
Mein Stresspegel ist in diesem Moment vergleichbar demjenigen eines Hundertmeterläufers vor dem Start. Der Wunsch zu fliehen in seiner Dringlichkeit nur vom Trieb zu vögeln übertroffen.
Ich klopfe, falle mit der Tür ins Zimmer, so schnell öffnet

sie sich. F. hat auf mich gewartet. Trägt Bademantel, gewährt mir Einlass in seine Arme, presst mich an seine Mitte, wie eine Flinte dem Mann voraus sein Geschlecht. Er hat geduscht und dampft, der dunkle Kopf glänzt. Ich mag sein Haar, es gleicht einem Feld, das duftet und wogt, unter Umständen komme ich deshalb. An jedem Liebhaber ist etwas Einzigartiges, das ich in meinen Besitz bringen will.
Ich hebe die Hand, streichele am Nacken die Fülle, derlei Überfluss findet sich nur bei jüngeren Männern. F. stößt mich zurück, nicht unsanft, jedoch getrieben, die folgenden Bewegungen führt er ohne Zögern aus. Rafft meinen Rock, greift meine Arschbacken und zieht sie auseinander, packt meine Schulter, drückt mich in die Knie, öffnet seine Kordel, dringt derb in meinen Mund.
Zwei Minuten später auf dem Klappbett. F.s Schwanz so steif, dass ich glaube, er werde in die Luft ejakulieren.
Um mich Schwärze, im Zentrum, als wäre ein Spot darauf gerichtet, F.s Geschlecht. Kleine, feste Eier, weiter Sack. Arterhaltung modelliert auf denkbar anziehendste Weise.
F. ist mir weit voraus, ihm dringt der Saft aus allen Poren, dies ist wörtlich zu verstehen: Noch nie habe ich einen Mann in derart flüssiger Weise schwitzen sehen. Er zieht mich über sich, pflanzt seinen Speer.
Selbstredend stimuliert mich das Eindringen eines Gliedes, die Reibung eines zweckbestimmten, in höchstem Maß morphologisch kongruenten Schwanzes in meiner Möse. Weiterhin die Tatsache, dass in dieser Stellung meine Klitoris an F.s Schambein prallt, aber verstehen Sie: Obwohl ich innerhalb von Sekunden zum Höhepunkt komme (F. hat kurz nach dem Eindringen ejakuliert, sein Glied ist dessen ungeachtet steif), bleibt auf eigentümliche Weise die Erfüllung aus. Bestenfalls habe ich an F.s Körper masturbiert. Um nachhaltig feucht zu werden, fehlte es an Zeit.

Und: Ohne Gleitmittel hätte der Reibungskoeffizient den wünschenswerten Wert bei weitem überschritten.
Dieselbe Alltagsszene, andere Vorzeichen:
Wieder vor der Tür, die sich öffnet im Moment, da ich klopfe. Dieser Mann heißt W., weißer Bademantel, locker verknotet, zieht mich an sich, hat sein Rohr zwischen die Beine geklemmt oder in den Slip, jedenfalls stört es nicht sehr, er küsst mich. W.s Mund ist Zahnpasta und Champagner, schräg rechts, auf der Arbeitsfläche der kleinen Kochnische, steht die Flasche. Zwei Kelche, einer davon halb geleert.
W. greift hinter sich, lässt nicht von mir, schenkt ein, reicht mir das Glas. Trinkt von seinem. Küsst mich wieder, füllt mich mit seiner Zunge und dem Champagner.
An seiner Hand zum Bett. Heißt mich am Fußende hinsetzen, die Decke ist weiß und steif. W. kniet am Boden, faltet die Hände, spricht die ersten Worte: Er werde mich jetzt scharfmachen. Ob ich komme oder nicht, spiele keine Rolle. Dass es ihm im Verlauf dessen, was er tue, komme, sei wahrscheinlich, spiele aber ebenso wenig eine Rolle. Im Übrigen habe ich seinen Anweisungen zu folgen.
Legt die Finger gespreizt auf meine Schenkel, streicht aufwärts, fasst meinen Slip, der Ruck kommt plötzlich und gewaltsam, das Geräusch von reißender Seide. W. richtet sich auf, presst mein Höschen an seine Nase, seine Nase ist klein und gerade.
Ich unterdrücke den Wunsch, W.s Haar zu berühren.
Noch ist meine Erregung marginal, eher ist es Neugier.
Leg dich hin, Augen auf, sagt W., und ich liege auf dem Bett, Zehenspitzen am Boden. Ich raffe selbst den Rock nach oben, will gesehen werden.
W. nimmt meine Füße, hebt sie in die Luft, richtet den Blick in mich. Verharrt in Betrachtung, hat irgendwoher sein Glas mit Champagner. Leert es mir über die Muschi und in

sie, ich bin nass, das Bett ist nass, W. setzt an, meine Möse auszuschlürfen. Richtet sich auf, sein Mund glänzt. Beugt sich über meinen Anus, umfährt ihn mit dem Daumen, der ist lang und schmal, die Kuppe reicht weit, der Nagel kurz, er muss als Junge daran gebissen haben, wie man es häufig sieht bei Männern. Fährt immer kleinere Kreise, dringt ein, speichelfeucht, widerstandslos, drei Zentimeter oder vier.
Nachher, meine Süße, sagt W., und seine Stimme ist jung, obwohl er nicht mehr jung ist, nachher belohne ich dich. Ich ficke dich besinnungslos, ich fülle dir alle deine Löcher. Er ist aufgestanden, hat sein Glied in die Hand genommen und begonnen, daran auf und ab zu streichen.
Das ist der Moment, in dem ich überfließe, der Moment, in dem ich Musik werde, Musik, die mich lähmt und handlungsunfähig macht, sie ertönt unregelmäßig, vereinzelt und teuer, manchmal beim Ficken und manchmal, wenn ich sterben will, ohnehin sind Ficken und Sterben eins.
Zu unserer Versuchsanordnung. Beide Erregungen voneinander grundlegend verschieden. Man möchte meinen, es handele sich um zwei unabhängige biologische Vorgänge.
Beispiel eins, die mechanisch herbeigeführte, jederzeit abrufbare Klimax, primitiver Fremdreflex, Verschaltung aus dem untersten Segment des Rückenmarks.
Beispiel zwei, ein Geschehen im Großhirn, dies hat mit dem Rückenmark so viel gemein wie Algebra mit den Grundrechenarten. Neuronal gesehen ist Verlangen ein Großfeuer, zieht hochkomplexes Wunschdenken nach sich, im Idealfall den Liebeswunsch.
Raten Sie, wie viele meiner fünfhundert Liebhaber nach Methode zwei vorgingen. Nicht die Hälfte, nicht ein Viertel, ganz genau einer, und er war einundachtzig.
Denken Sie nicht, ich sei romantisch. Keinen Moment täusche ich mich darüber hinweg, dass es sich auch bei Beispiel

zwei um ein Schauspiel handelt. Sex will inszeniert werden wie jede andere Sinnesfreude.
Für den Mann: Betrachten Sie dies als Anleitung.
Liegt es Ihnen aber fern zu schauspielern, unterlassen Sie den Versuch. Die Hauptsache ist, überhaupt zu ficken. Besser ein schlechter, fremdbestimmter Orgasmus als keiner. Dann allerdings ist das Gleitmittel unverzichtbar, zumindest Ihre Spucke.

Zurück zur Praxis, die Applikation des Gels ist kompliziert, ich führe sie im Liegen durch.
Der Fußboden als Ort fällt aus, zwar ist er gewischt, jedoch bin ich zimperlich, es entzieht sich Ihrer Vorstellungskraft, welcher Artenvielfalt Bakterien sind, die Schuhsohlen anhaften.
Ich wähle den Zahnarztstuhl, Multifunktionsstuhl, auf Knopfdruck flach zu stellen, besser noch: in Schockposition, Fußteil höher gelagert als Kopf.
Vorher an die Schublade, darin herrscht penible Ordnung, dafür ist die Peters zuständig. Ganz hinten liegen die Einmalspritzen mit stumpfer Kanüle. Gefüllt mit zehn Milliliter Glibber, mich auf den Stuhl begeben, noch einmal aufgestanden und die Tür verriegelt, unerträglich die Vorstellung, jemand überraschte mich, die Putzfrau, die Peters, dann noch lieber Hovard, dem keine Verirrung des Homo sexualis fremd ist. Hose runter, String runter, er baumelt an meinem Fuß, ich winkele die Beine an. Ein gänzlich unerotischer Vorgang, das Gerät einzuführen.
Tröpfchenweise soll sich das Gel entleeren, erst bei sexueller Erregung gepaart mit heftiger Schwankung (Fremdbewegung oder eigene), wird sich der Schwall ergießen.
Für Erik vermeintlich Zeichen der Anerkennung für höchste Liebeskünste, ein Irrtum, den ich ihm gönne. Grundsätz-

lich trage ich Sorge, den Mann glauben zu machen, er gehe aus dem Gefecht als Sieger hervor.
Das Feld ist bereitet, ich kleide mich an, berühre nichts, die Praxis in ihrer Unversehrtheit ist mir heilig, ich bin nymphoman, aber auch Ärztin.
Ich trete ans Waschbecken, reinige mich gründlich, Seife, Desinfektion, klinisch rein.
Noch tropft nichts in mein Höschen, ich beherrsche mein Handwerk.
Aufgeräumt, die Spritze mitgenommen, Nachforschungen der Peters ist zuvorzukommen, sie kontrolliert den Abfall.
Im Schrank hängt die kleine Abendgarderobe, goldenes Jäckchen, goldene Tasche.

Die Insel ist achtunddreißig Kilometer lang. Eine schnurgerade Straße führt von Süd nach Nord. Linker Hand die Dünen, die höchste misst zweiundfünfzig Meter, auf hölzernen Stufen zu besteigen, rechter Hand das Wattenmeer. Gestrandete Kähne aus vergangenen Jahrhunderten, zu Skeletten verrottet, die sich bei Ebbe aus dem Meer erheben. Im Norden die Wanderdüne, ein Kubikkilometer Sand, an ihren Hängen kein Halm, auf ihrem Weg mit dem Westwind hat sie 1850 ein ganzes Dorf verschlungen. Ein Jahrhundert später ausgespien, Schule, Kirche, Leuchtturm, unversehrt wie am Tag ihres Verschwindens, Erdreich zu Sand geworden, die Toten in ihren Gräbern gedörrt.
An der schmalsten Stelle ist das Eiland hundert Meter breit, bei Sturm schlagen die Wellen bis zur Straße, zwei Meter oder drei über dem Meeresspiegel. Der Sturm werde die Insel teilen, sagen Geologen, in fünfzig Jahren oder hundert, einmal ist es schon passiert: bei der Sturmflut im Jahre 1962. Der Isthmus wiederhergestellt durch Menschenhand. Wie durch ein Wunder kam niemand ums Leben.

Heute nehmen Baggerschiffe Sand auf, saugen ihn weit vor der Küste an, speien ihn durch Rohre an Land, am Strand stehen Planierraupen, die ihn verteilen, und über ihnen tausend Möwen, das Getier vom Meeresgrund ihre Beute.
Der Küstenschutz kostet Millionen, und trotzdem schwindet die Insel, der Finanzminister zetert, Versicherungen drohen, die Policen der vom Untergang bedrohten Anwesen zu kündigen, auch unsere.
Ich fahre Richtung Norden, mir fällt Hovard ein, dessen Verkühlung sich verschlimmert hat, nicht einmal den versprochenen Fahrdienst heute Mittag zur Praxis hat er eingelöst. Ich musste mir ein Taxi nehmen.
Ich habe mich nicht gemeldet. Soll ich Schuldgefühle haben, weil ich die Welt in Zeiten der Brunft vergesse? Zuallererst Hovard vergesse. Ich frage Sie: Bin ich die Hüterin meines Mannes?
Jetzt wähle ich doch seine Nummer, es dauert, bis er abhebt, dann klingt er erbärmlich: Havener.
Mein Mädchenname ist *Mittenentzwei*, dazu bestimmt, lebenslang Heiterkeit auszulösen, auf ihn zu verzichten, fiel mir leicht.
Nicht nur, dass Hovard einen stolzen Namen trägt, und ich mittlerweile auch, er will außerdem nicht ausschließen, ein entfernter Neffe Sigmund Freuds zu sein.
Selbst wenn: Wo dem Onkel eine sprudelnde Libido gegeben war, ist Hovards Quelle früh versiegt.
Ich bin's, sage ich, du klingst halbtot, Hovard.
Schlimmer als halbtot, sagt Hovard, mit diesem Virusload komme er nicht mal mehr als Organspender in Frage.
Mir ist nicht nach Lachen zumute, eigentlich nie, weshalb Hovard zu Recht behauptet, er kenne niemanden, der über eine derart profunde Humorlosigkeit verfüge wie ich. Da die meisten psychischen Erkrankungen sich durch Ab-

wesenheit von Humor auszeichnen und Hovards Tätigkeitsschwerpunkt die Depression war, soll das etwas heißen.
Zu dem Tag, an dem mir das Lachen verging, später mehr.
Ich frage: Hast du alles, was du brauchst?
Hovard schweigt. Ich kenne niemanden, der derart profund schweigt.
Ohnehin weiß er, warum ich frage. Die Frage impliziert, dass er den Abend allein verbringen wird mit seinem Rotz.
Ich sage: Ich treffe noch eine Kollegin.
Dass es auf der Insel keine Kollegin gibt, spielt keine Rolle. Kollegin unser Codewort für Freier.
Es wird nicht allzu spät, Schätzchen. Wir sehen uns noch, sage ich und halte an der einzigen Ampel im Dorf. Im Licht der Laterne betritt ein Mann in schwarzer Lederjacke die Straße. Er ist klein, unter eins siebzig.
Um besser von ihm gesehen zu werden, beuge ich mich vor. Das Straßenlicht fällt mir ins Gesicht.
Er hat den Gang eines Häuptlings, Kopf erhoben, Haar schwarzgrau, starke Brauen, große Nase. Tiefe Falten, ihm ins Gesicht geschrieben wie der Geschlechtstrieb.
Der entgleiste Sexus sei ein Drang, den man vor sich herträgt wie einen Schild, sagt Hovard. Das übersteigerte Verlangen erzeugt ein Leiden, das die Züge prägt. Er sehe sofort, wer täglich masturbiert oder sich mehrstündig mit sexuellen Tagträumen beschäftigt.
Dem halte ich entgegen, das Leiden wird aufgewogen, denn die Genugtuung besteht darin, ein anderes Individuum, idealerweise ein fremdes, von seiner Krankheit zu heilen und dabei selbst geheilt zu werden. Pest und Arzt in einem.
Der Fremde sieht mich nicht, als er die Straße überquert, mein kleiner, hochmütiger Freund. Hätte er mich erkannt, wir wären einander zu Hilfe gekommen.

Von hinten erkenne ich, dass seine Beine krumm sind. Wie würden sie mich umschlingen.
Ich lasse den Wagen anrollen. Blicke auf das Display meines Handys.
Hovard hat eingehängt.

Ich biege in die schmale Straße. Frage mich, ob in Eriks geklinkerter Einfahrt parken oder ein Stück des Weges hinab. Dort geht die Straße in einen Reitweg über, er führt durch die Heide. Weiter unten das Watt im Nebel.
Zu Beginn des Reitweges befindet sich ein kleiner Sandplatz. Hier stelle ich den Wagen ab. Schneefall hat eingesetzt, Flocken groß wie Pusteblumen, ich drehe mir den Spiegel zu. Meine Haut ist durchsichtig, am Gewebe zieht die Schwerkraft, also lächele ich, jedes Jahr ein bisschen mehr. Außerdem hilft Lippenstift, heute fatal red, Farbton für derartige Anlässe.
Dass ich damit Spuren hinterlasse, auf Eriks Hemd, je nach Verlauf auch auf Teppich, Sofa oder Bettwäsche, ist ohne Belang. Die Zuständigkeit für das Aufräumen liegt beim Veranstalter, und der ist er. Irrelevant auch, dass ich nach dem Küssen aussehe wie ein Clown. Die Nymphomanin während des Aktes entledigt sich jeder Scham.
Hovard sagt, die sexuelle Ekstase ähnelt einer psychischen Affektstörung mit stark veränderter Wahrnehmung, wie zum Beispiel unter Einnahme von LSD.
Dem widerspreche ich. Anders als unter dem Einfluss von Drogen entsteht der Nymphomanin der vollständige Wahrnehmungsverlust ihrer selbst und ihres Gegenübers. Bewusstsein und Unterbewusstsein lösen sich auf. Sie ist nicht mehr sie selbst, mehr noch, sie existiert nicht mehr. Bar jeder Verantwortung, nur noch Fleisch. Es ist der unschuldigste Akt.

So gekleidet gehe ich durch den Schneewirbel auf Eriks Haustür zu: Lackschuhe, der Absatz verschmutzt. Jeans, die Bügelfalte abhandengekommen. Weißes Top, Titten in der Kälte zwei spitze Kiesel. Lederjacke golden, ich trage sie zum vierten oder fünften Fick, auch die goldene Tasche. Durch die Frisur schimmert Haut, das Haar wird mit jedem Jahr dünner. Fachbegriff dafür: Involution, Rückbildung, programmiertes Verschwinden. Der Lippenstift geneigt, kapillär zu verlaufen in ein Netzwerk vertikaler Fältchen, noch sind sie fein, nur von nahem sichtbar, später werden es Furchen sein, die jedem sagen, der mich ansieht: nicht küssen, dieser Mund ist am Verwesen.
Ein Aufzug, der Hovard zuwider wäre, ihm zuwider jeder Anflug von Vulgarität, sein Diktum: keine Anpassung nach unten. Wenngleich er konzediert, dass Sigmund Freud zufolge in jeder Frau eine Dirne steckt, die zu gefallen wünscht, und wenn ich aussehen wolle wie eine, könne man meinem Es wohl keine Zwänge auferlegen.
Hovard benutzt Wörter wie *konzedieren*.
Die Dirne ist zu kühl gekleidet. Die Arme hat sie um sich geschlungen, kommt auf dem kleinen gepflasterten Weg ins Schlingern, schuld sind die Lackschuhe mit Ledersohle und die Getriebenheit. *Getrieben* kommt von *Trieb*. Dünn wie Dünengras, von weitem jung, aber mit jedem Schritt auf Erik zu ein Jahr älter. Aus der Nähe keinen Tag jünger als fünfzig. Wofür ich mich nicht schäme. Weder erwartet Erik, auf einen Twentysomething zu treffen, noch tue ich es. Er will eine Fünfzigjährige vögeln, und, glauben Sie mir, das trifft auf nicht wenige zu.
An der Eingangstür ein von Kinderhand getöpfertes Schild: Erik, Louise und Erik junior, bunt glasierte Blümchen, darunter ein schiefes Wappen, Gans mit Krone auf rotem Grund.

Ich warte auf einer Fußmatte aus grünem Kunstrasen. Rechts der Tür ein Milchglasfenster, es steht auf Kipp. Ich höre eine Spülung. In die salzige Luft mischt sich Tannenduft, derselbe Lufterfrischer, den die Peters in der Praxis verwendet.
Grundsätzlich erregt mich Spießigkeit, konkret die Kluft zu dem, was wir vorhaben. Mir gefällt es, in fremde Räume einzudringen. Keineswegs, weil ich verletzen möchte, das lässt mich gleichgültig, es geht um den Tabubruch. Zu hoffen ist, dass Erik seinen Ehering trägt, wenn er die Hand in meine Möse steckt.
Ich drücke den Klingelknopf, hinter der Tür ein Dreiklang. Erik öffnet augenblicklich.
Straffer als am Freitag, möglicherweise Resultat sportlicher Anstrengung. Hellblaues Hemd, Kragen aufgeknöpft, Brust einsehbar, erwartungsgemäß unbehaart. Überraschend: unterhalb des Hemdes in Trainingshose, barfuß in Turnschuhen.
Er zieht mich an sich, riecht nach Hovards Rasierwasser und Nikotin und noch etwas: nach Fisch oder Artverwandtem. Küsst mich links und rechts, einen winzigen Moment länger, als es der Anstand gebietet, tritt zurück. Betrachtet mich. Mehr noch, verleibt mich sich ein, Gesicht und Brustkorb, am längsten die Hüfte. Reihenfolge und Dauer der Betrachtung sind verhaltensbiologisch normiert. Empirisch gesehen wünschen sich Männer die Taille um dreißig Prozent schmaler als den Hintern, womit ich nicht dienen kann, da mein Beckenwachstum einschließlich Gebäreinrichtung mit dreizehn Jahren stehengeblieben ist. Niemals hätte da ein Kinderkopf hindurchgepasst, sagt Hovard. Das habe nicht sollen sein, sagt er.
Worauf wir später noch einmal zurückkommen werden: verhaltensbiologisch normiert auch das Interesse des Man-

nes am gegnerischen Geschlechtsapparat. Nicht einmal im Alter unterbleibt der Versuch einer wechselseitigen Einschätzung der Schwanzlänge, egal wie verdorrt der eigene ist.
Erik ist nicht verdorrt. Alles an ihm ist feucht. Augen, Mund und Hände.
Auf meiner Wange trocknet seine Spucke.
Herzlich willkommen, sagt er, hoffentlich haben Sie Hunger.
Ich sage: Und Durst.
Erik lächelt fortgesetzt, was mir schon früher aufgefallen ist, er lächelt, wie ein Hund mit dem Schwanz wedelt, erwartungsvoll, zugleich unterwürfig, weil das, was er will, nur ich habe, seine Augen nicht frei von Hinterlist, schon gar nicht gütig.
Er nimmt meine Jacke, geht voran, grau-weiß tapezierte Wände, linker Hand ein Türchen, das öffnet er am winzigen goldenen Knauf. Licht geht an, Leder, Pelz, eine Reihe von Schuhen, kein Absatz unter acht Zentimeter.
Die Schuhe meiner Frau, also diejenigen für den Winter, sagt Erik und fasst meine Hand, zieht mich weiter durch den schmalen, hohen Flur. Oben der Dachstuhl, zwischen Balken klemmt Reet in Bündeln. Vorbei an einem Spiegel. Wir leuchten wie zwei Himmelskörper, deren Ende als Supernova nur eines von vielen denkbaren ist.
Auf einer Kommode stehen Familienfotos. Das Möbel ist aus grauer, gebürsteter Eiche, als habe der Innenarchitekt genau eine Farbe gekannt. Zentral auf der Kommode ein Hochzeitsbild mit schmalerer Freifrau, das Gesicht halb verschleiert im Gegensatz zum Dekolleté. Erik im Maßanzug, die Braut im Arm, sie blicken in die Kamera.
Noch etwas weckt mein Interesse: ein Baby auf Fell.
Ich sage: Wenn Sie erlauben, werfe ich einen Blick.

Neugeborene rühren mich ebenso wenig wie Tiere, allenfalls interessiert mich ihre putzige Physiognomie, im konkreten Fall, ob der Rückbiss des Erik-Säuglings genetisch determiniert ist.
Ich trete vor, fest an Eriks Hand.
Unter den Stadien des Eroberns schätze ich das Händchenhalten besonders. Freier halten keine Hände. Mehr noch als Küssen ist Händchenhalten Absichtserklärung.
Eriks Hand ist absichtsvoll, sie kann von mir nicht lassen, ich beuge mich vor, tatsächlich, am fetten Kind ein winziges fliehendes Kinn.
Die Vaterschaft lässt sich nicht leugnen, sage ich.
Und Erik: In der Retorte gezeugt.
Er steht halb hinter mir.
Ich sage: Das hat Vorteile. Soweit ich weiß, sind Retortenbabys kaum je Kuckuckskinder.
Erik sagt: Leuchtet mir ein.
Und ich: Eins zu hunderttausend.
Trotzdem habe er einen Vaterschaftstest gemacht, sagt Erik.
Ich sage: Das hätten Sie nicht müssen. Der Kleine ist Ihr Ebenbild.
Etwas streift meinen Po, ich könnte schwören, absichtsvoll.
Erik tritt zurück und sagt: Kommen Sie.
Er geht vor nach rechts, ein großer Raum mit offener Küche. Fenster und Terrassentür aus einbruchsicherem Glas. Dort bleiben wir stehen. Draußen Möbel mit Hauben aus Schnee, eine Rasenfläche, überdacht in der Ecke ein Komposthaufen, daran angelehnt ein nadelloser Weihnachtsbaum. Einziger Schmuck: lange silberne Fähnchen. Sie flattern aus West.
Ich sage: Der Wind muss gedreht haben.
Das werde ich nie begreifen, wie ihr Insulaner das wisst,

sagt Erik und fasst meinen Ellenbogen, er habe etwas vorbereitet.
Führt mich in die Küche.
Zentral ein grauer Schieferquader aus gleichem Stein wie der Boden, darauf eine große Schale gefüllt mit Eis, Meeresgetier, weitaus mehr, als wir essen können. Weiße Servietten, auf einem silbernen Tablett zwei Kelche.
Erik fragt: Mögen Sie Austern?
Ich sage: Das ist noch untertrieben. Meine große Liebe.
Wir sehen uns an, keine größere Nähe als jene zweier fremder Menschen, die beabsichtigen, sich in der nächsten Stunde voreinander auszuziehen.
Erik fragt: Komme ich auch in Betracht?
Und ich schweige, besser zu schweigen, als zu lügen, diesen hier werde ich niemals lieben.
Er begibt sich zum Kühlschrank, berührungslos schwingt der auf.
Ich sage: Sie mögen es technisch.
Schon. Aber altmodisch auch, sagt Erik.
Statt Korken in der Champagnerflasche ein silberner Verschluss, den legt Erik auf den Schiefer, das Geräusch auf nachhaltige Weise verstärkt, überhaupt leidet das Haus an Nachhall, und während ich überlege, wie das sich auswirkt auf Liebeslaute, schenkt Erik ein. Wir stehen über Eck, von seitlich trifft mich Winterlicht.
Seitenlicht steht niemandem, erst recht niemandem über fünfzig.
Dessen ungeachtet setze ich, was gefurcht ist oder gefalzt ist, dem Schattenwurf aus.
Ein Lifting stellt keine Heilung dar, lediglich rücken Problemzonen an andere Stellen, weshalb ich kein Messer an mich lasse. Aufrecht im Seitenlicht, Trotz hat eine erotische Qualität.

Wir heben die Gläser, Erik sagt: Judith, und ich: Erik. Nichts Absichtsvolleres, als den Blick zu senken, und das tue ich, nicht aus Demut, sondern aus Kalkül. Vermeintliche sexuelle Kapitulation.
Erik schenkt nach. Mein zweites Glas, die optimale Dosis, einen Orgasmus zu boosten.
Ich frage: Warum die künstliche Befruchtung?
Erik sagt: Motilitätsstörung meiner Spermien, bedauerlich, aber ihre genetische Ausstattung ist intakt.
Ich nicke. Kein Stigma für Männer, über Fehlfunktionen ihres Geschlechtsapparates zu sprechen. Hätte ich begonnen, meine Endometriose zu thematisieren oder die zystischen Eierstöcke, Erik hätte ihn nicht hochgekriegt.
Einige Geschwister sind noch kryokonserviert, sagt er, seine Augen glänzen, vielleicht hat er schon getrunken, bevor ich kam. Ich beginne um seine Erektion zu fürchten.
Er greift über den Tisch, zieht die Schale näher und sagt: Das sind ganz frische.
Lehnt sich darüber, sagt: Enge Verwandte der Felsenauster. Stumpfe graue Schale. Auf der Insel seit über tausend Jahren. Heute geliefert, ich habe sie selbst geöffnet.
Er muss gewusst haben, dass ich komme, oder eine andere.
Ich beuge mich ebenfalls vor, unsere Köpfe berühren sich, oder eigentlich nur unser Haar. Eriks Haar ist dünn und weich und nur von einem Ton, und ich begreife, es ist gefärbt.
Er reicht mir die schönste Auster, nimmt sich selbst. Der große Mann hat kleine Hände.
Er sagt: Ich atme sie, ich schlürfe, ich lutsche sie und schlinge ihr Fleisch, im Innern der Kruste erwartet mich ein Schatz.
Schluckt mit zurückgeworfenem Kopf, hörbares Schließen des Kehldeckels, sein Adamsapfel ist mächtig.

Ein Gedanke will nicht weichen: Es ist nicht das erste Mal, dass er dies sagt und tut.
Er betrachtet die entleibte Auster.
Was für eine Verschwendung, so schön zu sein, dort, wo man es nicht sieht, sagt er.
Uns gemeinsam ist die Routine im Umgang mit Schamlosigkeit. Der Grad zur Lächerlichkeit ist schmal.
Ich nicke freundlich. Nymphomaninnen spotten nicht. Spott ist der sexuellen Performance des Mannes abträglich.
Ich frage: Wollen Sie die anderen Kinder?
Erik sieht auf, nicht unwillig, eher dankbar für die Frage. Schüttelt den Kopf, beantwortet die nächste, bevor sie gestellt ist.
Er sagt: Die Entsorgung ist kein Problem. Es sind PN-Zellen, noch im Vorkernstadium.
Nimmt meine Hand, betrachtet sie, führt sie an seine Lippen. Meine Haut am Handrücken ohne Altersflecke, wenngleich ihr die Prallheit abhandengekommen und sie neuerdings durchsichtig ist.
Erik behält die Pose bei, während er spricht, weniger überrascht mich die Haltung als der Moment. Aus der Vergesellschaftung eines desaströs unerotischen Themas mit dem ersten Handkuss lässt sich auf eine höhere Verletzlichkeit schließen als zunächst angenommen.
Er küsst die Innenfläche, lässt die Lippen aufgesetzt, sodass es feucht wird darin, als er sagt: Eizelle und Spermium sind noch nicht verschmolzen. Definitionsgemäß kein Embryo. Aber trotzdem.
Ich glaube, im Handteller seine Zunge zu spüren.
Da habe ich begriffen. Erik sucht Trost. Trost durch sexuelle Handlung.
Obgleich im Grunde genommen desinteressiert an seinem Motiv, erkenne ich ein Muster: unser beider Verstrickung

in eine dysfunktionelle Ehe und die damit verbundene Einsamkeit.
Womit das Stichwort geliefert wäre für eine Frage, die Sie sich möglicherweise schon gestellt haben: Ob sich die Inselmänner von mir erzählen.
Sie tun es nicht. Der Fick ihres Lebens bleibt fest verschlossen in ihren kleinen, einsamen Herzen.
Ich kenne kein Mitleid, schon gar nicht mit dem Objekt meiner Begierde. Bestenfalls rührt es mich.
Ich löse mich, in einem Zug den Champagner geleert, mit der Zungenspitze die Lippen gereinigt, an der Serviette getrocknet. Und lasse mich küssen.

Und Erik küsst stürmisch. Die todgeweihten Embryonen sind vergessen. Keine meiner fünfhundert Affären hat mir derart schnell und tief die Zunge in den Hals gesteckt. Dabei vollzieht sie flatternde Bewegungen. Nicht unangenehm, jedoch weiß ich nicht, wohin mit meiner Zunge. Wenngleich zum Nachdenken keine Gelegenheit bleibt, denn Erik hält mich umfasst, so eng, dass wir eins sind, und dieses Eine hat ein Ziel. Erik drängt in Richtung des angeschlossenen Wohnraums. Da ich nicht sehe, was sich hinter mir befindet, muss ich ihm vertrauen.
Unter meinen Füßen Parkett, grauer Flokati, Erik löst sich, lässt mich auf das Sofa fallen.
Das abscheuliche Sofa, wie sich herausstellt. Es entstellt den Raum auf geradezu niederträchtige Weise, grobe Wolle, Schottenkaro, rotgelbblauschwarzgrün, zudem zerschlissen. Erik mit seinem Gleichgewicht beschäftigt, ein Phänomen, das ich des Öfteren beobachtet habe, der Bauch übergewichtiger Männer stellt eine Unwucht dar, so habe ich Gelegenheit, die beschämende Couch zu beäugen, kein anderer Name für dieses Möbel.

Und ich erkenne, es ist nicht die Couch, allenfalls ist die darunter, es ist eine Decke, wie unsere Eltern sie hatten, 50er, 60er Jahre, höchst unwahrscheinlich, dass sie aus dem Fundus der Freifrau stammt, in Erwartung unserer Vereinigung (die Örtlichkeit lag nahe) dem Sofa übergeworfen. Eriks Decke, Eriks Fick-Unterlage.
Das Muster gut gewählt, es verirrt sich zwischen wildwuchernden Karos jede Spur, ob rot, ob weiß, das Rinnsal versickert im Dickicht des Polyesters, waschmaschinenfest.
Erik hockt, fasst meine Füße, auf das Sofa gehoben, dies mit Andacht. Küsst die Lackschuhe, Lippen vorgestülpt nach Art eines kleinen pinken Rüssels, löst die weißen Riemchen. Schuhe nebeneinander unter den Couchtisch, graue, gebürstete Eiche, Panzerglasplatte. Von oben ist Eriks Haar licht, jedoch irritiert mich kein Mangel, grundsätzlich nicht, und schon gar nicht, wenn ich im Begriff bin, gefickt zu werden.
Erik ist bereit. So schmal bin ich, dass auf der karierten Decke noch Platz für ihn ist zu knien.
Will heißen, dass das Küssen vorbei ist, vorderhand bedauerlich, im speziellen Fall zu begrüßen, da ich Eriks ruheloser Zunge nichts entgegenzusetzen habe.
Eriks nächstes und vorläufig letztes Ziel: meine primären Geschlechtsorgane.
Normkonform ist sein Tatendrang nicht. So hurtig wie er sind die wenigsten Männer.
Man mag das unschicklich finden oder sittenlos, aber während des Aktes gefällt mir Betriebsamkeit. Eher noch: Getriebenheit. Bei Lichte besehen ist es existenzielle Geilheit.
Erik befasst mit meinem Hosenknopf. Das Knopfloch ist eng, Erik zieht am Bund, der Knopf fliegt davon.
Nun muss er absteigen und suchen, der Knopf ist das Letzte, was der Freifrau in die Hände fallen soll. Erik durch-

kämmt den Teppich, Finger gespreizt wie ein Rechen, das verschafft mir Gelegenheit, die Jeans aus dem Weg zu schaffen.
Er kehrt zum Sofa zurück, dort liege ich lang. Nimmt meine Beine und spreizt sie, ein Mann, der sich gern von unten nähert, aus nachvollziehbaren Gründen die von der Mehrheit bevorzugte Perspektive. Kommt zwischen meinen Schenkeln zum Halt.
Sein Interesse gilt dem String. Er schiebt die Hand darunter, streichelt ausdauernd. So viel Geduld rührt mich, denn eines weiß ich: Die Anziehungskraft meines Loches ist kolossal.
Da verliert er die Beherrschung, zerrt am Höschen, nicht ohne dass der Riemen einschneidet, schneidend auch mein Schrei, wie er widerhallt im schmucklosen Heim.

Mein Behagen am Schmerz wird von Hovard diagnostiziert als grenzwertige Störung der Sexualpräferenz. Es verberge sich dahinter der Versuch, das Leiden an männlicher Übermacht unter Kontrolle zu bringen, indem ich Schmerz in Lust verwandele; da es sich um ein Krankheitsbild handele, wenigstens aus Sicht des Freudianers, sei die Bewusstmachung vorderstes Ziel.
Auch wenn ich Hovards Geschwätz für impertinent halte und außerdem für übertrieben, könnte etwas daran sein. Die männliche Machtausübung ist ein Trauma. Nicht auszuschließen, dass meine Libidinösität und Promiskuität unter anderem dem Wunsch geschuldet sind, der Ohnmacht vor Hovard zuvorzukommen.
Auf der Flucht nach vorn, wie die andere, die biblische Judith.
Hovard sagt, laut Sigmund Freud sei die Geschichte der Ermordung Holofernes' durch Judith nichts anderes als

eine Parabel auf den Geschlechterkampf. Judith verfalle Holofernes' Sexappeal, er entjungfere sie und schlafe unmittelbar darauf ein. Für diese Respektlosigkeit sowie die demütigende Tatsache, dass sie ihn trotzdem liebe, nehme Judith Rache. Die Enthauptung sei nichts anderes als eine symbolische Kastration, sagt Hovard.
Ob er keine Angst habe, dass auch er einmal symbolisch kastriert werde, frage ich. Doch, sagt Hovard.

Ich sage zu Erik: Zieh dich aus.
Zum Du übergegangen. Es wäre grotesk, einen Mann zu siezen, der im Begriff ist, mich zu vögeln. Erik richtet sich auf, Augen gerötet, rot der ganze Kopf, öffnet die Hose, kein Slip darunter.
Sein Schwanz ist groß, nein, mächtig, trotz Champagnerüberdosis sehr aufrecht. Vielleicht Viagra, was belanglos ist, ich verehre die Schönheit und Plastizität des männlichen Geschlechtsteils, jählings und brennend der Wunsch, es zu berühren, nicht Wunsch, innere Notwendigkeit. Sekunden sind vergangen, zunehmend dissoziativ meine Wahrnehmung, Erik kniet im Nebel, im Nebel liegt das ganze Zimmer einschließlich meiner selbst, umgekehrt proportional die Strahlkraft seines Leuchtturms, dieser Riesenmaschine, ich fasse ihn mit beiden Händen.

Der auf die Berührung folgende Geschlechtsverkehr: zufriedenstellend, aber nicht denkwürdig. Ausschließlich vaginal, das ist bemerkenswert, und unter mehrfachem Stellungswechsel. Mein Orgasmus selbst beschafft, nichts spricht dagegen. Beine geschlossen, rechte Hand an Eriks Schwanzwurzel, linke an meiner Klitoris. Er ist oben. Die Nässe unserer Geschlechtsteile verursacht ein klatschendes Geräusch, gäbe es die Decke nicht, das Sofa wäre ruiniert.

Wenige Minuten, und ich komme als Erste, drei- oder viermal. Ob Erik, falls ihm mein Höhepunkt nicht entgangen ist, die Tatsache stört, dass nicht sein Penis es mir besorgt hat, sondern ich selbst, ist schwer einzuschätzen.
Aber zu befürchten. Noch immer Arithmetik der meisten Männer: Summe von Pimmel und Möse gleich Orgasmus. Mit der Zeit lernen manche dazu. Erik nicht. Dass er ein entschiedener Leugner des klitoralen Orgasmus ist, wird sich noch zeigen.
Zunächst scheint er zufrieden nach seinem eigenen geräuschvollen Höhepunkt, er verharrt in Missionarsstellung. Hat einen Fuß auf den Tisch gestreckt, niest laut, nach dem Akt die ersten Worte: Er sei Allergiker, Hausstaub, die Decke müsse schuld sein, er habe die schon länger im Verdacht.
Ein kritischer Moment. Falls postkoital mein Fluchtinstinkt einsetzt, dann jetzt. Eriks Leuchtturm bei Tageslicht: Pipimann mit viel loser Haut.
In diesen Minuten, unter seinem weichen, schwitzenden Körper, muss die Entscheidung fallen: entweder ihn von mir zu schieben in aller Schonungslosigkeit, meine Kleidung einzusammeln, zur Tür hinauszugehen, vorzugsweise ohne das Bad aufzusuchen. Oder auf Eriks karierter Fickdecke liegen zu bleiben und ihn in naher Zukunft wiederzusehen.
Es mag an der Dimension seines Schwanzes liegen, auch hat er nicht alles falsch gemacht, hat sich begnügt mit meiner Vagina, Taktgefühl bewiesen und Geduld.
Hat sich die anderen Löcher verdient.
Ich fahre durch sein Haar, feucht ist es und spärlich, die Tage der Fülle sind gezählt, und sage: Nächstes Mal fick mich in den Po, Schätzchen. Und spüre, wie Erik in mir hart wird, und schiebe ihn von mir.

Wir kleiden uns auf gegenüberliegenden Seiten des Tisches an. Um die Strümpfe zu finden, muss ich unter das Sofa. Erik ist zuerst fertig, hat eine Zigarette im Mundwinkel, die war ihm nicht zuzutrauen, und auch der Freifrau nicht, dies zu dulden. Er nimmt die Decke vom Sofa. Ich frage nach dem Bad, das große sei oben, sagt Erik, komm mit.
Er ist schon unterwegs, winkt mich hinter sich her, ein *Komm* bei erhobenem Arm, Mittelhand ruhig, Finger in Richtung des Winkenden hin und her federnd, wie man Tiere dirigiert oder sehr kleine Kinder. Die zutiefst paternalisierende Geste lässt mich meinen Entschluss zu bleiben hinterfragen, aber ins Bad will ich unbedingt. Die motilitätsgestörten Erik-Samen drohen sich auszubreiten, weiterhin ist die Gemengelage von Alkohol, Fisch und Schweiß dem zu Hause mich erwartenden Hovard nicht zumutbar.
Erik vorweg, ein wenig schwankt die Treppe, sie ist aus rohem Holz. Im Steigen vorübergehend auf Augenhöhe seines Gesäßes, das ist unerwartet mächtig. Unerwartet deshalb, weil die Zahl sexueller Praktiken, die ein Knien oder Stehen der Frau hinter oder unter dem Männerarsch vorsehen, vernachlässigbar ist. Ich hatte schlicht keine Gelegenheit, Eriks Rückansicht zu studieren. Daran will ich arbeiten, will meinen unlackierten, hochsterilen Zahnärztinnennagel im Männerpo versenken, mit der anderen Hand kleine, feste Eier kraulen, wenn nicht Eriks, dann diejenigen des Nächsten oder Übernächsten.
Vor dem Badezimmer angelangt. Auch im oberen Stock liegt nirgendwo Spielzeug. Erik dreht sich um, ich vergebe ein Lächeln, denn sofern beabsichtigt ist, ein zweites Mal zu vögeln, spricht nichts dagegen, umgänglich zu sein.
In seinem Blick ein Anflug von Unrast, ein kleines Getriebensein in den zusammengekniffenen Augen, möglicherweise hat er der Freifrau versprochen, abends anzurufen,

um ihr und dem Kind gute Nacht zu sagen, und ist schon verspätet.
Er will mich los sein, schließt hinter mir die Tür. Nicht nur die Treppe bebt, wie er hinabsteigt, das ganze Stockwerk schwankt und auch mein Inneres.
Ich trete in ein Männerbad. Halogenleuchten, schwarze Fliesen am Boden und an den Wänden, zwei kleine Fenster, darüber das Schilf des Daches. Keine Vorhänge. Links das Waschbecken, nickelveredelter Stahl. Ich seife mir die Hände. Im Spiegel: rote Augen, rote Wangen, Feuer der ganze Kopf. In den letzten Jahren verstärkt sich die Gefäßerweiterung nach dem Beischlaf, oder meine Haut wird dünner. Die Handtücher das einzige Weiß, ich wische mir den Mund.
Zwischen Tür und Waschbecken ein Regal, vielleicht findet sich dort ein Hinweis auf Eriks Wesen. Sowenig er mich anzieht, so stark irritiert er mich, konkret der Mangel an grundlegender menschlicher Beschaffenheit, neben dem Liebeswunsch unsere andere und letzte Gemeinsamkeit. Zwei zytoplasmatische Hybride, tierischer Zellkern in menschlicher Hülle, es kommt auch umgekehrt vor.
Nichts von Interesse auf dem unteren und mittleren Brett, dann gehe ich auf Zehenspitzen, in oberster Reihe Haarwuchsmittel (verschreibungspflichtig, zur lebenslangen Anwendung), Fettsenker, Blutdrucksenker (der Erektion nicht zuträglich, was meine These stützt, dass Erik unter Gabe von Viagra beischläft, hier allerdings nicht aufzufinden), diverse Tinkturen. Erik betreibt pharmazeutischen Aufwand und ayurvedischen, was unumgänglich ist, um stilvoll fremdzugehen. Vögeln ist keine Kunst, hingegen bedarf es für einen Koitus auf hohem Niveau großer Anstrengungen, Investitionen in Körper und Geist sowie finanzieller Art, nur so stößt man vor in den kleinen Kreis der

Edelficker, Doktortitel von Vorteil. Die Luft dort oben ist dünn, und sie prickelt, Gesetze von Anstand und Moral mit vollster Absicht außer Kraft gesetzt. Ab einem bestimmten Akademisierungsgrad herrscht wieder Schamlosigkeit.
Ich löse den Chignon, schüttele den Kopf. Mit gutem Grund schickt mich Erik in sein Bad. Es bedarf einer Winzigkeit, eine Ehe zu zerstören, erst recht, wenn die Fassade der Zivilisiertheit schon einen Sprung hat, dann genügt ein Haar.
Erik wird zu putzen haben.
Mein Wunsch nach einer Dusche geht über das Bedürfnis hinaus, mich zu waschen. Er könnte größer nicht sein als in diesem Moment. Die Reinigung ist rituell. So nachdrücklich ich im Rahmen des Geschlechtsverkehrs fordere, besudelt zu werden, getränkt von jederlei Körperflüssigkeit, so stark ist post coitum das Verlangen nach Entseuchung. Nachdem ich meinem Trieb Abfuhr verschafft und den Mann in seine Schranken verwiesen habe, gilt es, den Zustand der Unbeflecktheit wiederherzustellen.
Ausgezogen, Kleidung gefaltet und gestapelt auf einen Hocker aus Ebenholz. Ich blicke an mir hinab, an meinem vom Lieben ausgezehrten Leib. Bauch, Hintern, Schenkel im Begriff zu schwinden, wann zuletzt habe ich anderes zu mir genommen als Champagner und Meeresfrüchte. Für einen Moment geben meine Beine nach, allein mit dem immer fremden Ich. Das hockt sich nackt auf das WC, Stirn in die flachen Hände gestützt.
Da klopft es an der Tür, vier- oder fünfmal.
Gleich!, rufe ich und richte mich auf und sage: Schatz. Und denke: Wichser. Und zwischen beidem ist kein Unterschied. Ich stehe auf, häufele das Haar auf dem Kopf, und zur Dusche, die ist ein gläserner Kasten. Stelle die Brause an, aus dem Duschkopf kommt farbiges Licht. Den Mischhebel

nach rechts gestellt, das Wasser wird gelb, dann grün, dann blau. Und als es eisig ist und violett, stecke ich seifige Finger in alle Körperhöhlen. Mein Make-up verschwindet im Abfluss, ebenso Eriks insuffizienter Samen, alle Farben zusammen eine Spirale von Hellbraun.
Erik wird mich nicht wiedererkennen, um meine Augen schwarze Ringe von Wimperntusche, allerdings lehrt die Erfahrung, dass Verwüstung und Entstellung nach dem Koitus in die Refraktärzeit beiderseitigen Begehrens fallen und somit folgenlos bleiben. Postkoitale Indolenz, die Gleichgültigkeit nach dem Fick.
Ich trockne mich mit dem größten verfügbaren Handtuch, werfe es auf den Boden. Jeder trägt seinen eigenen Ballast, dieser hier ist Eriks.
Kleide mich an, kleide mich in Fisch und Nikotin und Sperma, glücklicherweise hängt unten in der Garderobe die Jacke, bis oben zugeknöpft werde ich Hovard gegenübertreten.
Heimkehr. Immer nach dem Fremdfick überkommt mich Sehnsucht, eine Art metaphysisches Heimweh. Es gilt dem Walfängerhaus, nicht Hovard, der dort wartet, bereit, mich mit Schuld zu überziehen, den Beichtvater zu spielen, Absolution zu erteilen, zumindest glaubt er das.
Ich verlasse das schwimmende Bad. Erik wird wischen. Nicht zum ersten Mal fremdgegangen, und nicht zum letzten.
Er wartet in der Küche, Rücken zu mir, Genital zum Granitblock, alle Spuren unseres Mahls sind beseitigt. Am Boden steht ein großer schwarzer Müllsack, fest verknotet.
Mein Liebhaber, gekrümmt unter dem Gewicht seiner Innereien, Gedärme und Fett, Männerbäuche rühren mich. Er hat mich nicht gehört, nimmt sein Handy auf, will wählen. Ich nähere mich von der Seite, umfasse am Äquator den großen Leib und frage: Kein Code?

Erik antwortet: Kein Code, kein Fingerprint, keine Gesichtserkennung. Und meine Frau hat endlich aufgehört zu schnüffeln.
Er legt das Gerät beiseite und den Arm um meine Taille. Nur eine Illusion von Nähe, trotzdem lindert sie etwas.
Da begreife ich: Dieses Etwas ist der Schmerz am Mann.
Keiner kann ihn mir nehmen, nicht Erik und schon gar nicht Hovard.
Wie Ertrinkende, die sich aneinanderklammern, sage ich, um dadurch umso schneller zu sinken.
Erik dreht sich um, sieht mich an. Fast laufen ihm die Augen über, eben noch mein Hengst, jetzt mein schutzloses Kind.
Er fragt: Kann ich dich trotzdem wiedersehen?
Und ich: Nicht hier.
Dann eben im Hotel, sagt Erik.
Er streckt die Hände aus, sie riechen nach Abwasch, nimmt mein Gesicht, beugt sich vor, versucht, mich zu küssen.
Ich sage: Keine Küsse nach dem Ficken.
Schiebe ihn von mir, schüttele den Kopf, drehe mich auf dem Absatz und sage: Ruf mich an.
Durch Küche und Flur vorbei an der Freifrauengarderobe. Am Spiegel eine Kinderzeichnung, die ich vorher übersehen habe. Vater, Mutter, Kind.
Ich vergesse meine Jacke, die Tür fällt ins Schloss.
Eriks Kopf folgt mir, wie ich am Fenster vorüberlaufe.

Es muss schon länger heftig schneien. Fünf Zentimeter auf meinem Auto. Ich öffne die Wagentür, da liegt ein Besen. Hovard ist ein Mensch, der immer und überall vorsorgt, Ereignisse antizipiert in fast unheimlicher Weise, eine Fähigkeit, die zur Belastung werden kann, da sie die Realität jeder Störung beraubt und jeder Überraschung vorbeugt,

gelegentlich aber Vorteile besitzt, jetzt zum Beispiel. Einem Derwisch gleich fege ich um das Auto, Besen und Hände fliegen. Dichtes Schneetreiben, Sichtweite zehn Meter, das wird Schritttempo bedeuten, da teilt sich die Wand, hindurch tritt Erik. Daunenjacke, Winterstiefel, Kopfbedeckung mit Bommel, so plötzlich steht er vor mir, dass ich zusammenfahre.
Judith!
In vorwurfsvollem Hovard-Ton, nur lauter.
Im Arm meine Jacke, außerdem eine Wollmütze. Die ist groß und pink und hat auch eine Bommel, an den Eigentumsverhältnissen besteht kein Zweifel.
Er brauche mich noch!, ruft Erik, stülpt mir die Freifrauenmütze über, schiebt gefühllose Gliedmaßen in Jackenärmel. Zum Beispiel als Zahnärztin seines Sohnes! Aber auch sonst! Würde ich mich bitte vernünftig anziehen.
Ich finde mich auf dem Fahrersitz wieder. Heizung an!, ruft Erik durch den Blizzard, wirft die Tür zu, winkt durch die Scheibe. Winkt im Fortgehen auf weibische Weise, wo Männer einmal die Hand heben, kippt er sie wie die Queen, wieder und wieder, bis der Schnee ihn gnädig verschluckt.
An der Ecke zur Hauptstraße öffne ich das Fenster, reiße die Mütze herunter, werfe sie aus dem Fenster. Keine Sekunde länger hätte ich ihn ausgehalten, den rosa Freifrauen-Kopfschmuck.
Dass auch Erik Bommel trägt, lässt auf Domestizierung durch die Gattin schließen. Es ist anzunehmen, dass ihm nur ein einziger und letzter Rückzugsort bleibt: die fremde Vagina.
Jedoch begibt sich in höchste Gefahr, wer im Geschlecht eines anderen Erlösung sucht.
Welcher Art die Gefahr ist, erschließt sich meistens zu spät. Da liegen wir schon am Boden. Die Axt, die Hovard fällt, will ich sein. Vielleicht auch umgekehrt.

Der Heimweg gestaltet sich prekärer als gedacht. Schnee von überall, in den Polargebieten heißt es *whiteout*, wenn Erhebungen oder Löcher im Eis nicht mehr erkannt und Entfernungen und Abschüssigkeit des Untergrundes nicht mehr abgeschätzt werden können und der Horizont verschwindet.

Die Straßenlaternen nur noch wahrnehmbar als diffuses Schimmern des Schnees in der Höhe, unten gibt der Kantstein Orientierung. Vier- oder fünfmal prallt der Reifen dagegen, ich reiße das Lenkrad herum. Kein Gegenverkehr. Obwohl es abends immer still ist, verwundert die Beobachtung. Sind keine anderen da, oder sehe ich sie nicht?

Ich könnte Hovard anrufen und um Rat fragen, das Handy liegt im Handschuhfach, stumm geschaltet. Jedoch brauche ich keinen Mann zur Rettung, überhaupt brauche ich keinen Mann.

Da bricht die Lichterkette ab, ich muss das Ortsschild passiert haben. Die Nächte sind finster auf unserer Insel, außerhalb der Dörfer gibt es keine Lampen, an klaren Winterabenden leuchtet uns die Milchstraße.

An diesem Winterabend sind die Scheinwerfer meines Wagens das einzige Licht, zurückgeworfen von einem wirbelnden Wall aus Eis. Probeweise schalte ich sie aus, die Lichtflut reißt ab, auch der Schmerz in meinen Augen. Dunkelheit wie Balsam.

Als Nächstes stelle ich den Scheibenwischer ab. Die Schneedecke auf der Windschutzscheibe wächst in Sekunden. Ohne Belang, ich sehe nicht weniger als zuvor. Lasse den Motor ersterben.

Sie kennen Stille. Allein in einer Kirche oder nachts im Bett (den wünschenswerten Zustand vorausgesetzt, sexuell befriedigt und den Liebhaber losgeworden zu sein) oder in den Bergen auf dreitausend Meter Höhe.

Diese Stille aber, im Inneren einer kompakten Masse gefrorenen Wassers, ist anders. Es herrscht absolute Geräuschlosigkeit. Wenn ich den Atem anhalte, glaube ich, tot zu sein. In diesem Moment weiß ich um das Schweigen der Welt in einem drei Meter tiefen Grab.
Welche Rolle spielt es, ob ich heute sterbe, morgen oder in dreißig Jahren.
Noch einmal die Zündung angelassen, den Sitz zurückgestellt. Der Tank ist halb gefüllt. Ich ziehe den Schlüssel ab, er fällt mir aus der Hand. Ich schließe die Augen, obschon es keinen Unterschied macht.
Wie der Großteil allen kosmischen Kohlenstoffs stumm. Nach einer Nanosekunde als lärmendes Wesen, vom vergeblichen Wunsch erfüllt, alles zu übertönen: Frieden.

Der Schneepflug kündigt sich an durch eine nahezu unterschwellige Vibration. Ich fühle ihn, lange bevor er zu hören ist. Resonanz vom Chassis meines Wagens.
Die Kälte muss durch die Lücken sämtlicher Atome gedrungen sein, Metallrahmen, Kleider, Haut, in meinem Innern ein Klirren.
Ich öffne die Augen, hebe den Arm. Muskeln steif und wollen nicht gehorchen. Die Armbanduhr: beinahe zwei Uhr. Ob es zu schneien aufgehört hat, kann ich in meinem Kokon nicht sagen.
Hovard dürfte vor Sorge fast umkommen, ich öffne das Handschuhfach, darin glimmt schwach eine Birne.
Ich weiß nicht, ob den Motor starten, entweder erstickt er oder ich. Mein Handy zeigt elf entgangene Anrufe.
Ich werde der Stille so nah gewesen sein wie nie zuvor im Leben. Und falls Sie wie Hovard dies vermuteten: Suizidal bin ich nicht, Contradictio in Adjecto, ich bin schon lange tot, nur meine Möse betreibt noch Stoffwechsel.

Der Motor des Schneepflugs hämmert, schrill das Kratzen seiner Schaufel auf dem Asphalt. Dann nimmt die Drehzahl ab, das Gerät kommt zum Stehen. Der Kokon hat begonnen, auf schwach fluoreszierende Weise zu leuchten. Gedämpft das Schlagen einer Tür, Stimmen, unregelmäßig schabende Laute von Schaufeln. Selbst wenn ich wollte: Es wäre mir unmöglich, mich meiner Retter zu erwehren. Plötzlich am Seitenfenster im Eis ein Loch, der Kegel einer Taschenlampe wandert über das Armaturenbrett, findet meinen Körper, mein Gesicht, sein blauweißes Halogenlicht sendet einen nicht gekannten Schmerz über den Sehnerv in mein Hirn.

Das Loch wird größer, hinter der Scheibe ein Mann: Bleiben Sie, wo Sie sind!, und: Wir holen Sie hier raus, kleinen Moment noch!

Über der Felljacke die grüne Weste der Feuerwehr, auf den Schultern, an der Brust Abzeichen, er muss eine Art Hauptmann sein, der hat es sich nicht nehmen lassen, die Frau Doktor persönlich auszugraben.

Hinter ihm ohne Abzeichen drei, vier andere Männer, einer davon Hovard.

Jetzt, da immer mehr Licht in meinen Sarkophag fällt, sehe ich Eisblumen, meine Atemluft ist an den Scheiben kondensiert und gefroren. Die Temperatur im Wagen nahe null, meine Herzfrequenz diejenige eines Tieres im Winterschlaf. Hätte mir Erik nicht die Jacke gebracht, ich wäre Eis. Hovard trägt einen Steppmantel mit Kapuze, eine gesteppte Hose, nichts davon steht ihm, er hält die Arme verschränkt. Der Umstand, nicht schaufeln zu dürfen, bereitet ihm keinerlei Kummer, ein Arbeiter der Stirn, hinter dieser allerdings tut sich etwas, das sehe ich, er wird mich auf die Couch setzen, wenn der Rettung praktischer Teil erfolgt ist. Das Auto ist zur Hälfte freigelegt, an der Scheibe wieder der

Hauptmann, er gestikuliert, sein Handschuh vollführt eine drehende Bewegung.
Ich finde am Boden den Schlüssel, vom Anlasser jammervolle Laute, drei, vier Versuche, dann springt der Motor an. Die Hand des Hauptmanns wirbelt, als gäbe es noch Fensterkurbeln, ich fahre die Scheibe hinab.
Der Hauptmann sagt: Guten Abend.
Ich sage: Guten Abend. Bitte entschuldigen Sie die Umstände.
Ein lächerlicher Einstieg, zudem in vollkommen unpassendem Ton, als hätte ich ihn angerempelt oder mich beim Bäcker vorgedrängt. Der Hauptmann sieht erschöpft aus, im Gegensatz zu mir hat er noch nicht geschlafen. Auch seine Männer nicht. Alle zwischen vierzig und fünfzig, graue Bärte, graue Haut. Nur die Nasen rot. Einen von ihnen glaube ich zu kennen, Patient oder Ficker oder beides. Der senkt die Augen.
Hovard tritt vor, abermals ohne Lächeln: Guten Abend, Judith.
Um den Mund Falten wie Risswunden.
Der Hauptmann zu Hovard: Falls Sie sich in der Lage sehen, Ihre Frau nach Hause zu fahren, lassen wir Sie ans Steuer.
Hovard nickt und sagt: Natürlich, Sie tun Ihre Arbeit und ich meine. Danke für alles.
Er streckt die Hand aus.
Der Hauptmann fasst zu und schüttelt und schüttelt: Der Herr Doktor solle hinter ihm herfahren, ohnehin müsse man noch in K. räumen.
Der Ton der Männer vertraulich in einer Weise, wie er es nur in Anwesenheit einer vermeintlich subordinierten Frau ist, wenn diese für weniger kompetent oder körperlich unterlegen erachtet wird. Letzteres in diesem Moment zugegebenermaßen der Fall. Allerdings würde ich so weit ge-

hen zu behaupten, eine geistige Unterlegenheit wird grundsätzlich unterstellt, insbesondere, wenn Männer im Rudel auftreten, nicht zufällig sage ich Rudel, die Hybris des männlichen Exemplars ein primitiver Reflex, der vor Jahrhunderttausenden darin mündete, das Weibchen als Paarungsgegenstand aufzuteilen. Heutzutage, unter der dünnen Deckschicht der Zivilisiertheit, beendet eine Einigung die Debatte, die das weitere Verfahren mit der Frau einschließt. Im konkreten Fall: Der Hauptmann und Hovard haben sich geeinigt, wer mich nach Hause fährt. Ich bleibe ungefragt.
Dahingestellt sei, wann im Laufe der Menschheitsentwicklung die Entmündigung der Frau überwunden sein wird, ich vermute, mit Abschaffung des Gebärmechanismus, wenn der Embryo bis zur Reife in einer künstlichen Gebärmutter heranwachsen kann, Retortenbaby im umfassenden Sinne, womit aufgrund der hinfälligen Brutpflege die jungen Mütter sich zu ebenso kampflustigen wie siegreichen Exemplaren wie ihre Begatter entwickeln werden, der Begriff dann obsolet, da der Geschlechtsverkehr sich selbst abgeschafft haben wird.
Das meine Gedanken, während der Hauptmann und Hovard mich auf den Beifahrersitz hieven, über Gangschaltung und Handbremse hinweg ins Dunkel, die rechte Seite des Wagens noch unvollständig ausgegraben. Greifen in mein kaltes Fleisch, weniger Hovard, der zu schwach ist, als der Hauptmann, ein andermal werde ich ihn mir vorknöpfen und seinen Schwanz traktieren, bis er um Gnade fleht.
Er verabschiedet sich mit einem Winken, nicht auszuschließen, dass er zwinkert, in zweiter Reihe seine Männer. Hovard grüßt mit einem Nicken.
Truppenbewegung zum Räumfahrzeug, man erklimmt das

Fahrerhäuschen, setzt sich in Bewegung mit uns hintendrein.
Es hat aufgehört zu schneien, obwohl das Gerät derartige Mengen frischen Schnees aufwirbelt, dass wir dahinter in dichtem Gestöber rollen.
Hovard hat Mühe mit der Sicht, sitzt vornübergebeugt, beinahe berührt seine Brille die Windschutzscheibe. Er hat schlechte Augen, ein Sinnesverlust, den er dem Vernehmen nach seit früher Kindheit durch Scharfsinn kompensiert hat.
Ich würde viel besser fahren in diesem Unwetter, aber davon ist nicht die Rede.
Wir müssen uns unterhalten, sagt Hovard gegen die Scheibe.
Dort, wo seinem Mund die Luft entweicht, taut das Eis.
Seit wir keinen Sex mehr haben, ist mein Verhältnis zu Hovards Atem gestört. Nicht dass er Mundgeruch hätte. Seine Zahnpflege ist vollendet. Kein Parodontalkeim, der überlebt, schon gar kein geruchsverursachender Anaerobier. Gleichwohl hat die Hovard-Luft eine Note. Den physiologischen, individuellen Geruch von Speichel, wahrnehmbar bereits wenige Minuten nach dem Zähneputzen. Ironischerweise riecht Hovards Speichel nach Sperma. Theoretisch reizvoll, jedoch hat diese Note vollständig an Anziehungskraft verloren, seit mich Hovard nicht mehr küsst. Vergleichbar dem nicht hinnehmbaren Geruch von Zigaretten für einen seit Jahren abstinenten Raucher.
Nichts wärmt weniger als ein erloschenes Feuer.
Es tut mir leid, sage ich.
Nicht mein Fick mit Erik, sondern dass ich Hovard den Nachtschlaf gekostet habe.
Ich hätte den Wetterbericht lesen und über Nacht bleiben sollen, sage ich, was ein Schuldeingeständnis darstellen

soll, jedoch geraten ist zu einer taktlosen und sinnentleerten Phrase. Übernachtungen verstoßen gegen unsere Übereinkunft, abgesehen davon: Wie hätte ich bei Erik schlafen können, vor allem, wo?
Hovard hat die Handschuhe ausgezogen, sich auf den Schoß gelegt. Hände am Lenkrad, groß, sehnig, geädert, wie Ungeziefer darauf die punktförmigen Male. Sieht mich an. Früher war sein Auge schon kurzsichtig, aber noch klar wie die See. Jetzt, im schwachen Licht der Innenbeleuchtung, stört eine Trübung die Reflexion der Linse. Obwohl vordergründig mein Verhalten zu Trübnis Anlass zu bieten scheint, trifft dies nicht zu. Hovards Demütigung ist Teil unserer Vereinbarung. Solange ich an der Seite eines impotenten Ehemannes bleibe, hat der meine Untreue zu ertragen.
Hovard wieder geradeaus gegen die wirbelnde Masse: Das meine ich nicht. Du weißt genau, du kannst tun und lassen, was du willst.
Ich sehe aus dem Fenster. Die Kirche am Ortseingang, die erste Kate, die Männer vom Schneepflug scheinen zu beabsichtigen, uns bis vor die Haustür zu begleiten.
Ich deute auf die Gegenseite, Spuren einer Räumung, von jungem Schnee bedeckt: Hat man dich abgeholt?
Hovard sagt: Ja, nachdem ich dich nicht erreichen konnte.
Was einem Wortbruch gleichkommt. Während ich vögele, ist Hovard jegliche Kontaktaufnahme untersagt.
Ich sage: Eigentlich war vereinbart, dass jeder für sich sorgt.
Und Hovard: Spiel dich jetzt nicht auf. Ich habe dir das Leben gerettet.
Er nimmt die Kapuze vom Kopf, fährt sich mit der Hand über den blanken Vorderschädel und sagt: Ach was, Schwamm drüber.
*Schwamm drüber* diejenige Phrase, die ich am häufigsten zu

hören bekomme, und bevor Sie mich beneiden: Auch Großmut kann zur Belastung werden.
Wir müssen reden, sagt Hovard, weil du in den letzten Tagen zweimal dein Leben riskiert hast.
Unsere Straße. Vorn macht das schwere Gerät einen Schlenker, räumt mit einigem Vor und Zurück den Parkplatz am Straßenrand vor dem Haus.
Hovard schert ein, lässt einen Moment lang den Motor laufen.
Er sagt: Hoffentlich hält das Reetdach stand, das Eis wiegt Tonnen. Was für ein Inferno.
Wir bleiben sitzen und starren auf das Dach, als könne Hovard mit seinem Blick das Risiko kalkulieren, und vielleicht kann er das. Das Haus flackert orange auf, dann ist das Räumfahrzeug fort.
Es ist 3.24 Uhr.
Ich sage: Lass uns reingehen, bitte. Ich möchte mich umziehen und etwas trinken.
Und steige aus, werfe die Wagentür zu, der Schnee schluckt das Geräusch.
Auf dem Weg zum Tor sagt Hovard: Deine Schuhe.
Er sieht mich von der Seite an.
Fremdes Brennen im Tränenkanal, das hier ist Stoff für den Therapeuten, ich wische mit dem Ärmel über die Augen.
Weinen ist der erste Schritt auf dem Weg zur Befreiung, sagt Hovard.
Ich sage: Ich weine nicht aus Bußfertigkeit, Hovard, sondern aus Erschöpfung. Rein physischer Vorgang.
Wir stehen vor dem Eingang, Hovard dreht den Schlüssel.
Die Wärme und das Licht des Hauses wie eine Druckwelle, dann kommt die zweite: der Geruch von verfallendem Mauerstein, Reet, Rauch und von Hovard und mir.
Ich gehe in mein Schlafzimmer, reiße mir Kleider und

Dunst vom Leib, würde am liebsten alles verbrennen, aber das gäbe Anlass zu drei weiteren Hovard-Sitzungen. Stattdessen in den Korb, bei uns wäscht der Mann, was ihm einiges abverlangt, nicht aus Gründen der Eifersucht, wie er sagt, sondern der Hyperosmie. Seinem überentwickelten Geruchssinn könne er beim Waschen nur mittels Mundschutz begegnen, den bringe ich ihm aus der Praxis mit, in Gelb und Pink.
Ich rieche an meinen Achseln, vorerst muss die Dusche im Erik-Haus genügen.
Im Bademantel, barfuß, kehre ich zurück, der Boden trotz Feuer kalt, das Haus steht auf einem Berg aus Eis. Im Kamin drei Scheite, Rotwein ist eingeschenkt, mein Analytiker sitzt auf seinem Sessel. Trägt Flanellpyjama, Wollsocken, ich begebe mich unaufgefordert zur Couch.
Hovard nunmehr schräg hinter mir. Ich lege mich hin, den Kopf auf einer bordeauxroten Nackenrolle, den Blick gegen die Wand, in hölzernem Rahmen mir gegenüber unser Hochzeitsfoto.
Wir schweigen, auch draußen ist es still, jedoch soll der Sturm zurückkehren. Hovard nennt es operatives Schweigen, auf dass das Leiden mich zum Sprechen bringe.
Ich suche auf dem Foto nach Glück.
Als Hovards dritte Frau bin ich nach fünfundzwanzig Jahren Ehe diejenige, die er am längsten ertragen hat, oder ich ihn.

Ganz zu Anfang, als Hovard mich noch küsste, mit meinen Brüsten spielte und mir die Möse streichelte, eher linkisch als hingebungsvoll, teilte er mir das Folgende mit: Sein sexuelles Bemühen habe er in beiden Verbindungen binnen kurzer Frist eingestellt. Unmöglich zu sagen, warum, aber es sei, jeweils nach drei Monaten, die Unlust über ihn ge-

kommen. Nicht allmählich, wie es in jeder Beziehung geschehe, sondern jählings.
Wir liebten uns jede Nacht, ficken kann man es nicht nennen, ein von Zärtlichkeit und Rücksichtnahme geprägter Akt nach festem Muster, Hovard oben, ich unten, wenige Male umgekehrt. Meinen Wunsch, seinen Schwanz zu lutschen, unterband er nach zwei, drei Versuchen, auch wenn er kommen konnte in meinem Mund, allerdings unter großer Anspannung, das entging mir nicht, da ich zwar sein Glied im Hals hatte, aber den kleinen, verkrampften Arsch nicht losließ. Weil wir uns jede Nacht liebten, schien Hovards Sexus gesundet.
Wir verlobten uns nach vier Monaten und lebten in einer Stadt, tausendmal größer als mein Dorf, auch größer als die ganze Insel, die Wohnung prachtvoll, Parkett, Stuck, Sonne, fünfte Etage mit Aufzug. Hovards Praxis lag in einem anderen Stadtteil, Grundregel für Ärzte, Psychiater im Besonderen, um armen Seelen nicht auch noch im Supermarkt beispringen zu müssen.
Ein Leben in drei Sälen, keiner unter vierzig Quadratmeter, Deckenhöhe vier Meter, Wohnraum, Bibliothek, Schlafzimmer mit Himmelbett. Letzteres die einzige Geschmacklosigkeit inmitten lauter Austerität. Der Boden aus Buche und teppichlos.
In der Bibliothek entlang der Wände Hovards Bücher, es müssen Tausende gewesen sein, drei Generationen psychoanalytisches Erbe, in der Mitte Sessel, Tischchen, Leselampe. Dort sitzt Hovard und liest seinen Freud. Liest seinen Übervater. Das Möbel jedem anderen verboten, überhaupt, wenn Hovard liest, der ganze Raum verboten, was das Zusammenleben verkompliziert, es handelt sich um ein Durchgangszimmer, wie in der Gründerzeit üblich, drei Räume in einer Reihe.

Zufällig war es Hovards Geburtstag.
Prekär, meine Lust an jenem Nachmittag zu beschreiben, sie ist elementar, unentrinnbar, eine Naturgewalt, vor allem aber ist sie zweckbestimmt. Die geschlechtsreife Lust einer Frau, mündig, vollendet, in der Absicht, sich des Maskulinen zu bemächtigen, es in seine Rolle zu zwingen, wiewohl der Gedanke an Kinder noch unterschwellig ist, das Verhalten einer Gebärmaschine auf biologisch imponierende Weise aber schon angelegt. Mein Begehren beschränkt sich auf Hovard, erotoman werde ich später.
Er, in grauer Trainingshose, weißem Hemd, gefällt sich als Müßiggänger, und mir auch. Licht von der Seite auf seinem Schoß, ein einziger Sonnenstrahl durch den Vorhang gebündelt, er endet an Hovards Schwanz, der räkelt sich in der Wärme gleich einer Schlange.
Sie müssen wissen, Hovards Schwanz, dieses nutzlose Organ, ist mächtig. Geradezu eine Fehlbildung, möchte man sagen, eine Megalotrophie, eine menschliche Anakonda, Ironie der Genetik.
Ich im kleinen blauen Hauskleid, Beine nackt, es ist Frühsommer, der Duft von Lindenblüten, ein gewaltiger Baum ragt in den fünften Stock, seine Triebe am Fenster der Bibliothek. Zeit der Balz, es wird gesungen im Geäst, ich nähere mich unerlaubt und von vorn.
Man kann zu Recht behaupten, und Hovard tut es, dass die foudroyante Entwicklung meiner Promiskuität auf die anschließenden fünfzehn Minuten rückführbar ist.
Der posttraumatischen Belastungsstörung muss definitionsgemäß ein Ereignis katastrophalen Ausmaßes vorangegangen sein, Unfall, Folter, sexualisierte Gewalt, anderes mehr, nicht alles menschlichem Versagen geschuldet, auch äußeren Umständen, in der Mehrzahl jedoch sind es Artgenossen, die uns beschädigen beziehungsweise vernichten.

Die Zerstörkraft unterschiedlicher Katastrophen hängt ab von deren Qualität und Intensität, wie das Glück besitzt das Unglück tausenderlei Gesichter.
Oder nur eins. Hovard, als Heilsbringer aufgetreten, wird an diesem Tag mein Verderben, das wusste er von Anbeginn, da es immer dazu kam in seinem Leben und demjenigen seiner Frauen, nämlich zum mental defeat, der Zufügung einer schweren seelischen Niederlage.
Die Vernichteten reagieren unterschiedlich, Gewaltbereitschaft, innerer Rückzug, Suizidalität, ich will den vielgestaltigen Jammer nicht aufzählen, nur so viel: Mein Symptom wird das Ficken sein und ist es bis heute.
Hovard in der Sonne, die Anakonda im Schoß. Nie ist er so schön gewesen, so vertraut, so begehrenswert.
Meine Füße bloß, Zehen lang und gerade und schmal, Nägel lackiert in einer Farbe, als wären sie es nicht. Beine glattrasiert, hier und da ein dem Messer entkommenes Haar, ebenso an Achseln, Vulva und Damm. Ohne BH, ohne Slip. Anstelle von Titten Nippel von der Größe zweier Zuckerwürfel. Haar offen, schulterlang, wenig Mascara, Lipgloss Himbeer, das weiß ich, weil mir seitdem vor dem Geschmack von Himbeeren graut. Hovards Geruchssinn damals erst schwach neurotisch.
Wir sind nicht kühn, wenn wir uns lieben, aber dieses Mal, von dem ich nicht weiß, es ist das letzte Mal, bin ich richtig scharf, trete hin vor meinen Mann, spreize die Beine, lasse mich sehen in der Totalen.
Freigelegt die kleine Muschi, einen Schritt nach vorn, damit die Sonne ihr scheint, glänzen soll sie. Ich hebe das Kleid über die Brüste. Im Lichte Vulva und Titten, ich erinnere mich der Wärme auf meiner Möse, und dass ich denke: Wie selten die Sonne auf meine Möse scheint und wie schade das ist.

Hovard hat aufgeblickt, seinen Freud beiseitegelegt auf das Tischchen, sieht mir in die Augen, verstehen Sie: Er sieht mir in die *Augen*.
Sein Blick höflich, sogar nett, derjenige eines Fremden bei einer unvermeidlich herbeigeführten Begegnung, einem absichtslosen Kontakt beim Einkauf, man kennt diesen Blick, geschuldet der Notwendigkeit einer zivilisierten Kommunikation.
Jedoch stehe ich nicht absichtslos vor Hovard und auch nicht zivilisiert, vielmehr außer mir vor Verlangen, im festen Willen, begattet zu werden, nichts hieran ist gesittet, meine blankrasierte Vulva nicht und nicht die nässende Spalte. Keine Schamlosigkeit ist schamloser als diese Lust, eine Lust, die willens ist, alles dem Moment zu opfern, zuvörderst die Würde, in Ausübung der ungeheuerlichsten Obszönitäten, Fingerficken, Eierlecken, Pissen, Hovard scherzt, das ist nicht Gott, das ist der Teufel.
Ich schwitze, aber nicht Hovard. Sein Blick hat weder meine Brust gestreift noch meine primären Geschlechtsteile, nicht einmal vorzuwerfen ist ihm dies, er ist nicht in Stimmung, das kommt vor, auch am Geburtstag, mir jedoch ist vorzuwerfen: die Zeichen nicht zu erkennen.
So erregt bin ich, so stark begehre ich meinen Ehemann, dass die Nässe meine Schenkel herabzulaufen beginnt.
Diese Liebe gleicht einer Krebsgeschwulst, verzehrt alles, außer sich selbst, besetzt Körper und Geist, wohingegen ihr Abhandenkommen eine Leere erzeugt, die ich nie mehr werde füllen können, so stopfe ich mich aus mit Ballast. Ich stopfe, bis ich zu platzen drohe, der Ballast sind meine Ficker.
An jenem Nachmittag ist der Tumult in meinem Leib so stark, dass ich nicht kapiere, was mit Hovard geschieht, nämlich nichts.

Das Kleid über die Brüste gehoben, meine Nippel zwei winzige, unverrückbare Kleiderhaken, ich könnte loslassen, die Seide des Modells würde hängen bleiben, so hart sind sie.
Das Gegenteil von Liebe ist nicht Hass, sondern ihre Abwesenheit.
Abwesend der ganze Hovard.
Augen in die Ferne gerichtet, obwohl ich unmittelbar vor ihm stehe, er sieht durch mich hindurch, als wäre mein Körper aus Glas. Brille auf die Stirn geschoben.
Heute, fünfundzwanzig Jahre später, weiß ich: Es war der Blick eines Blinden.
Ich dabei, seinen Schoß einzunehmen, Beine gespreizt, rutsche nach vorn, bis meine Brust an seine stößt.
Das hier soll ein Lapdance werden, soll Hovards Geschenk werden, amerikanischer Abkömmling des Stripdance, die Stripperin auf dem Schoß des Kunden (der ist grundsätzlich bekleidet) unter Ausübung kopulierender Bewegungen. Teil der Abmachung ist, die Hände aus dem Spiel zu lassen.
Aber nicht den Mund, ich küsse Hovards schmale Lippen, wiege den Kopf, schüttele das Haar, außerdem die beiden Himbeerchen auf meiner Brust, obschon ihre Beschaffenheit nicht erlaubt, dass sie schwingen, die Musik zum Ritt denke ich mir. Stoße mein Becken in Hovards Schoß, immer schneller, die Arme ausgestreckt zur Seite.
Hovards Brille fällt zu Boden, er beugt sich zur Seite, hebt sie auf. Lässt rechts und links die Arme hängen. Lange Arme, sie könnten mich ganz umfassen.
Noch immer tanze ich, auch wenn ich zu begreifen beginne, dass etwas nicht funktioniert, gemeinhin ist die visuelle, olfaktorische und taktile Nähe einer überlaufenden Vagina Schlüsselreiz, will heißen, dass der geschlechtsreife Mann hart wird. Manche kommen in ihrer Hose.

Nicht Hovard. Auch nicht, als ich die Regel breche, als ich die Hände zu Hilfe nehme und seinen Schwanz emporhebe ans Licht.
Schlaff und abgeknickt liegt das riesige Organ in meiner Hand. Die Sonne ist weitergewandert. Ich beuge mich darüber, beginne zu lecken, zu saugen, nicht mehr Hovard zuliebe, dies hier ist mein freier Wille, ja, meine Bemächtigung, ich würde so weit gehen zu sagen: Hovards Penis ist meine Bestimmung.
Und wenn ich sage *saugen*, dann meine ich *saugen*. Nacheinander verschlinge ich Eier und Schwanz. Meine Muschi von mir abgespalten, sie tut, was sie will, rutscht vor und zurück gegen Hovards Knie, der Zusammenstoß ist heftig und gewollt.
Heftig meine Bewegungen, weiterhin blase ich vorn, besorge es mir hinten, acht oder neun Schwünge genügen, mich kommen zu lassen.
Meine Vagina pulsiert noch, da zieht Hovard sein welkes Glied zurück.
Sein Atem geht ruhig. Draußen rauschen die Zweige, durch das Fenster eine Böe. Auf Hovards Schwanz glänzt meine Spucke.
Er fasst mich beim Kinn, sieht mich an.
Er sagt: Lass es gut sein von nun an.
Er sagt es mit der Stimme eines Vaters.

Dies sind meine Gedanken, fünfundzwanzig Jahre später um vier Uhr morgens, als mein Blick auf unser Hochzeitsbild fällt, im hölzernen Rahmen an der Wand gegenüber.
Judith? Willst du etwas sagen?, Hovards Stimme ist tief und, was selten vorkommt, eine Spur ungeduldig.
Und weil wir uns meistens die Wahrheit sagen, ich: Nein, Hovard.

Hovard fragt: Warum willst du nichts sagen?
Nicht mehr nur explorativ, mit leisem Vorwurf.
Ich sage: Weil ich unser Hochzeitsbild gesehen habe und daran gedacht habe, wie wir das letzte Mal miteinander geschlafen haben.
Was eigentlich nicht stimmt, denn allenfalls bearbeitete ich damals Hovards unbrauchbares Geschlechtsteil. Wenn es sich um Sex handelte, dann mit mir selbst.
Das letzte gemeinsame Mal muss Wochen davor stattgefunden haben, sosehr ich es versuche, ich kann mich nicht erinnern.
Trotz der Beschönigung weiß mein Therapeut, was ich meine. Schon vielfach war der Lapdance ein Thema.
Vielleicht ist Hovard der Sessel-Story überdrüssig, jedenfalls kürzt er ab: Weißt du noch, was dazu gesagt wurde?
Ich weiß es. Hovard hat mit Schopenhauer geantwortet, wonach der Mensch sich über das Leben erheben und erkennen solle, dass alle Vorgänge und Begebenheiten, Freuden und Schmerzen sein besseres und inneres Selbst nicht berühren, dass also das Ganze ein Spiel sei.
Schon beim ersten Mal, als Hovard dies sagte, fand ich es unverschämt. Wo bleibe ich mit meinem Trieb, wenn Hovards Zurückweisung als Spiel zu begreifen ist und er zu Ende gelacht hat?
Zugutezuhalten ist Hovard allenfalls, dass er der Abfuhr meines Triebs mittels fremder Schwänze nicht im Weg steht.
Ich nicke kaum merklich. Strecke den Arm aus, nehme das Weinglas, randvoll mit schwerem Roten. Im Wein, ist Hovard überzeugt, liegt die Wahrheit, er reicht ihn mir zu jeder Sitzung. Tagsüber weiß, abends rot, wobei im Roten mehr Wahrheit liegt.
Rot auch Sessel und Couch, ebenso am Boden die über-

einandergestapelten Perser. Seit unserer urbanen Zeit ist erheblich Plüsch hinzugekommen.
Du weißt, sagt Hovard, was ich gesagt habe, hast es aber nicht verinnerlicht. Wir werden darauf zurückkommen.
Eigentlich ein unerlaubter therapeutischer Schachzug, ein unliebsames Thema aufzuschieben. Eigentlich assoziiert der Patient, nicht der Psychiater.
Wenn es Hovard auffällt, gegen Grundsätze des Berufsstandes zu verstoßen, lässt er sich nichts anmerken. Sein Blick ruht an der Wand, einen Meter über mir oder eins zwanzig, dort befindet sich ein Loch, dem der Nagel abhandengekommen ist.
Der Nagel fehlt schon lange, ebenso das zugehörige Kruzifix, seitdem dient das Loch Hovard, um seinen Blick ruhen zu lassen. So betrachtet ist das Loch ein Glücksfall, es befindet sich in meiner Richtung, jedoch hoch genug, dass Hovard mich nicht ansehen muss.
Er sagt: Es geht mir um etwas anderes.
Ich leere das Glas in zwei Zügen. Da Eriks Austern meinen Magen passiert haben, ist die Wirkung jäh. Würde ich nicht liegen, ich fiele um, so stark der plötzliche Schwindel. Ich schließe die Augen.
Beschreibe mir, was in dir vorgeht, wenn Gefahr für Leib und Leben besteht, sagt Hovard.
Ich sage: Da ist Musik.
Was noch?, fragt Hovard.
Ich denke, der Tod ist nicht mein Feind, sage ich.
Was ist er dann?, fragt Hovard.
Ich stelle mir den Tod vor. Sehe mich am Boden liegen, unwesentlich älter als jetzt, ich trage schon das Totenhemd, es reicht mir zu den Füßen.
Mein sterbendes Ich ist furchtlos, getrost, geradezu guten Mutes in Erwartung eines Zustands vollständiger

Bedürfnislosigkeit, weder wird jemand Ansprüche stellen, noch werde ich Triebe besitzen, die befriedigt werden wollen.
Sie denken, ich meine den Sexualtrieb, und so ist es. Auch andere Triebe, aber vor allem den unablässigen, nie erlahmenden Drang, gefickt zu werden.
Die Erotomanie ist von allen Entgleisungen die strapaziöseste, darum sage ich zu Hovard: So etwas wie Ferien.
Das wären lange Ferien, sagt Hovard, und weiter: Du musst sehr müde sein, dich danach zu sehnen.
Mehr noch sehne ich mich nach einem zweiten Glas Wein, aber das sage ich nicht, weil es sinnlos wäre. Hovard will mich ein bisschen betrunken (radikal wahrheitsliebend) und nicht sehr (frei fabulierend).
Ich sage: Es gibt Momente, in denen ich zu Tode erschöpft bin von meinem eigenen Verhalten.
Hovard nach einer Weile: Von welchem Aspekt deines Verhaltens?
Zuvor hat er sich erlaubt, die Füße auf ein Höckerchen zu legen (der Uhrzeit geschuldet, sonst nicht seine Art), es ist mit blauem Samt bezogen. Er strafft den Rücken.
Ich sage: Der Konsumation von Männern.
Sie mögen es für grotesk halten, mit welcher Offenheit wir mein Fehlverhalten erörtern, oder sogar für unglaubwürdig. Unnötig aber, hier etwas hinzuzuerfinden. Kein Wort in dieser Erzählung ist Fiktion.
Hovard löst den Blick vom Loch, sieht mich an: Du weißt, dass dein Verhalten selbstschädigend ist, und stellst es nicht ab.
Ich setze mich auf und sage: Tun wir das nicht beide?
Es verbietet sich dem Psychiater, persönliche Fragen des Analysanden zur Kenntnis zu nehmen, geschweige denn zu beantworten. Hovard erhebt sich. Sieht mich nicht an, sieht

aus dem Fenster, als er fragt: Hast du morgen früh Patienten?
Ich schüttele den Kopf, bemerke, dass Hovard mich in der Scheibe beobachtet, trete hinter ihn, der sich umwendet, lasse mich küssen, ein Küsschen nur, aber darauf besteht er, einmal morgens und einmal abends, egal, wie gut oder schlecht wir zueinander waren. Wenn ich den Raum verlasse, werde ich mit dem Ärmel den Mund abwischen.
Hovard sagt: Gute Nacht, Judith.
Ich sage: Gute Nacht, Hovard.

*Dienstag*

Noch immer nicht habe ich Erik meine Handynummer gegeben, darum ruft er nachmittags in der Praxis an. Ich bin mit Hovards Opel gekommen, der hat Allradantrieb, auch wenn man es dem Modell nicht zutraut.
Die Peters hat freibekommen, der einzige Patient hat abgesagt.
Nicht einmal die Fensterläden habe ich geöffnet, sitze im Behandlungszimmer, gleichzeitig Büro, hellweißes Zahnärztelicht. Füße auf dem Schreibtisch, Fachzeitschrift in den Händen, mein Aufzug: graue Jogginghose, grauer Pulli, Turnschuhe. Frisur: Pferdeschwanz. Rote Lippen habe ich immer, manchmal, wenn Sex geplant ist, bemale ich mir auch die Nippel.
Unruhe in Kopf und Gliedern, morgens im Bett sogar einen Porno gesehen, Frauenarzt verführt Novizin, erwartungsgemäß blieb die Erregung aus, nicht einmal masturbiert habe ich.
In dem Artikel geht es um Mundgeruch.
Normalerweise langweilt mich Fachliteratur, es mangelt an Gelegenheit, neue Methoden in meiner Praxis umzusetzen, die Zeit vergeht langsamer auf einer Insel, und manchmal läuft sie rückwärts, wenn der Fortschritt den Insulanern zu viel Anpassung abverlangt. Dann werden Geräte wieder eingepackt und zurück aufs Festland verschifft.
Aber hier geht es um Mikroben, sie betreffen mich außer in beruflicher auch in sexueller Hinsicht, kleine Torhüter, die beim Küssen und Schwanzlutschen vor Ansteckung schüt-

zen, die guten Mikroben halten die schlechten fern, deren Gewerk sind Fäule, Gewebstod und Verwesung.
Solcherlei Gedunst, ausgehend vom ungepflegten Körper des Liebhabers, wirkt emotional vernichtend.
Vollkommen irrig anzunehmen, fleischliche Gier mache stumpfsinnig, ganz im Gegenteil: Sie schärft die Wahrnehmung.
Ich gleiche einem Raubfisch. Wie er im quadratkilometergroßen See den Tropfen Blut wittert, rieche ich am Glied molekulare Mengen Urins.
Der männliche Geschlechtsapparat ist eine prekäre Zone, frisch gereinigt geruchsfrei, allerdings erfordert seine Säuberung die mehrfache Benutzung von Seife und Wasser, Wasser und Seife, nicht nur im Umkreis, auch *innerhalb* anatomisch bedingter Fältelungen und Löcher.
Frisch gewaschen entwickeln männliche Genitalien im Verlaufe des Geschlechtsaktes einen dezenten Eigengeruch, vergleichbar dem schwachen Duft einer ungeschälten Trüffel, in dieser Qualität durchaus willkommen. Unter Auslassung körperhygienischer Maßnahmen verwandelt sich der Duft in den abscheulichsten Gestank, was seine Ursache in einer steilen bakteriellen Wachstumskurve hat, in Schwefelwasserstoff und Buttersäure.
Nicht selten hatte ich Liebhaber, durch deren Slips jene Geruchstrinität drang, drei Gänge entspringen dem männlichen Unterleib, verlassen ihn durch zwei Röhren, ich ließ mich ficken mit abgewandtem Kopf und angehaltenem Atem. Spritzte mir anschließend ein Antibiotikum, hochdosiert zwecks Eliminierung der feindlichen Flora, diese Männer sah ich nie wieder.

Im Behandlungszimmer, Füße auf dem Schreibtisch. Zunehmend unruhig, Hand unter dem Rock, da klingelt es.

Auf dem Display weder Nummer noch Name, es muss ein Fremder sein oder Erik mit fremdem Telefon.
Ich sage: Ja?
Und Erik: Hallo, ich bin's.
Wollust moduliert die Stimme. Man hört, wenn etwas oder jemand ficken will.
Erik will, hilflos vor Geilheit. Trotzdem: Die Geschichte von gestern muss er sich anhören. Das ist er mir schuldig, immerhin hat er mich in den Blizzard geschickt.
Anschließend er: Armer Schatz.
Ich frage: Sonst hast du nichts zu sagen?
Erik antwortet: Doch. Dass ich es wiedergutmachen werde.
Ein Schwall von Worten, und ich höre zu, aussichtslos, einen Fickverrückten unterbrechen zu wollen. So schweigsam sich blutleere Männer geben, so redselig die paarungsbereiten.
Erik sagt: Ich schenke dir eine Nacht.
Das ist vermessen, und er weiß es. Ich habe noch nicht geantwortet, da er: Eine Nacht im Fünf-Sterne-Hotel mit allem Drum und Dran.
Noch immer bleibe ich stumm, obgleich der Gedanke mir gefällt, dessen ungeachtet will ich Erik quälen, vielmehr: Er will gequält werden. Was in diesem Stadium auf die meisten Männer zutrifft.
Noch einmal er: Mit Abendessen beim Sternekoch.
Da gluckse ich, ein kleines, leicht zu überhörendes Glucksen, das Erik nicht überhört, und er sagt: Ach, Judith.
Ohne am Ende die Stimme zu senken, und fügt an: Du wirst mir gefährlich.
Jetzt ist er verloren, mein willenloses Opfer, Pudel, der Männchen macht und in dieser Haltung verharrt bis zur Erlösung oder bis zu dem, was er dafür hält.

In dem Moment begreife ich: Das ist es, was ich will. Ich will den Männern gefährlich werden, und auch umgekehrt, aus dieser Gefahr, aus der Möglichkeit, beschädigt zu werden, beziehe ich meine Lust, je größer die Gefahr unterzugehen, desto stärker das Begehren.
Möglicherweise ist das ein Grundgesetz der geschlechtlichen Liebe überhaupt.
Am besten sind die Chancen im Falle verheirateter Beteiligter. Die Wahrscheinlichkeit, dass einer von ihnen havariert, ist hoch. Da Hovard mein Verhalten billigt (billigend in Kauf nimmt zu dem Zweck, seinen Schwanz herauszuhalten) und da ich Erik nicht liebe, niemals lieben werde, da ich also nichts zu verlieren habe, dürfte es Erik sein, der untergeht.
Wo ich sein werde im Moment seines Zusammenbruchs, ist noch nicht absehbar, mit meinem Kopf zwischen den Beinen eines anderen vielleicht oder bei Hovard auf der Couch.
Erik insistiert: Bitte, Judith. Ich möchte eine Nacht.
Ich kenne diesen Satz, weiß um den Stachel. Es ist nicht Zärtlichkeit, die Erik antreibt, es ist die von Geilheit getriebene Vorstellung, während der Nacht, besser noch in den Morgenstunden, über eine schlafende Frau zu steigen.
Dazu wird es nicht kommen, darf ich Ihnen verraten, aber zu anderen Ungeheuerlichkeiten.
Ich frage Erik: Wann dachtest du?
Freitag- oder Samstagabend, sagt Erik.
Also ist die Freifrau am Sonntag zurück.
Auf der Insel?, frage ich.
Erik sagt: Ja. Das B. im Süden.
So klein unsere Insel ist, es gibt zwei Fünf-Sterne-Hotels, Saisongeschäft wie meine Praxis. Zwölf Wochen genügen, den ganzen Prunk zu finanzieren.

Samstag wäre möglich, sage ich, und um es ihm nicht zu leicht zu machen: Wahrscheinlich.
Erik sagt: Ich bitte dich, Prinzessin.
In fünf Minuten vom Schatz zur Prinzessin.
Aber gib mir deine Handynummer, Prinzessin, sagt Erik, und als ich sie ihm gegeben habe, hängt er ein, macht sich an die Arbeit. Zimmer buchen, Obstkorb, Rosenstrauß, den schönsten Tisch, all das unter Umgehung seiner Kreditkarte.
Die Planung des Fremdficks ist für den Ehebrecher ähnlich erregend wie der Akt.
Wohingegen mein Begehren den Zenit schon überschritten hat. Vor allem zu erobern ist mir heilig, und erobert habe ich. Jedoch bin ich unterversorgt, außerdem will ich Erik eine Lehre erteilen in Sachen weiblicher Orgasmus.
Turnschuh vom Schreibtisch, Fachzeitschrift beiseite, für wen soll ich mich noch fortbilden, ohnehin sitze ich bald ohne Patienten da.
Überhaupt ohne *irgendwen*.
An der Tatsache, dass es keine Liebe gebe in meinem Leben, allenfalls Begehren, sei ich selber schuld, sagt Hovard, obschon ich mit fünfhundert Männern das Bett geteilt habe, sei ich soziophob bis hin zur Depersonalisation, in gewisser Weise leblos.
Und er hat recht, einsamer als ich in diesem Moment kann man nicht sein, niemals werde ich Erik lieben, ebenso wenig wie Hovard oder mich selbst.

Auf dem Rückweg kaufe ich ein.
Eine Hauptstraße teilt die Insel in Ost und West, zwei Discounter und sieben Feinkostläden, jedenfalls verspricht das der Name, im Winter nur einer davon geöffnet.
Weder Hovard noch ich kann kochen, wir ernähren uns von

Fisch (geräuchert) und Muscheln (roh), Beilage Pellkartoffeln. Außerdem von verschiedensten Würsten, auf der Insel wird das Tier im Ganzen verwertet, Muskeln, Innereien, Augen, Haut und Knochen.

Die Feinkost liegt im Schummerlicht. Ein einziger verwinkelter Raum, hinten das Lager, Staub auf den halb gefüllten Regalen, das Geschäft nur deshalb offen, damit der große, schweigsame Eigentümer seiner Frau daheim entkommt. Vor vielen Jahren mir den Kitzler gelutscht, zwischen die kompetenten Schneidezähne genommen, mit der geschulten Zunge gekitzelt, einer der wenigen Männer, die das Heft in der Hand behalten und danach noch in der Lage sind, mir in die Augen zu sehen. Auch jetzt sieht er mich an, im immer gleichen grauen Kittel, hebt die Hand zum Gruß. Sein Feuer ist erloschen, nicht nur mich betreffend, sondern grundsätzlich, er hat Entsagung gewählt. Fährt alle paar Tage aufs Festland, übernachtet in der Stadt, kauft ein auf dem Großmarkt, heute Nüsse im Angebot, aus Gründen der Vorratshaltung eingeschweißt.

Fleisch kommt von der Insel, sommers wie winters Galloway, das Rind grast auf unseren Weiden, zottelig und sein Filet Gold wert, allerdings ist die Zucht aufwendig, künstliche Besamungen bleiben erfolglos, Befruchtung und Vermehrung erfolgen ausschließlich lustbedingt und selten. Kaum je sieht der Inselbewohner den Stier die Kuh besteigen. Anders im Falle des Meeresgetiers, es besamt sich häufig und zahlreich, die Vitrine quillt über von Fisch. Januar ist Muschelzeit.

Mit mir im Laden ein mittelgroßer Herr, ich sehe ihn von hinten, er trägt Hut, um den Hals einen weißen Schal. Zuerst denke ich, er habe einen Buckel, dann sehe ich, etwas stimmt nicht mit seinem Rücken, aber vielleicht stimmt auch etwas nicht mit mir. Wie Flügel zeichnen sich seine

Schulterblätter unter dem kurzen, hellen Mantel ab und bewegen sich, als würden sie ihm Vortrieb verleihen. Er mustert die Nüsse, legt ein Päckchen in seinen Korb. Ich folge ihm, und wenn wir langsam gehen, schwingen auch seine Flügel langsam, und wenn wir schneller gehen, scheinen sie zu flattern. Ich schließe die Augen und öffne sie wieder, er ist noch da, für seine Schwingen muss es eine natürliche Erklärung geben, vielleicht eine Hypermobilität des Schultergürtels, ein Krankheitsbild, bei dem das Gelenk ständig auskugelt.

Er ist schlank, in Jeans und weißen Turnschuhen, und hält sich gerade, dreht sich um und sieht mich an und ich ihn. Das Haar halblang, fast weiß, wenige dunkelbraune Strähnen. Auch in den Brauen hier und da eine dunkle Borste. Er könnte sechzig sein oder achtzig. Dem Gesicht ist das Fleisch abhandengekommen, Jochbein und Nase wie gemeißelt, und dennoch: Der Angejahrte ist schön.

Seine Schulterblätter stehen still.

Er ist weitsichtig, hinter konvexen Gläsern die Augen vergrößert, eine Art Gefühlslupe. Obwohl es schummrig im Laden ist, obwohl einen Meter entfernt, sehe ich seine Pupillen sich weiten.

Gott lässt uns vögeln über die Reproduktionsfähigkeit hinaus. Alte Männer begehren mich und ich sie, ich will ihr Mühen, ihr Ringen um die Erektion, um das Leben an sich, letzte Glut, Schlaflosigkeit und Tagesmüdigkeit. Von den Jungen will ich einen Steifen, nicht mehr und nicht weniger. Auch die Alten lege ich ab nach dem zweiten oder dritten Treffen, aber dann ihr Schmerz! In den Augen die Ahnung des letzten Ficks im Leben.

Der Weißhaarige betrachtet mich ohne Anstand, Alterszeichen auch das, sich jeder Scham zu entledigen. Er weiß, ich weiß, er hat wenig Zeit, eine Dringlichkeit, die mich erotisiert, ich lächele. Gleich wird er fragen, ob er mich einladen dürfe zu einer Tasse Kaffee oder Tee, die übliche Initiation, und ich werde sagen: ja. Zwar habe ich, je älter, je weniger, kaum noch zwei Liebhaber auf einmal, jedoch bin ich bereit, eine Ausnahme zu machen, wenn die Umstände es erfordern. Einen Greis mit Schwingen hatte ich noch nicht.

Aber er fragt nicht.

Lächelt auch nicht, hebt nur den Hut, wendet sich ab, schreitet aus wie ein Junger, die Flügel klappen im Gleichtakt, man möchte meinen, sogar ein wenig schneller als zuvor.

Ich folge ihm mit Abstand, gehe, wenn er geht, stehe, wenn er steht, da macht er halt vor der Fischtheke. Lässt mir den Vortritt, wartet hinter mir mit dem elektrischen Feld eines Hochspannungsmasts. Mein Haar stellt sich auf und beginnt in seine Richtung zu fliegen.

Unterdessen hinter der Vitrine der Klitorisbeißer tot wie seine Makrelen. Von denen nehme ich zwei, und als ich gehe mit meiner Tüte, sagt der schöne Alte: Man sieht sich.

Ich schwöre: Wenn jemals eine Stimme mich gefickt hat, dann diese, hier und jetzt und im Stehen.

Ich verlasse das Geschäft, ringe mit meiner Hingezogenheit, habe Schwierigkeiten, mich zu erinnern, wo ich am Wochenende verabredet bin und mit wem. Bis mir Erik einfällt, und dass ich Hovard Hörner aufsetzen werde, was für sich genommen kein Novum ist, sehr wohl aber die Dauer: eine ganze Nacht. Die gilt es im Vorfeld zu rechtfertigen, weshalb es mit meiner Heimkehr eilt.

Heim.

Auf unsentimentale Weise trifft, wenn ich darüber nachdenke, der Begriff zu.

Irgendwo müssen wir unser Leben verbringen, unseren Tisch haben und unsere Schlafstatt, wie damals die stämmigen Walfängerfrauen, ihr Bett hatten sie im Schrank, da ist es noch heute, einen Meter fünfzig lang und gefüllt mit Hovards Büchern. Empfingen im Schrank ihre Kinder oder auf dem Tisch oder dem Boden, nicht immer von ihren Männern, nicht immer aus Liebe, gebaren sie, legten sie an ihre Brust, kleideten sie in Selbstgestricktes. Schickten sie in die Kirche, seltener in die Schule, Töchter in die Ehe, Söhne aufs Meer. Man wurde alt in K., nicht selten über achtzig, begraben auf dem Friedhof der Walfängerkirche, Steine mannshoch, im Tod prächtiger als im Leben.

Wie damals der Pointillist, er schlief bei seinen Bildern, wenn er überhaupt schlief, verfolgt von den Knaben, wie sie am Strand tollten, halbnackt oder ganz, fickte sie hundertmal in seiner Kunst.

Und wie ich.

Ein Abend Ende Januar im Norden. Sonnenuntergang 17.02 Uhr.

Hovard ist nicht in der Stube, nicht in seinem Schlafzimmer. Ich lasse die Einkäufe in der Küche stehen, setze noch in Stiefeln und Mantel Wasser auf.

Ich bin im Ehebruch routiniert, habe aber noch keine ganze Nacht in einem Inselhotel verbracht, um erst bei Tageslicht zurückzukehren. Die Aussprache steht mir bevor. Nicht auszuschließen, dass Hovard eine Sitzung anberaumt, seine Art, die Kontrolle zu übernehmen.

Einen Schluck Tee, Ingwer-Zitrone, ich verbrenne mir die Zunge, dabei brauche ich sie noch für das, was ich am Wochenende vorhabe. Auf Absätzen über Hovards mehrlagige Perser, das ist mir eigentlich verboten. In der Veranda trete ich ans Fenster.

Da sehe ich ihn am Lattenzaun, er könnte aus Eis sein, so regungslos.
Mit dem Hirn einer Naturwissenschaftlerin berechne ich die Möglichkeit, dass Hovard im Stehen gefroren ist, welche Umstände dazu geführt haben könnten, dass die Hovard-Säule nicht stürzt, ungeheuerlicher physikalischer Zufall, der Schwerpunkt in direkter Linie mit seiner Achse, auszuschließen ist es nicht. Ich berechne, inwieweit das Wunder begrüßenswert, ein hovardloses Leben vorzuziehen ist.
Zweifellos wäre mit Hovards Dahinscheiden meine Promiskuität ihrer Dringlichkeit und Unabwendbarkeit beraubt, wäre meine Rebellion hinfällig, der kräftezehrende wöchentliche Ehebruch. Triumphal und ruhmreich würde ich ein letztes Mal ficken am Tag seiner Beerdigung, von da an nur noch nach Belieben. Auf dass ich ihn nicht mehr lieben müsste oder hassen. Der Tod seine ultimative Kastration und meine Befreiung, wie recht er darin hat.
Die Ehe ist Gefangenschaft und hat wie jede Gefangenschaft nur einen wünschenswerten Ausgang: ihr Ende.
Ich muss dagegen treten, um die Terrassentür zu öffnen, in großen Schritten auf den Eismann zu, mein *Hovard!* gerät mir zu schrill.
Er dreht sich um.
Sternenlicht, vom Schnee zurückgeworfen auf die gefrorene Miene.
Ich stehe ihm gegenüber mit hängenden Armen, mein Atem geht stoßweise, große weiße Wolken, kleine vom Ehemann.
Unmöglich, dass er die Erregung in meiner Stimme nicht wahrgenommen hat, die Windstille ist vollkommen, es rauscht keine Brandung, schlägt kein Ast. Die Ruhe vor der Flut. Nur mein Ruf hallt in den Ohren nach.
Da weiß ich, er sieht mich nicht, hört mich nicht, allenfalls

als Schemen, er nimmt die Dinge wahr, nicht die Menschen. Was den Verdacht nährt, dass auch mein Eiskönig neurotisch ist im Sinne einer Derealisation, eines Soges nach inwendig, so wie es mich nach außen schleudert.
Er wendet sich zurück, angezogen von der See, nicht von mir, und mein Wunsch, vor dem implodierenden Mann zu fliehen, ist mächtig.
Ich sage: Ich dachte, du bist tot.
Noch nicht, sagt Hovard.
Ich stehe hinter ihm, sein Kopf verdeckt den Sockel des Eisbergs, nur die Spitze ragt darüber hinaus, und es sieht aus, als treibe er genau auf Hovard zu.
Er sagt: Ich versteh's nicht, er kommt näher, obwohl der Wind eingeschlafen ist.
Streckt den Arm nach mir aus und sagt: Komm.
Und weil ich ihm hörig bin auf hirnrissige Weise, nehme ich seine Hand und trete vor, statt umzukehren und fortzulaufen.
Nicht nur näher getrieben, sage ich, irgendwie auch größer geworden.
Hovard wiegt den Kopf.
Und die Farbe ist auch anders, sage ich, jetzt sieht er schmutzig aus.
Das kann ich dir erklären, sagt Hovard. Er lässt mich los und zeigt mit dem Daumen nach hinten: Wenn der Mond von dort scheint, ist das Eis blind.
Mit dem Zeigefinger nach vorn: Wenn der Mond uns entgegen steht und das Eis durchleuchtet, ist es spiegelblank, es funkelt und glitzert und irisiert.
Hovard liebt es, mich zu belehren, er liebt mich desto mehr, je unwissender ich bin.
Ein Begriff aus dem Altgriechischen, erklärt er, von ἶρις, der Regenbogen.

Interessant, sage ich.
Die Atemstöße aus meinem Mund kommen schneller, und ich frage: Kann es sein, Hovard, dass Männer libidinös darauf angewiesen sind, Frauen ihre geistige Überlegenheit zu beweisen?
Hovards Schultern zucken, vielleicht Gleichmut, vielleicht Gelächter.
Eine Art intellektuelles Vorspiel?, fragt er.
Ich antworte: Ja. Nur führt es nicht in allen Fällen zum Höhepunkt.
Hovard sieht mich an.
Er fragt: Wozu führt es dann?
Keine Ahnung, antworte ich. Du bist der Freudianer.
Wir sind still, nur vom Eisberg ein Knirschen, ein Geräusch, das ich noch nie gehört habe, eine Art Ächzen.
Könnte er uns gefährlich werden?, frage ich.
Denkbar nur im Rahmen eines schweren Sturms, sagt Hovard.
Ich frage: Und dann?
Ich habe mit der Seenot telefoniert, antwortet Hovard, die haben uns zugesagt, notfalls Leute zu schicken.
Ich frage: Die genau was tun?
Das Eis sprengen, sagt Hovard, wir sollen uns melden, sobald der Eisberg weniger als zwanzig Meter vom Strand entfernt ist.
Der Ruf eines Wattläufers. Er jagt im Wattenmeer bei Tag und Nacht und hat lange, gewichtslose Beine. In einem Winter wie diesem kommt es vor, dass er verhungert oder festfriert im Schlaf.
Hovard hält die Hand ans Ohr und lauscht.
Er sagt: Hör mal.
Ein anderer Seevogel.
Vögel träumen heftig, aber transluzid, sagt Hovard, das heißt ohne Kontrollverlust.

Ich, der verleiblichte Kontrollverlust, warte, ob noch etwas kommt, aber es kommt nichts.
Hovard sagt: Lass uns ins Haus gehen.
Alles ist endlose Fläche, der Strand, das Schilf, die Stämme der Eschen, sie wurzeln, wo das Schilf endet und der Garten beginnt, auf den Beeten sind die Rosen gefroren, bald sind es auch die Kaninchen. Das hier kann nicht die Erde sein, wir befinden uns auf einem Asteroiden, nicht weiß, nicht blau.
Ich sage: Ein Name muss erfunden werden für diese Farbe.
Welche Farbe?, fragt Hovard.
Wie Totenhaut, sage ich.
Und Hovard: Was du manchmal redest.
*Mors* auf Lateinisch heißt *Tod* und auf Friesisch *Arsch*, sage ich, das kann doch kein Zufall sein.
Mein Turnschuh bleibt stecken, unter dem Eis hat die Scholle Risse bekommen.
Hovard packt mich und sagt: Pass auf, die Baue sind am Einbrechen.
Ich nicke, an Hovards Arm am Haus entlang, und ich sage: Wir müssen reden.
Hovard bleibt stehen. Vor der Tür liegt Kaninchenkot.
Ich sage: Aber nicht auf der Couch. Am Esstisch und im Sitzen.
Hovard sagt: Man fragt sich, was die noch fressen.
Wir stehen im Flur, und Hovard nimmt meine Jacke. Er hängt sie auf, nimmt meine Hände, violett vor Kälte, und reibt sie, wir gehen in die Stube.

Der Kontrast zum toten Garten könnte nicht größer sein. Rot und Gold im Überfluss, Hovards Geld, Hovards Geschmack. Der ist letzthin opulent geworden. Kommoden

Louis-seize, Läufer siebzehntes Jahrhundert, unser Prunkstück: ein Vasenteppich aus dem persischen Kirman.

Wein, sagt Hovard. Nicht Frage, sondern Feststellung, er geht zum Kühlschrank, kehrt zurück mit einer halbleeren Flasche, er muss getrunken haben, bevor ich kam. In der anderen Hand zwei Gläser.

Die stellt er auf den Tisch, schenkt ein, rückt mir den Stuhl zurecht, seine Manieren in fünfundzwanzig Jahren nie anders als vollendet gewesen. Wir sitzen über Eck. Hovards Knie streift meines. Ich unterdrücke den Reflex zurückzuweichen.

Er betrachtet mich, Linsen wie zwei milchige Fenster. Katarakt, sagt der Augenarzt. Hier und da eine Fuge, durch die Hovard hinaussieht, aber niemand hinein. Man müsste operieren, sagt der Augenarzt, aber Hovard: Er lasse doch keinen Kollegen an sich ran.

Er wendet den Blick nicht ab, was weniger seiner Anteilnahme geschuldet ist als dem Bemühen, mich im Auge zu behalten, falls zum Beispiel meine Oberlippe sich verschmälern sollte, wenn ich zur Lüge ansetze.

Er sagt: Uns wäre mit der Wahrheit gedient, Judith.

Ich sage: Hör auf, mich zu paternalisieren.

Woraufhin therapeutisches Schweigen einsetzt, da Hovard es für unverzichtbar hält, der Katharsis der Patientin freien Lauf zu lassen.

Ich sage: Gib einmal nicht den Therapeuten. Sei einfach mal mein Mann.

Irritation im Hovard-Gesicht, normalerweise hat er seine Mimik besser unter Kontrolle.

Dann sagt er zu meiner Überraschung: Also gut.

Die Hände halte ich im Schoß, beim Einkauf ist einer der Nägel abgebrochen. Das Bild des Alten aus dem Delikatessenladen schiebt sich vor Hovard auf geradezu apo-

diktische Weise, es hat etwas auf sich mit ihm, die Ahnung einer einzigartigen, andersartigen Voluptas, und wie ich dies denke, wird mir bewusst, wonach ich suche, nach dem einen alles verändernden, alles beendenden, göttlichen Fick.
Ich sage: In voluptas mors.
Und Hovard: Weiter.
Ich sage: Am Wochenende bin ich nicht da, Hovard, jedenfalls nicht von Samstag auf Sonntag.
Wenn du nicht da bist, wo bist du dann?, fragt Hovard, und neuerdings glänzt seine Unterlippe, als finde sich dort ein feiner Film von Speichel, wie man ihn an alten Männern gelegentlich sieht, deren Mund nicht mehr ganz abdichtet.
Ich sage: Im Hotel. Auf der Insel. Im B.
Hovard hebt die Hand, wie um mich zu packen, zu schütteln, mein Gesicht zu nehmen und zu sich zu ziehen, mir in die Lippe zu beißen vor sublimiertem Schmerz, was mich erregen würde, sogar, wenn mein Ehemann es täte, aber das ist Wunschdenken.
Er steckt den Zeigefinger in seinen Gehörgang, rüttelt, will nicht aufhören zu rütteln.
Ich lache. Wie habe ich denken können, Hovard werde eine Regung zeigen, Lust, Jähzorn, Schmerz, in all den Jahren nicht gewesen.
Und als ich nicht mehr lache, sagt Hovard: Ob ich es glauben wolle oder nicht, zum Lachen habe er mir verhelfen wollen.
Er sieht aus dem Fenster, wo mit dem wandernden Mond der Eisberg zu leuchten beginnt, und nach einer Weile: Lachen soll dich begleiten oder wenigstens Gleichmut.
Ich sage: Das hast du von Schopenhauer, und der konnte Frauen nicht ausstehen.
Hovard zuckt die Schultern. Schopenhauer hatte seine Gründe, sagt er, nimmt die Flasche und leert sie in sein

Glas. Vielleicht, fügt er hinzu, werde ihm der Wein auch zu irgendwas verhelfen.

Und ich frage mich, wie ein Mann gleichzeitig unempathisch und sensibel sein kann, Ersteres in Bezug auf andere, Letzteres in Bezug auf sich selbst, und ob womöglich auf unentrinnbare Weise alle Männer aus diesen zwei Wesen bestehen.

Mir verhilft der weinerliche Hovard zum Aufbruch: Ja dann, Hovard, ich bin auf meinem Zimmer.

Hovard nickt, er habe noch zu lesen, und falls ich es mir anders überlege: Willkommen am Kamin.

Ich bin schon fast durch die Tür, da ruft er: Nicht nur da draußen ist Eiszeit, auch hier drinnen.

In letzter Zeit wird seine Stimme zum Greisendiskant.

*Donnerstag*

Diese Woche dann doch noch Arbeit. Vier Tage, sechs Patienten, betrachten wir Donnerstag, den 31. Januar 2019.
Gestern ein Jahr älter geworden, mein Geburtstag nicht der Rede wert, von Hovard gelbe Gerbera, die Hälfte meiner Jahre, sechsundzwanzig Stück.
Mehr geht nicht in die Vase, sagt er.
Jedes Jahr der gleiche Scherz.
Irgendwann geht auch die Hälfte nicht mehr, Hovard, sage ich.
Einen Spitznamen hatte er nie, Hovard ist kurz genug und bedeutet: der Aufpasser. Judith ist hebräisch, biblische Schreibweise Judit, die erste historisch verbriefte Feministin.
Früher gab es Kosenamen, jedoch nur, solange wir miteinander schliefen. Hovard hieß Schätzchen, wie alle Männer nach ihm, keine Extrawürste, für niemanden. In der Wissenschaft wird die Zusammenfassung verschiedener Phänomene zwecks Ökonomisierung als *pooling* bezeichnet, sie geht einher mit unausweichlichem Qualitätsverlust. Der Mann an sich wird zum Schätzchen.
Hovard sagt: Hervorragende Idee. Wenn du alt bist, werde ich den Strauß dritteln, zum ersten Mal mit sechzig.
Für heute sein zweites Gelächter. Das ist viel. Unterdessen befindet sich Hovard mit der Unterstellung, ich werde mit sechzig eine Alte sein, im Irrtum: Auch dann noch werde ich ficken. Keinen Tag weniger als gegenwärtig.
Warum ich das weiß? Weil die Männer es sagen.

Ich werde dich mit sechzig ficken, ich werde dich mit siebzig ficken, Süße.
Deine Möse besitzt das Idealmaß, Prinzessin, wie geschaffen zur Aufnahme des männlichen Geschlechtsteils, egal, welcher Dimension dieses ist, weitläufige Mutterhöhle, der Anatomie einer Stute nicht unähnlich, durch den lieblichsten aller Münder verschlossen, biegsamer Tubus nach dem Bauplan eines Kleintiers, einer Hündin am ehesten, seine Enge dem Reibungskoeffizienten in göttlicher Weise zuträglich.
Beides miteinander ruft Wonnegefühle hervor, sagen die Männer, Wonnegefühle jenseits aller Vorstellungskraft, infolge derer der dringliche Wunsch besteht, den Akt zu wiederholen, und das möglichst zeitnah.
So viel von den Männern. Zumindest von denjenigen, welche über Sprache verfügen. Manche äußern sich nonverbal. Akademiker oder Arbeiter, der Wunsch nach Wiederholung wird weitestgehend verwehrt.

Jetzt also zweiundfünfzig. Unter Anwendung diverser Methoden zur Konservierung, auch pharmakologischer Substanzen, deren Nennung den Rahmen sprengen würde, kann ich noch zwanzig Jahre die Hure spielen, möglicherweise auch dreißig.
Ein gewöhnlicher Donnerstag Anfang Februar.
Keinerlei Anzeichen eines Endes der Kälte, die See rund um die Insel gefroren, in bewegtem Wasser bedeutet dies Schollenbildung, nicht weniger bedrohlich als die glatte, gefrorene Fläche des Süßwassers, jede Scholle einen halben Meter dick, die Tide und der Wind türmen sie auf zu meterhohen Buckeln. Die Schifffahrt ist eingestellt.
Auf dem Terminplan ein Mittdreißiger namens Kaiser, einmal da gewesen zur Dentalhygiene bei der Peters. Die hat

meiner Anweisung Folge geleistet, Patienten (männliche Form) vom gröbsten Schmutz zu befreien, bevor sie sie zu mir vorlässt. Nicht immer zeigen die Männer sich einsichtig, was die Zahl meiner Klienten reduziert, aber das Arbeitsklima verbessert und auch das Raumklima.
Hovard wirft mir Diskriminierung vor, als ob nur Männer aus dem Mund röchen, darauf ich: Es sei Tatsache, dass das männliche Geschlecht beim Zähneputzen schlampe, und wenn man die Männer nicht desinfiziere, stelle das Aerosol, ein Luft-Wasser-Bakterien-Gemisch, aufgewirbelt beim Bohren, eine ernsthafte Gesundheitsgefährdung dar, zu dem Thema gebe es belastbare Studien.
Darauf Hovard: Wozu ich meinen Mundschutz trage?
Und ich: Schlimm genug, wenn sich das Aerosol auf meine Haut legt.
Und Hovard: Du bist neurotisch.
Natürlich bin ich das, noch neurotischer ist, dass ich wünschte, es gäbe Dentalhygiene für den männlichen Geschlechtsapparat, auch das sage ich Hovard, außerdem solle er mir nicht in meinen Fachbereich reden.
So viel Neurose überfordert selbst Hovard, er schweigt.

Der Patient schon auf dem Stuhl, als ich eintrete, leichte Schräglage. Es ist sein erstes Mal.
Lätzchen um den Hals, und es gefällt. Glauben Sie mir, mit Vergnügen lassen sich die meisten Männer infantilisieren. Mein Ehemann-Psychiater geht weiter, unterstellt ihnen sexuelle Devianz, nicht wenige von ihnen empfänden Lust, körperliche und seelische Erregung bis hin zum Orgasmus durch die Ausübung von Macht oder Demütigung, in gehörigem Maße auch durch Zufügung von Schmerz, mit einer Zahnärztin sei die Rolle großartig besetzt.
Ich bin mir der doppelten Verantwortung bewusst, meine

Patienten liegen mir am Herzen, ich habe den hippokratischen Eid geschworen.
Der Behandlungsstuhl dem Eingang abgewandt. Bevor Herr Kaiser mich sieht, hört er meinen Schritt. In Erscheinung getreten, biete ich keine Überraschung, meist hat man mich gegoogelt, allenfalls bin ich älter als angenommen und dünner.
Ich stehe aufrecht, strecke die Hand aus, seine ist kalt.
Mir graut vor Händen, Sie ahnen nicht, was Männerhaut anhaftet, allem voran Escherichia coli, das Kolibakterium. Unter dem Mikroskop einem Spermium nicht unähnlich, besitzt es einen kleinen Schwanz (Geißel) und kann aus eigenem Antrieb umherschweifen. Und wie es schweift! Nicht nur im Darm, auch am Anus, an Fingern und Krawatten, weshalb es der Labormedizin als Fäkalindikator dient. Wo Escherichia coli klebt, da klebt auch Kot. Es handelt sich um den häufigsten Verursacher menschlicher Infektionskrankheiten.
Ich seife mir die Hände, trockne mich am Papiertuch. Stoffhandtücher gleich welchen Materials, Baumwolle oder Polyester, sind eine Brutstatt für Keime. Machen Sie Ihren Zahnarzt darauf aufmerksam.
Glückliche Fügung, meinen Waschzwang bedienen zu dürfen, ohne als Neurotikerin aufzufallen. Herr Kaiser muss glauben, die unverhältnismäßige Reinigung geschehe in seinem Interesse. Ich lege Handschuhe und Mundschutz an.
Mein Hintern auf Kaisers Blickhöhe, der ist fünfzehn Jahre jünger, im Spiel von Macht und Unterwerfung ein willkommenes Gefälle.
Die Peters hat Anweisung, im Vorzimmer zu warten, ihre Niedertracht verhindert ein vertrauensvolles Arzt-Patienten-Gespräch, als sondere sie einen Sud ab, vielleicht auch ein Gas, ein Toxikum jedenfalls, das auf unterschwellige,

hinterfotzige Weise den Raum erfüllt, lebensspendenden Sauerstoff verdrängt, nicht nur der Patient glaubt zu ersticken, auch ich.
Die Menagerie wie folgt:
Auf dem Sattelstuhl, einer chromfarbenen Stange aufmontiert und mit Rollen versehen, sitze ich in weißer Oberbekleidung. Ergonomischer Arbeitshocker und erotischer, sobald ich mich vorbeuge, prallt er an meine Klitoris, grundsätzlich willkommener Impuls, ausgenommen bei Behandlung von Frauen, nichts reizt mich weniger als ein weiblicher Körper, da hilft auch keine Kitzlermassage. Mein Gesicht bis auf die Augen verdeckt, diese sind blau, in unseren Breiten nicht ungewöhnlich, allerdings sind sie schwarzblau, die Grenze zwischen Iris und Pupille verschwimmt, was Hovard präpotent nennt, mein Blick mache das männliche Exemplar glauben, ein Orgasmus stehe unmittelbar bevor. Hals weiß, Schlüsselbein wie aufgepflanzt. Haar etwas stumpf, lose gebunden. Extremitäten lang, die Arme mir voraus wie zwei Fühler, mein Tastsinn ist ausgeprägt, manche Dinge berühre ich lieber, als dass ich sie betrachte.
Unter mir Kaiser: Füße über den Stuhl nicht hinausragend, geschätzte eins fünfundsiebzig, Körperbau athletisch, sehnig, verschwindend der Ansatz einer Fettwulst oberhalb des Bundes, in der Weise anzutreffen nur bei Männern unter vierzig. Hände gepflegt, ebenso die Frisur, nicht viel Haar ist erforderlich, das Vorhandene jedoch hat geordnet zu sein.
So wünschenswert die ideale Komposition, so selten ist sie, im wahren Leben gilt es zu verzichten auf die eine oder andere Komponente, letztlich hindert eine Wampe an nichts, ebenso wenig eine Glatze, schlechterdings unverzichtbar ist etwas anderes: der bedürftige Blick.
Natürlich treffe ich in meiner Rolle als Zahnärztin die Män-

ner unpässlich an, weshalb von ihren Augen zunächst nichts erwartbar ist. Bevor sie es wagen, mich anzusehen, brauchen sie Trost.
Die Hauptsache aber entzieht sich meiner Betrachtung. Eine Einschätzung des mir unbekannten Geschlechtsteils ist diffizil, weder korrelieren Körper- und Penislänge, noch verhilft Erfahrung zu mehr Erkenntnis.
Kein Glied gleicht dem anderen, und ich behaupte, auf meinen Streifzügen jedem einzelnen umfassend Beachtung geschenkt zu haben.
Eines Tages wird sich erweisen, dass in unserem Genom die Codes für Körper- und Schwanzgröße maximal weit voneinander entfernt liegen. Ich habe Kleine gefickt mit riesigem Schwanz (unerwartet) und Große mit winzigem (auch unerwartet), weniger unerwartet Große mit großem und Kleine mit kleinem. Erweitern Sie die Rekombination um mittlere Größen.
Auch wenn die Großen Interesse hervorrufen, bewirken die Kleinen nicht das Gegenteil, dies gilt grundsätzlich wie auch für den unter mir liegenden Patienten.
Vorerst bin ich bemüht, die Kaiser'sche Schwanz-Fata-Morgana zurückzudrängen. Zum jetzigen Zeitpunkt ist Kontrollverlust um jeden Preis zu vermeiden.
Zeit, die Sitzung zu beginnen.
Was führt Sie zu mir, Herr Kaiser?, frage ich.
Meine Beißerchen, antwortet Kaiser.
Derart nachhaltig einen Mann anstarren zu dürfen, wie ich es in diesem Moment tue, ist ein Fluch. Während ich starre, verwandeln sich Kaisers Augen in zwei schwarze Löcher, deren Sog so unvermittelt stark ist, dass ich mich an meinem Hocker festklammern muss.
Kaiser nickt. Hat Locken, die sind dunkel, die nicken auch, das ganze Gewoge zu meiner Verdammnis.

Er sagt: Meine Beißerchen tun mir weh, besonders morgens beim Erwachen.
Ob er das Kind spielt oder ist, wird für mein Begehren ohne Belang bleiben.
Ich löse den Griff vom Hocker. Was ich äußere, ist keine Bitte, es ist Bemächtigung: Ich darf einmal fühlen?
Und beuge mich vor. Zwischen meinem Gesicht und Kaisers wenige Zentimeter, beidhändig betaste ich Stirn, Augen und Wangenknochen.
Schließen Sie die Augen, Herr Kaiser, sage ich. Klopfe, lasse die Finger zum Kiefergelenk springen, heiße Kaiser öffnen und schließen, folge dem Ornament seiner Ohrmuscheln.
Die Palpation ist neben der Inspektion das älteste medizinische Verfahren, sage ich, jedoch muss sie sorgfältig ausgeführt werden. Viel mehr brauche es meist gar nicht, eine Diagnose zu stellen.
Entlang Kaisers Unterkieferrand, der ist tadellos rasiert.
Ich sage: Knochen, Muskulatur und Weichteile.
Weichteile, wiederhole ich und bitte um Verzeihung, fahre mit dem Finger um schmale Lippen, fahre zwei Kreise, ausnahmsweise einen dritten, dann ziehe ich die Hände zurück.
Wie Flügelchen Kaisers Wimpern auf seinen Wangen.
Vertrauen macht vulnerabel, in diesem Fall Kaiser. Und männliche Vulnerabilität ist es, die mich anzieht. Im weiteren Sinne ein ausschließlich bei Männern zu findender Glaube an die Reinheit der Frau, im engeren Sinne Kaisers Glaube an meine Absichtslosigkeit.
Auch daran scheitern die Männer, vom ersten Fick bis zum letzten ihres Lebens. Vergebliches Warten auf die reine Liebe.
Nie wieder quält mich mein Begehren wie jetzt, im ersten Moment des Aufeinandertreffens, stärkste Hingezogen-

heit, tausendfache Schwere, die mich hinreißt zu diesem Mann.
Es gälte, die Plattitüde zu vermeiden, aber mein Herz pocht, akut erkrankt, ich versuche, es zu beruhigen, indem ich mich erhebe, hinter den Patienten trete, den schamlos mich Lockenden, heraus aus seinem Blickfeld, die Hände auf seine Schultern lege, bis dorthin reicht meine zahnärztliche Legitimation, und keinen Zentimeter weiter.
Am Rande die Bitte, nicht anzunehmen, kein Patient sei vor mir sicher, aus ästhetischen Gründen fällt die Hälfte durchs Raster, aber niemand, weil er jünger ist als ich.
Eines kann ich bereits sagen, erkläre ich Herrn Kaiser, bevor wir zur inneren Untersuchung kommen: Die Spannung Ihrer Muskulatur ist zu hoch, was Vorteile hat, aber auch Nachteile. Insbesondere Ihre Zähne bekommen die Nachteile zu spüren.
Ich spreche in gedämpftem Ton, wie Liebende sprechen, und das ist, was ich empfinde: Liebe.
Sie mögen denken, ich habe den Verstand verloren.
Dem zum Trotz stelle ich fest: Zwar befinde ich mich im Besitz einer unverhältnismäßigen Libido und begehre in kurzer Folge, gelegentlich auch mehrere Objekte zugleich, jedoch bin ich in der Lage zu lieben, manchmal sekundenlang, manchmal stundenlang, aber ich liebe.
Meine Hände zu lösen bedarf größter Anstrengung, gleich Saugnäpfen haften sie an Kaiser, ich muss sie fortreißen und setze mich, von der Anstrengung atemlos, auf meinen Hocker.
Kaiser sieht geradeaus. Noch ist ungewiss, was in ihm vorgeht. Für den Fall, dass es nicht ist, was ich erhoffe, ist weiterhin Vorsicht geboten.
Denken Sie nicht, ich wagte es, Arztrecht zu beugen. In allem, was ich tue, folge ich den Richtlinien. Sämtliche zur

Anwendung kommenden Methoden sind mit dem Berufsethos vereinbar. Jedenfalls bis hier.
Zu Kaiser: Ich lege Sie jetzt hin.
Nun weiß er nicht, wohin mit den Händen, die Rückenlehne fährt zurück, ich, halb im Scherz: Bitte festhalten.
Nur halb im Scherz, weil einmal jemand abstürzte, aber das war ich, und zwar beim Koitus.
Da liegt er horizontal, empfohlene Lagerung zur Untersuchung der Mundhöhle, es soll der Zahnarzt aufrecht sitzen, nach Möglichkeit zeitlebens. Bedarf es für bessere Sicht einer Verrenkung, soll diese der Patient ausführen, für ihn sind es dreißig Minuten, für den Zahnarzt dreißig Jahre.
Ich beuge mich vor, will die Öffnung befehlen, da klappt er schon auf, der schöne Mund.
Zähne eine Pracht, wenn auch ein wenig schräg. Unbestreitbar, dass es uns gegeben ist, das etwas Unvollkommene zu lieben. Anders verhält es sich mit dem hochgradig Unvollkommenen.
Auf die Brille habe ich verzichtet, aus naheliegenden Gründen: Sie steht mir nicht, verheerender noch: Sie macht mich alt.
Ich sehe verschwommen, nicht sehr, nur ein wenig, mein geschultes Hirn ergänzt die fehlenden Pixel.
Obzwar winzig, streift meine Brust die andere. Nippel besitze ich, und die sind steif.
Bohren sich wie zwei Kiesel in die Brust des Patienten, der liegt ausgestreckt, einer Puppe gleich. Männerpuppe.
Die Raumtemperatur ist jäh gestiegen, Schweiß unter meinen Achseln.
Bewegungen fallen schwer, obschon gerade noch möglich, ich greife zum Mundspiegel, führe ihn ein, in herrlichstem Rosa die Reflexion von Zahnfleisch, Zunge, Wangen.
Ich kann nicht genug bekommen, lasse den Spiegel krei-

sen, jetzt müsste ich sprechen, Befund, Diagnose, Therapievorschlag.
Aber aussichtslos. Ich begehre stumm. Aussichtslos, meine Lippen für etwas anderes einzusetzen als zum Küssen.
Ich bitte um Entschuldigung, richte mich auf, öffne die oberen Knöpfe des Kittels. Ohne hinzusehen, weiß ich, er hat einen Steifen.
Eine Schwierigkeit beim Sex mit Schutzbefohlenen ist, sich über das Einverständnis klarzuwerden. Dies gilt für beide Seiten, den Heilsbringer wie den Heilsempfänger. Der Heilsbringer bin ich. Kaum etwas ist beschämender als ein unwillkommener Griff ans Patientenrohr.
Allenfalls übertroffen von einem unvorhergesehen Griff an die Muschi der behandelnden Zahnärztin.

An dieser Stelle möchte ich um Verständnis bitten für meine Situation. In keiner Weise überraschend, tragen die Sofasitzungen meines Ehemanns nicht die erhofften Früchte. Die Psychotherapie sieht vor, mein Verlangen auf den Therapeuten zu richten sowie aus seiner adäquaten Reaktion zu lernen.
Weder verlangt es mich nach Hovard, noch reagiert der adäquat.
Also begehre ich weiter, alles, was einen Schwanz hat, oder beinahe alles, unabhängig von dessen Leistungsvermögen. Ich begehre unbeirrt, fieberhaft, gewaltsam, sowie im Wissen, verbrannte Erde zu hinterlassen.
Und zahle einen hohen Preis. Beruflicher und sozialer Niedergang, physische und psychische Krankheit, womöglich tödlicher Ausgang.
Kurze Betrachtung dieser Folgen, nicht nur für mich, sondern auch für Hovard, in der Medizin bezeichnet als Komorbidität, die Miterkrankung von Angehörigen.

Erstens beruflicher Verfall. In meinem Fall ableitbar aus dem Rückgang der Patientenzahl. Die Peters führt Buch. Jedes Jahr drei bis fünf Prozent weniger. Ich habe ausgerechnet, wann ich alle annehmbaren, geschlechtsreifen Schwänze meines Habitates gelutscht haben werde, ebenso diejenigen der regelmäßigen Sommergäste: im Jahre 2025. Kein Ehemaliger, der mich anschließend an seine Zähne gelassen hätte. Eher ließe er sie verfaulen. Gleiches gilt, wenn vorhanden, für seine Familie. Auch wenn der Seitensprung verheimlicht werden konnte: Mit an Sicherheit grenzender Wahrscheinlichkeit landen Frau und Kinder bei meinem Konkurrenten, Zahnarzt alter Schule mit gutgehender Praxis.
Was den Rückgang meiner Patienten respektive Geschlechtspartner betrifft, könnten Sie einwenden, Männer zum Vögeln wüchsen nach, aber Sie irren, die Zahl der Neuankömmlinge auf einer Insel ist vernachlässigbar, zudem muss ich eingestehen, mit der Zeit wird es nicht leichter, Achtzehnjährige zu verführen. Zuletzt gelungen vor fünf Jahren, eine laue, dunkle Sommernacht, ein Cabriolet, teure Autos ziehen bei denen.
Zweitens sozial. Natürlich leidet mein Ruf. Der Ort ist klein, nichts bleibt unbemerkt. Betrogene Ehefrauen sind wehrhaft. Hovard und ich sind freundeslos, schlimmer noch, wir haben nicht einmal uns.
Die schwerste Form der Vereinsamung: der vollständige, unumkehrbare Verlust des letzten Menschen.
Drittens Physis und Psyche.
In der Gegend herumzuvögeln kostet Kraft. Einerseits die Gefangennahme. Der Vogel will gelockt und eingesperrt werden. Und wieder freigelassen. Manch Exemplar, das bei geöffneter Käfigtür den Abflug nicht freiwillig antritt, sich nachgerade festkrallt an seinem Gefangenschaftsprivileg.

Liebhaber auf die Straße zu setzen kann anspruchsvoller sein, als sie anzuwerben.
Zudem erfordert die Anbahnung Schönheit, und Schönheit erfordert Vorbereitung. Haut (Rasur sehr diffizil im Intimbereich, insbesondere zirkulär um den Anus), Nägel, Frisur, Make-up. In Sachen Kleiderfrage unbedingt zu beachten: Es darf nicht viel sein. Kurzer Rock, Beine von Vorteil unbestrumpft.
Anstrengungen, die täglich zu unternehmen sind, auch wenn die Zahl der Abende beträchtlich ist, an denen die Maskerade sich als nutzlos erwiesen haben wird, keine Erotomanin, auch ich nicht, die täglich fündig wird, schon gar nicht in der Provinz.
Erwähnenswert ist auch, dass der der Liebe beraubte Geschlechtsverkehr ein gewalttätiger Akt ist. Entblößt jeder Zärtlichkeit, ersetzt durch Übergriff, mit zunehmendem Alter der Männer durch Perversion. Die Reizschwelle des über Sechzigjährigen steigt nicht linear, sie klettert exponentiell, die Vagina atrophiert zur Nebensache, von der Klitoris ganz zu schweigen, demgegenüber wird die wechselweise Penetration von Anus und Mund vorgezogen, in dieser Reihenfolge. Grenzüberschreitung ist oberstes Gebot, Schmutz der Brandbeschleuniger des sich verkomplizierenden Eros.
Wenn auch mit Lust verbunden, stellt das Vorrücken des Analen für Frauen eine Provokation dar, da die Kopulation ihres ursprünglichen Zwecks beraubt ist, im Arsch entstehen keine Babys. Streng genommen handelt es sich um Vergewaltigung mit Einwilligung, und genau das ist, was dem Ego des alternden Mannes schmeichelt. Er kann noch, und wie.
Und genau das ist, was mir gefällt. Nichts, wirklich gar nichts, spricht gegen einen fachgerecht ausgeführten Arschfick.

Letztes Postulat: Gern würde Don Juan, der Ältere, den zweiten archaischen Akt bespielen, den Geschlechtsverkehr mit zwei Frauen oder mehr, hier jedoch ist Überforderung vorprogrammiert, weshalb der Versuch in der Regel von vornherein unterbleibt.

Auf dem Zahnarztstuhl.
Das gegenseitige Einvernehmen abzuklären kommt einer Herausforderung gleich, vielleicht der größten.
Woher ich weiß, dass Kaisers Patientenschwanz steif ist, kann ich nicht erklären. Unleugbare, obschon physikalisch nicht messbare Änderung des räumlichen Elektromagnetismus, wie vor einem Gewitter.
Ich sehe ihm in die Augen, reinweiß im Jungengesicht, keiner senkt den Blick, da stürze ich in ihn, alles andere rückt ab, schert sich fort zum Rande meines Universums, Auslöschung jeder Konvention, und wenn ich Haus und Hof verliere, Ehemann und Reputation: Ich will Kaisers Geschlecht, meine Zunge darumschlingen, den letzten Tropfen aus ihm saugen, für diese Pest hat nur er die Heilung.
Aber auch Kaiser braucht Heilung. Bereits ringt er um Atem. Ich wende mich um nach seinem Unterleib.
Das Öffnen der Männerhose gesegneter Moment, diese hier ist geknöpft. Stramm darunter eine Erektion, sie drängt ans Licht, ich ziehe die Jeans herab. Kaiser hebt hilfreich das Becken. Den Slip zu entfernen ist schwieriger, Kaisers Organ so steif, dass der Gummizug darüber sich nicht dehnen mag, mit der einen Hand greife ich hinein, schiebe das Teil beiseite, mit der anderen die Shorts hinab, da springt es auf.
Lang und stark, gekrümmt nach Art einer Zucchini (Spitze breiter als der Ursprung). Ergeben spreizt sein Besitzer die Beine.

Geruch macht sich nicht breit, allenfalls eine Ahnung von Seife, Kaiser hat geduscht, sich auf das sorgfältigste präpariert, bevor er seine Zahnärztin konsultierte. Die Seifung mir vorzustellen erregt mich, gern hätte ich sie ausgeführt, Sex in der Dusche ein diffiziler Vorgang, es ist schlüpfrig, der Boden hart, jedoch die Mühe wert.
Die Versuchung, mich meiner Hose zu entledigen, mich rücklings auf Kaiser zu hocken, ihm den Arsch entgegenzustrecken, ist beispiellos. Seinen Schwanz zu pflanzen, zu bearbeiten, zu bewässern, endlich zu Ertrag zu bringen.
Der Versuchung zum Trotz erweist sich die Erotomanin bisweilen als lebensklug. Im Bewusstsein der Beschränktheit meiner Ressourcen heute nur ein Blowjob. Die Lust ist ein Brunnen, der versiegt bei zu viel Hitze.
Erlauben Sie mir, Ihren Schwanz zu lutschen, ich im Zahnärztinnen-Ton.
Von Kaiser ein Laut der Bedürftigkeit, als flehe er um Gnade, bloß bleibt er unbeachtet, ab jetzt ist der Mann mir einerlei, ich bin taub, einzig und allein hörig seinem Fleischkolben.
Der allerdings ist köstlich, ich habe die Lippen darumgelegt, mit singulärem Sog das Organ geschluckt, lasse es rhythmisch an meinen Rachen stoßen, tiefer noch: an meinen Kehlkopf, von ferne Kaisers Wimmern, er kommt binnen Sekunden.
Einen Moment soll er schwimmen, mein Hals sein Gefäß, dorthinein tauche ich seine Schwanzspitze, einmal, zweimal, dann fließt der Saft durch meine Kehle. Zugleich Kaisers Penis aus meinem Mund.
Ich erhebe mich augenblicklich, meinen Höhepunkt schiebe ich auf. Einmal noch, spätabends, werde ich Kaisers gedenken und es mir selbst besorgen, aber nun ruft die Pflicht. Zwar hat die Peters Anweisung, nicht einzutreten, leistet dieser auch Folge, erlaubt sich allerdings Aus-

nahmen, wenn Hovard anruft, zum Beispiel. Was eine unschöne Hast zur Folge hätte.
Ich trete ans Waschbecken, im Spiegel mein glühendes Gesicht, wasche Hände und Mund, Letzteren penibel.
Hinten Kaisers Spiegelbild, noch liegt er, immerhin bemüht, seinen Schwanz zu verstauen. Während ich die Lippen nachziehe, setzt er sich auf.
Und als ich ihn hinausgeleite, sehe ich, etwas ist über ihn gekommen, die Ahnung von etwas Größerem, größer, als sein Trieb je war, er fragt: Kann ich Sie wiedersehen?
Ich bin vereinzelt und bleibe es, gleichwohl seine Zahnärztin, und antworte: Vereinbaren Sie einen Termin, Sie benötigen eine Beißschiene.
Und schließe hinter ihm die Tür.

Noch im Auto ruft Hovard an.
Den Geschmack von Sperma bin ich nicht losgeworden, dies trotz Zahn- und Zungenbürste, in den Zwischenzellräumen meiner Mundschleimhaut verkeiltes Ejakulat. Hundert Millionen Spukgestalten, wie sie fremder mir nicht sein könnten, lauter halbe Kaisers, des Weiteren Samenflüssigkeit, salzig, proteinhaltig, der Nährwert demjenigen einer Auster nicht unähnlich, ebenfalls der Geruch. Das fremde Eiweiß spaltet mein Magen, aber die Duftstoffe bleiben unversehrt, sie haften an Wangen und Lippen und Händen, dafür hat die Natur gesorgt. Während der nächsten vierundzwanzig Stunden glaubt jeder, der mich küsst, Kaiser zu küssen. Und sollte mich einer vögeln, dürfte derjenige die eigene künftige Vaterschaft für mehr als ungesichert halten.
Was heißt Vaterschaft. Kein Begatter, der mich jünger als fünfzig schätzt, die Wahrscheinlichkeit einer Befruchtung ist auf sichtbare Promille gesunken.

Hovard am Telefon: Wo ich stecke.
Auf dem Heimweg, antworte ich und suche nach Kaugummi, allerorten verteilt in der Absicht, Hovards Geruchssinn zu täuschen, obgleich er mich hat wissen lassen, Sperma mit Peppermint rieche nicht notwendigerweise besser.
Ein Brief sei für mich angekommen, teilt Hovard mit.
Ein Brief?, frage ich.
Handschriftlich und persönlich eingeworfen, sagt Hovard.
Das allerdings eine Überraschung, wann zuletzt hat mir jemand geschrieben, von der spärlichen Geschäftspost abgesehen.
Ich frage: Wie ist die Schrift?
Dazu ist zu sagen, dass Hovard außer psychologisch auch schriftsachverständig ist.
Hovard sagt: Komm erst mal her.
Und fügt hinzu, er habe extra einen Bordeaux aufgemacht.
Vor dem Haus hat jemand Schnee geschaufelt. Mein Parkplatz ein aus dem Eis geschlagener rechtwinkliger Hohlkörper, von dort abgehend ein Gang zur Pforte, Kaninchenbau mit rechten Winkeln. Hovards Sorgfalt ist mir Rettung und Verderben.
Das Schloss dürfte er enteist haben, jedoch brauche ich den Schlüssel nicht, die Tür schwingt auf, dahinter Hovard, den Brief in der Hand. Er sieht feierlich aus, Haarkranz in Wellen und frisch gebürstet, ebenso die Brauen, die rote Strickjacke trägt er sonst nur zu Weihnachten.
Er legt den Brief auf die Konsole und kommt auf mich zu.
Ich wende den Kopf, Hovards Kuss trifft mein Ohr, und ich sage: Lass mich noch kurz ins Bad, es ging hoch her.
Hovard versteht, *hoch hergehen* unser Behelfswort für *fremdficken*, auch wenn nur einer fremdfickt. Er nickt und hilft mir aus dem Mantel.
Im Fortgehen betrachte ich den Umschlag, große rote Let-

tern, ihn an mich zu nehmen, erlaube ich mir nicht, Hovard hat seine Rechte, in dem Fall diejenigen des Gehörnten und Schriftsachverständigen, die ungewöhnliche Schrift eine Trouvaille.

Im Bad: Kleider auf den Boden geworfen, Wanne heiß gefüllt, untergetaucht im Ganzen, was sich schwierig gestaltet, weil alles eng ist in diesem Haus, auch die Wanne. Ertrinken kann hier keiner.

Mit Kernseife eingerieben, rund um den Mund und darin, ins Wasser gepinkelt, weil vorher zu pinkeln vergessen, Wanne abgelassen, noch einmal geseift, kalt geduscht. Meine Haut leuchtet rot, und ich weiß, was Hovard sagen wird: dass ich mir meine Strafe selbst zufüge.

Im Abfluss verschwinden Kaisers letzte Eiweißbausteine.

Jetzt bin ich ruhig genug, Ihnen zu erklären, warum die Reinwaschung mehr als alles andere Teil meiner Liebe ist.

Mit jedem Liebhaber Hoffnung auf Erlösung. Nach dem Ausbleiben der Erlösung mich seiner nutzlosen Überreste zu entledigen sowie meinen Körper auf das gründlichste zu entkeimen ist Voraussetzung, mich dem Versuch in Gestalt des Nächsten neuerlich zuzuwenden.

Die Dekonstruktion des Mannes aus Liebe.

Kein Satz in dieser Tragödie ist wichtiger: Ich zerstöre aus Liebe und kann nicht anders.

Man könne immer anders, sagt Hovard, bislang der Einzige, der sich meiner Dekonstruktion widersetzt, wofür ich ihn gleichzeitig bewundern und hassen muss.

Er sagt: Du dekonstruierst nur dich selbst.

Ich trage Gesichtscreme auf, ziehe den grünen Kimono über, flechte mir einen Zopf. Habe länger gebraucht, als Hovard lieb ist, obwohl er weiß, die Waschung muss gründlich erfolgen.

Er sitzt in seinem Sessel am Fenster, einen zweiten, kleine-

ren hat er danebengeschoben. Der Brief und zwei Gläser auf dem runden dreibeinigen Mahagonitischchen.
Das Holz im Feuer ist vom Festland, die Insel hat keinen Wald.
Hovard sagt: Du hast lange gebraucht. Es muss wirklich hoch hergegangen sein heute bei dir in der Praxis.
Die Scheiben klirren. Ich sehe hinaus, der Eisberg nimmt die Hälfte des Horizontes ein. Ich sage: Als habe jemand in seinem Inneren eine Laterne angezündet.
Recke Daumen und Mittelfinger, schließe ein Auge und sage: Er ist um das Doppelte größer geworden.
Nicht größer geworden, sagt Hovard.
Er furcht die Brauen, letzthin buschig geworden, da nützt es nicht viel, dass er sie frisiert. Sie wuchern in die Höhe und Breite, bald werden sie zu einer einzigen Riesenbraue verwachsen und die Furche dazwischen verschwunden sein.
Hovard sagt: Eisberge wachsen nicht. Sie werden nur kleiner. Unserer aber ist näher gekommen.
Er trinkt mit Bedacht, was nicht immer der Fall ist, heute benetzt er nur die Lippen. Er scheint einer Absicht zu folgen.
Ich setze mich, ziehe die Beine an. Hovard schenkt mir ein und sagt: Bei Kälte tauchen sie an den ungewöhnlichsten Orten auf. Dieser hier dürfte aus Grönland stammen.
Ich frage: Warum ist er blau und nicht weiß?
Weil ihm die Lufteinschlüsse fehlen, sagt Hovard, der immer eine Antwort hat. Und fügt hinzu: Das Licht wird nicht abgelenkt, es geht geradeaus durchs Eis.
Wir schweigen, durch das Fenster ein scharfer Zug.
Außerdem wirkt gefrorenes Wasser wie ein Farbfilter, sagt Hovard, es absorbiert Rot, Orange und Grün, aber fast kein Blau.

Ich nicke und sage: Noch eine Sturmflut, und er steht in der Stube.
Und Hovard: Was der Eisberg mit dem Licht macht, nennt man selektive Absorption.
Niemand kann miteinander reden und sich nichts sagen wie wir. Hovard hält das Kuvert im Schoß, schiebt die Brille auf die Stirn und wiederholt: Selektive Absorption. Das tut unser Hirn auch. Man sieht nie das Ganze.
Und während er weiter über die Berechenbarkeit der Optik und die Unberechenbarkeit der menschlichen Psyche nachdenkt, schließt er die Augen. Ich stelle mir den Raum nach Hovards Absorption vor und sage: Wie können sie ihn sprengen, ohne auch die Warft in die Luft zu jagen?
Nach einer Weile Hovard: So weit wird es hoffentlich nicht kommen.
Er scheint wieder bei der Sache, setzt sich aufrecht und wedelt mit dem Brief: Noch bei keiner Schrift habe er derartige Winkel gesehen.
Reicht mir den Umschlag, in ausladendem Zickzack drei Zeilen, Anrede, Titel, Name, Adresse, Frau Dr. Judith Havener in K.
Ich frage: Winkel?
Hovard legt den Kopf in den Nacken: Winkelschreiber sind stark und entschlossen.
Ich sitze verkeilt im Sessel, Fersen ins Polster gestemmt, der Brief wie Blei in meinen Händen. Kaiser zu verführen hat mich Kraft gekostet, wie jeder Akt es tut, weniger das sexuelle Geschehen als die Enttäuschung, der Utopie einer Annäherung nicht näher gekommen zu sein.
Mach du ihn auf, sage ich.
Irgendwoher nimmt Hovard einen Brieföffner, alles, was er tut, folgt einem Plan, nicht unbedingt im Voraus erkennbar, sehr wohl aber während des Geschehens, wenn Dinge

sich fügen, wie sie es bei anderen, weniger vorausschauenden Menschen nicht tun.
Hovard sagt: Dieser Absender ist ein Mann, und er ist mehr als entschlossen.
Ich hebe den Kopf. Hovard leuchtet auf seltene Weise, er zieht ein Blatt aus dem Umschlag.
Worauf könnte bei einem Mann diese Entschlossenheit zielen?, frage ich. Dass wir miteinander sprechen im Tonfall eines Proseminars, ist nicht ungewöhnlich. Er hat die Sprache der Liebe seit langem abgelöst.
Wie immer, mein Schatz, antwortet Hovard, auf Macht.
Ich halte ihn nicht ab, sich meines Briefes zu bemächtigen, auf nicht einmal mir verständliche Weise angewiesen auf seine Bevormundung in Sachen des verbreiteten Unglücks in menschlichen Liebesbeziehungen, im konkreten Fall der Vergeblichkeit meines promiskuitiven Abmühens am anderen Geschlecht, meinen Ehemann von dieser Vergeblichkeit nicht ausgenommen. Hovard ist Angeklagter und Richter zugleich.
Er liest und ruft: Oh!
Seine Augen gleich zwei Flammenwerfern auf dem Papier. Kaum je gerät Hovard in Rage, aber diesmal lodert er.
Er liest ein zweites Mal und deklamiert, als habe er Gelegenheit gehabt, sich auf sein Sachverständigengutachten vorzubereiten: Der Schriftfluss ist dynamisch und weist auf hohe Intelligenz, andererseits auch auf druckstarke Gewaltbereitschaft.
Ich frage: Die ihre Ursache worin haben könnte?
Frustration, antwortet Hovard, und Angst.
Seine Worte hängen im Raum. Gleich einer Schwade Kohlenmonoxid, farb-, geruch-, geschmacklos, bereit, unser Blut zu vergiften, die Sauerstoffkopplung unseres Hämoglobins zu verdrängen, Hovard und mich zu ersticken.

Er reicht mir den Bogen.
*Dass in Worten und Werken ein jeder seinen Gemahl liebe und ehre.*
Dies in großen roten Lettern.
Ich lache, aber nicht froh, und sage: Intelligent nennst du das? Aus der Bibel geklaut und aus dem Zusammenhang gerissen.
Knülle den Brief zu einem Ball, wende mich um und ziele auf den Kamin. Der Ball prallt an der Ummauerung ab, und ich sage: Und feige. Der hat doch seine Schrift verstellt.
Hovards Mund verzieht sich zu einer nach unten konkaven Linie, als hätte ich ihn persönlich beleidigt. Er steht auf, neuerdings nach Art alter Männer mit einem kleinen Stöhnen. Geht zum Kamin, hebt den Papierball auf, entfaltet ihn und streicht ihn glatt. Stellt sich hinter mich, eine Hand auf meiner Schulter.
Will er allen Ernstes eine Rolle bekleiden in diesem Schauspiel? Den Ruhezustand des mühsam austarierten Gleichgewichts unserer Ehe aufs Spiel setzen, in der einen Waagschale mein Geficke, in der anderen seine Hybris?
Bislang war das nie der Fall. Mein Therapeut ließ mich gewähren, hat allenfalls sich regelmäßig berichten lassen. Von seinem Sessel aus den einen oder anderen Nebenbuhler diagnostiziert, den meisten die Sexualneurose des untreuen Mannes bescheinigt, die in der angstbesetzten Annahme bestehe, durch Ausstreuung seines Samens dem Tod zu entkommen.
Aber nie brachte Hovard sich ein, mich zur Keuschheit zu bewegen, möglicherweise beunruhigt ihn die am Wochenende bevorstehende Übernachtung im Hotel B. stärker als gedacht, woraufhin er sich positionieren will als unbestrittener Autokrat meines Lebens.
Er sagt: Wir müssen etwas tun.
Was meinst du mit tun?, frage ich.

Er lässt mich los, in der Scheibe sehe ich, wie seine Reflexion schwankt, was jetzt manchmal vorkommt infolge nachlassender Kräfte oder des schwindenden Gleichgewichts. Er beginnt, hin- und herzulaufen zwischen Fenster und Sesselgruppe, Hände an den Schläfen.
Fast würde ich behaupten, ihn niemals in dieser Weise erregt gesehen zu haben.
Bleibt vor mir stehen und sagt: Zuerst einmal gilt es, dich zu schützen. Danach werde er sich dem Verfasser zuwenden und versuchen, zu dessen Destruktivität vorzudringen.
Mich schützen?, frage ich und denke, dass es meine Freiheit ist, in der Gegend herumzuvögeln, weil meine Motive zahlreich sind und nachvollziehbar, nämlich erstens die Zerstörung des Mannes aus Neugier, wie das Kleinkind den geliebten Teddy aufschneidet, um das Geheimnis seines Inneren zu erkunden, und zweitens mein Trotz, dem Ehemann die Deportation meiner Körperlichkeit heimzuzahlen, auf dass seine Strafe die Demütigung und symbolische Kastration sei, und drittens die Sexualität als Selbsterhalt, oder anders gesagt die Bevorzugung des Lebenswunsches gegenüber dem Todestrieb, oder noch anders gesagt, solange ich ficke, bin ich nicht tot, und viertens die Ahnung von etwas, das sich ereignete und vererbte, bevor von einem Ich überhaupt die Rede sein konnte, eine Art kosmisch zwingendes Herumgevögele, eine unverschuldete Schuld, wobei mir Letzteres als Ursache sehr lieb wäre, allerdings von Hovard ungern diskutiert, mutmaßlich, da es sich seiner Therapie entzöge, wo er doch viel lieber die Erlösung bei sich verortet, um mir bestenfalls Heilung zu versprechen.
Ebenso vielfältig sind die möglichen Ursachen für Hovards überraschende Intervention, nicht einmal auszuschließen, dass er den Brief selbst geschrieben hat.
Aber ich sage nichts.

Stattdessen Hovard: Bitte tue nichts, ohne dich mit mir abzusprechen.
Zögert, und dann: Ich bitte dich, bleib erst mal zu Hause.
Damit hat er sich weit über das Normalmaß entblößt. Hat niemals ausdrücklich gebeten, ich möge vom Ficken ablassen, und sei es nur für eine Weile.
Er wendet sich der Vermessung des Eisbergs zu, auf ähnliche Weise wie ich mit ausgestrecktem Arm, jedoch unter Zuhilfenahme eines Lineals.

Ich betrachte mich im Licht der marokkanischen Lampe. Neuerdings verformt die Schwerkraft meine Züge auf ungekannte Weise. Gestern habe ich nachgelesen, ob sie sich möglicherweise verstärkt, ob der Planet an Masse gewonnen hat, eine unerklärliche Zunahme seiner Dichte durch gravitativ angezogene, auf uns herabstürzende Materie. Kosmischer Staub und Meteore, die die Oberfläche vergrößern und verantwortlich sind für ein eskalierendes Zerren an Lidern, Wangen und Mundwinkeln.
Gleichwohl haben Messungen ergeben, es sei derzeit keinerlei Expansion zu verzeichnen.
Demnach zieht es mich zu Boden, weil ich *sterbe*. Der Verfall noch in überschaubarem Umfang, jedoch lässt er sich extrapolieren.
Die Vernichtung drückt sich aus weniger in der Fältelung meines Gesichts als in seiner Erschlaffung.
Betrachtung meiner Arme. Auch sie im Anfangsstadium der Verwesung.
Auf der letztjährigen Jahrestagung der Gesellschaft für ästhetische Medizin: Nie werde der schmerzhaft schöne mittdreißigjährige Professor verstehen, warum Patientinnen über fünfzig sich ausschließlich die Gesichter schminkten und nicht mehr.

Wie viel mehr, ahnungsloser, herzloser junger Mann? Oberarme, Knie, Schamlippen?
Noch bin ich berührbar, und so lange fülle ich mich ab mit allem verfügbaren Samen, und davon werde ich zehren, wenn es einsam wird um mich.

*Freitag*

Klitorisschmerz bei jedem Schritt, was das Laufen beinahe unmöglich macht, so stark besorgt habe ich es mir. Ob es den Männern ebenso geht nach pausenloser Masturbation, entzieht sich meiner Kenntnis, wohl aber weiß ich, dass vom vielmaligen hitzigen Vögeln der Schwanz wund wird. Zu befürchten ist, dass die Erholungszeit nicht genügen könnte – zwischen der unverhältnismäßigen Selbstbearbeitung meiner Genitalien und dem vorhersehbaren Geschlechtsverkehr mit Erik werden allenfalls achtundvierzig Stunden liegen.

Falls der Termin nicht ausfällt, denn ich habe das Handy ausgeschaltet. Offline seit gestern Abend, 20 Uhr.
Nicht nur, dass Erik versucht haben wird, mich zu erreichen, mittlerweile dürfte er außer sich sein.
Kein besseres Vorspiel, als sich rarzumachen.
Ich liege im Bett, in der Hand das tote Handy, Augen geschlossen. Von der backsteinrot gemauerten, an der Stirnseite weiß verputzten Seefahrerkirche die Glocke, es gelingt mir nicht, den Ton zu zerlegen, möglicherweise unterhalb des Schlagtons eine Prime, oberhalb eine Mollterz, da endet das Geläut. Der Kirchturm steht an der Westmauer des Schiffs, der Ostwind trägt den Klang davon. Es zieht wieder Sturm auf.
Die Tür fliegt auf, weiß lackiert und im unteren Drittel beschädigt von Hovards Tritten, gern dringt er ein in mein Schlafzimmer, ohne zu klopfen. Eigentlich dringt ein Tablett vor, und dann erst Hovard, der der Meinung ist, man müsse mich zwangsernähren.
Ich sage: Ich möchte nicht gefüttert werden.
Die Bettdecke bis ans Kinn gezogen, darunter bin ich nackt, aber das entgeht Hovard, ebenso wie mein Morgengeruch, ich stoße Lockstoffe aus wie andere Schweiß, möglicherweise Grund für die Anhänglichkeit der Männer, mehr als mein knabengleicher Körper.
Guten Morgen, sagt Hovard, glaub mir, ich weiß, was ich tue. Stellt das Tablett ans Fußende. Ich überleg's mir, sage ich, und lass mich, Hovard, im Ernst, ich schlafe noch.

Hovard im Bücken: Es hat einer angerufen auf dem Festnetz.
Richtet sich auf, einmal um das Bett, sammelt Socken ein, Schlafanzug, klemmt sie unter den Arm: Er stelle sowieso eine Waschmaschine an.
Ob der Anrufer sich mit Namen gemeldet hat, frage ich und kenne die Antwort.
Und Hovard: Nein, der vom Brief ist das aber nicht gewesen. Keine Spur von gewalttätig.
Damit ist er draußen und Richtung Waschküche, wo zwei Maschinen stehen, die eine für Hovards Dreck, die andere für meinen, unter keinen Umständen darf Fremdeiweiß in seiner Wäsche landen.
Hovards Schritte mit jedem Jahr langsamer. Mitleid mit einem Mann ist mir fremd, erst recht mit meinem. Rührung kommt vor, wenn ich hinter ihm herspaziere, den runden Rücken betrachte, das flusige Haar – bei allen unüberbrückbaren Differenzen: Wir haben einander Zeit geschenkt. Und deshalb, das weiß ich schon heute, werde ich an seinem Sarg weinen, obwohl er mich genarrt, mich um mein Eheleben gebracht hat.
Ich schalte das Handy ein. Ein Feuerwerk von Nachrichten, popp, popp, popp.
*Schon wach?*
*16 Uhr vor dem Hotel?*
*Rufst du mich an?*
*Versuche es jetzt auf dem Festnetz.*
*Dein Mann war dran, sorry.*
*Warte auf deinen Rückruf.*
*Ich liebe dich.*
Ich will nicht in Abrede stellen, dass Erik meint, was er schreibt, obgleich ich von ihm ungern das Wort *Liebe* höre. Aus seinem Mund kaum ertrage. Fickern wie ihm sollte es

verboten werden. Allenfalls wäre ihm eine neue Vokabel zur Verfügung zu stellen.
Die Luft ist stickig. Da ist keine Luft. Ich stemme mich hoch, recke den Arm nach dem Riegel aus poliertem Messing, für äußeren Glanz sorgt Hovard. Die Fensterflügel fliegen auf, eine Lawine von Schnee fällt auf mein Bett.
Die achtlose Verwendung des Begriffes *Liebe* verursacht mir Abscheu. Meine Befürchtung: womöglich auf die gleiche verfehlte Weise zu lieben wie Erik.
Ich fühle mich leer. Lehne mich zurück ins Kissen, ziehe mir die Decke bis über den Kopf.
Nicht vollständig leer, aber beinahe. Nennen wir mich ein grobes Vakuum, noch vorhanden molekulare Mengen eines Stoffs, im vorliegenden Fall meines Ichs.
Meine Hand tastet nach der Tasse, ich trinke die letzte Pfütze Kaffee, der überwiegende Teil verschüttet auf Tablett und Laken. Hovard wird zu waschen haben.
Bei fortgesetztem Sog entleert sich der Raum zum Hochvakuum, ein Rest von Wärme vorhanden in Form einzelner Atome, und schließlich zum Ultravakuum, das letzte Quant ist abgesogen.
Postulat: dass es maximal weiterer zehn Liebhaber bedarf, bis sich mein Ich im physikalischen Zustand des Ultravakuums befindet, bis ich absolute Leere fühle, ein uneingeschränktes Nichts.
Ich stoße unter der Decke hervor, Tablett und Marmeladenbrötchen rutschen zu Boden.

Statt zu schreiben, rufe ich an. Tue es Erik gleich, Festnetz, auch wenn der Anrufbeantworter kommen könnte, das soll er der Freifrau erklären.
Er meldet sich mit Namen und Titel.
Ich sage: Und hier Dr. med. dent. Havener.

Weder lache ich noch Erik, meine Humorlosigkeit möglichenfalls noch übertroffen von seiner.
Erik sagt: Wo warst du?
Und ich: Im Bett.
Kleines Schweigen, dann Erik: Nackt?
Ja.
Schaffst du es jetzt gleich?, fragt Erik, und ich weiß: Sein Schwanz ist hart.
Ich sehe auf die Uhr, weit nach Mittag, sage: Achtzehn Uhr.
Und Erik stimmt zu, allerdings zögerlich, ungern würde er die Wiedergutmachung in Gestalt der Darbietung seines Schwanzes auf einen Zeitpunkt nach dem Dinner verschieben. Lieber ficken Männer vor dem Essen.

Hovard in braunem Pullover sitzt am Esstisch, Palisander aus Ostindien, ebenfalls die Stühle. Es sind zehn. Vom Urgroßvater gedrechselt, der blutjungen Hovard-Großmutter zugedacht zur Verlobung, man saß beisammen damals. Heute unbenutzt bis auf zwei, die übrigen acht nur beim Staubsaugen vom Enkel bewegt.
Mein Mann erhebt sich, kommt mir entgegen, als ich das Zimmer betrete, in all der Zeit nicht einmal sitzen geblieben. Küsst mir die Wange.
Ich habe geduscht, Turban auf dem Kopf, ungeschminkt, mit Brille, eine Verunstaltung, die Hovard vorbehalten ist. Pigmentlose Haut an den Händen, fachlich Vitiligo, im Übrigen auch an der Möse, bevor ich sie rasierte, war meine Vulva schlohweiß behaart. Die Unverschämtheiten der Ficker dazu zahllos, man hätte ein Herabwürdigungsglossar anlegen können. Dass man sie seit der Jahrtausendwende blank trägt, kommt einer Fügung gleich, nun leuchtet sie pinker als erlaubt. Im Übrigen mein Männer-

verunglimpfungswortschatz ebenso umfangreich, Sie ahnen nicht, wie oft *Wichser* gedacht.
Hovard sitzt wieder, ich stelle mich hinter ihn, auf dem Tisch sein zweites Frühstück. Gern behauptet er, unser Eheleben sei aus dem Takt geraten, seit meine innere Uhr nicht mehr richtig ticke, und ich behaupte: Es habe nie eins gegeben.
Ich frage: Darf ich abbeißen?, und nehme das Brötchen.
Hovard sagt: Nimm es ganz, auch den Kaffee.
Will mir die Tasse reichen, augenscheinlich steif, zu lange gesessen, wie es seine Art ist, wenn er liest. Streckt sich. Oberhalb des Tellers, in hölzerner Stütze, ein Buch, allem Anschein nach sein Freud.
Plötzlich ein kurzes, peitschendes Geräusch. Hovard fasst sich an den Rücken.
Ich stehe wie erstarrt, dann lege ich das Brötchen ab und sage: Das klang schrecklich, Hovard, lass mich nachsehen. Beuge mich über ihn, will ihm unter den Pullover, obgleich ich mich fürchte, seine Haut zu berühren, da rührt er sich wieder, will selber darunter und tasten und klopfen.
Das dauert, doch scheint er zufrieden mit seinem Befund, kreist mit den Schultern, im Rücken keine weiteren Geräusche, aber der Knall noch immer in meinen Ohren.
Er sagt, immerhin sei er auch mal Arzt gewesen.
Ich frage: Kam das schon mal vor?, und Hovard sagt: Vielleicht.
Er glättet den Pullover, glättet sein Haar, erst mit der Rechten, dann mit der Linken, man kennt die Geste von älteren Herren, manche lecken sich vorher die Hände. Er deutet auf seine Erstausgabe, liest grundsätzlich Erstausgaben, jede spätere Hinzufügung zum rohen Gedankengut sei diesem abträglich.

Er sagt: Das hier wollte dir ich zeigen.
Sein Zeigefinger liebkost das Papier, nie würde Hovard ein Buch anders als mit Hingabe behandeln.
Er sagt: Lies laut.
Ich beuge mich über ihn, lese mit Mühe, so trüb an der Decke die Funzel und draußen das Winterlicht:
*Über die Untreue:*
*Es ist eine alltägliche Erfahrung, dass die Treue, zumal die in der Ehe geforderte, nur gegen beständige Versuchungen aufrechterhalten werden kann.*
Hovard nickt.
*Die gesellschaftlichen Sitten haben diesem allgemeinen Sachverhalt in kluger Weise Rechnung getragen, indem sie der Gefallsucht der verheirateten Frau und der Eroberungssucht des Ehemanns einen gewissen Spielraum gestatten in der Erwartung, die unabweisbare Neigung zu drainieren.*
Weil ich das Buch zu mir heranziehe, rückt Hovard die Tasse mit dem Handrücken ab.
Er sagt: Vorsicht, Erstausgabe.
Hat in seinem Leben keine Frau geliebt wie seinen Freud, rückt Teller ab und Marmeladenbrot.
Die unabweisbare Neigung, wie geht es mit ihr weiter, Hovard?, frage ich.
Hovard sieht aus dem Fenster, statt des Blicks nach Süden eine Wand schwarzweißer Heckenrosen, und antwortet: Die Konvention setzt alsdann fest, dass die am fremden Objekt entzündete Begierde in einer Rückkehr zur Treue am eigenen Objekt befriedigt wird.
Die Einfachverglasung der Walfängerhausluken voller Eisblumen.
Ich lasse ihm den letzten Schluck lauwarmen Kaffee übrig und frage: Und wenn das eigene Objekt nicht zur Verfügung steht?

Hovard schließt das Buch und sagt: Niemand macht dir einen Vorwurf, Judith.
Er sieht mich an, und damit stürzt er, gleich einer gefällten Eiche, vom Stuhl.
Obschon nur Zahnärztin, bin ich mir sicher, er simuliert. Zwar ist die Authentizität seiner Darbietung verblüffend, jedoch fällt man nicht einfach vom Stuhl. Ich begebe mich zu Boden, knie neben Hovards Rumpf, sein Kopf halb unter dem Tisch.
Ich sage: Komm da raus, Hovard.
Von Hovard ein Stöhnen, auf unheimliche Weise verstärkt durch das Tischgewölbe.
Dann muss ich dir eben helfen, sage ich und fasse seine Achseln, stemme mich gegen das Tischbein (das Möbel wiegt eine Tonne), ziehe den Ehemann hervor.
Zu meiner Überraschung ist er bleich, Schweiß am nicht vorhandenen Haaransatz. Ich rutsche Richtung Kopf, lege die Hand auf Hovards Stirn, sie ist kalt.
Ich frage: Hast du Schmerzen?
Und er mit einer anderen als der Hovard-Stimme: Im Rücken.
Ich frage: Schlimm?
Sehr schlimm.
Ich berühre das zusammengeschnurrte Gesicht, streicheln kann man es nicht nennen, den kahlen Scheitel. Nicht ganz kahl, zu meiner Überraschung findet sich dort ein unsichtbarer Flaum.
Hovard liegt still, gewichtet womöglich die Liebkosung schwerer als den Schmerz. Ich frage mich, seit wann ich etwas übersehen habe, wie viele Geheimnisse wir noch haben nach fünfundzwanzig Jahren, wie viele Unbekannte es gibt in diesem Gärteig aus Zeit und Gleichgültigkeit und Abscheu. Vor allem aus Zeit. Kein Anfang, noch weniger ein Ende.

Ich nehme Hovards Hand, sie ist kalt, und ich frage, weil er mehr Arzt ist als ich: Was zum Teufel war das?
Er sagt: Irgendein ein Scheißwirbel, ein Kissen, schnell, und zieh mir die Beine an.
Zwei Rollen vom Therapeutensofa, die eine unter Hovards Knie, die andere in den Nacken.
Ich frage: Brauchst du ein Schmerzmittel?
Im Tresor, sagt Hovard, er starrt gegen die Decke aus Eiche vom Festland.
Und wenn es nicht der Wirbel ist, sondern ein Tumor oder das Herz. Im Tresor, frage ich, was ist im Tresor?
Das Morphium, antwortet Hovard.
Jetzt habe ich es doch eilig, springe auf, im Laufschritt in Hovards Kammer, Zelle von äußerster Kargheit, fadenscheiniger Teppich, hölzerne Bettstatt, Schreibpult, Stuhl, der Tresor steht unverschraubt im Kleiderschrank (Löcher zu bohren ist aus Gründen des Denkmalschutzes untersagt).
Wann zuletzt habe ich den geöffnet, immer im Glauben, Hovard habe nichts zu verbergen, jetzt hocke ich vor seinem Schrein, der Turban ist mir vom Kopf gerutscht, liegt neben Hovards Einzelbett, das feuchte Haar klebt mir am Rücken.
Ich rufe: Hovard, der Code!, kein Laut aus dem Esszimmer.
Laufe zurück, über Hovard gebeugt, der flüstert: Tag und Jahr deines Geburtstags.
Jede Farbe aus seinem Gesicht gewichen.
Und: Beeil dich, Judith, sonst bin ich weg.
Ich laufe schon wieder, stolpere über die Schwelle, bei den Friesen ist keine Tür ohne Schwelle, immer wieder passiert mir das, den Schmerz ertrage ich, aber der Fußnagel ist dahin.
Sonst verarztet mich mein Ehemann, aber der braucht jetzt selbst einen Arzt.

Ich werde Erik bitten, sich meiner Verletzung anzunehmen. Bin stehen geblieben, starre auf meinen Fuß und stelle mir den Zeh vor, wie er in Eriks Mund verschwindet, da strömt etwas in mich, leichter als Luft, und breitet sich in meinem Körper aus bis in die Fingerspitzen und unter das Schädeldach. Ich blicke an mir hinab, suche nach einem Ventil und finde keins, wende mich um nach Hovard, ob er erkennt, wie mir geschieht, er versucht gerade, den Kopf zu heben, wo ich bleibe.

Als wäre die Gravitation unserer Scholle aufgehoben, schwebe ich den Flur entlang und gleite in sein Schlafzimmer, zum zweiten Mal. Und begreife, es ist Hovards Leid, das mir zu Schwerelosigkeit verhilft.

Ich beuge mich zum Tresor hinab, tippe den Code, das stählerne Türchen schwingt auf.

Zuvorderst Papiere, unser Leben ein kleiner Stapel, der beurkundet Geburt und Taufe und Heirat, kurz darauf ist Hovard aus der Kirche ausgetreten, obwohl das kein schönes Begräbnis gibt. Obenauf das Testament, gemeinsam vor Ewigkeiten verfasst, wir die Alleinerben, wer sonst, eine reiche Witwe werde ich sein, auch wenn der Eisberg die Landzunge dem Meeresboden gleichmacht, schon graut der Versicherung vor jenem Tag, unvorstellbar reich werde ich sein. Zuhinterst ein kleines, stählernes Kästchen. Das hebe ich heraus, da glitzern Spritzen, Kanülen, gläserne Fläschchen, ich rücke an der Brille, mein Blick ist wieder klar. Tatsächlich Morphium, zehn Milligramm pro Ampulle. Ist es der Hovard-Leib, der krank ist, oder die Hovard-Seele, oder hat mein Mann die Absicht, sich umzubringen oder mich oder uns beide, oder behält er sich dies zumindest vor? Was ich grundsätzlich nachvollziehen könnte, es gibt Situationen, in denen es sich besser stirbt als lebt, bei der Aussicht auf weitere fünfundzwanzig Jahre miteinander, zum Beispiel.

Zu ihm zurückgeschwebt, dessen Hände zittern vor lauter Angst, fragt sich nur, ob vor der Krankheit oder vor mir.
Ich hab's, Hovard, wie viel soll ich dir spritzen?, frage ich.
Und der Regungslose: Hundert.
Obgleich das Studium bald dreißig Jahre zurückliegt, erinnere ich so viel: Hundert Milligramm Morphium entsprechen der tödlichen Dosis. Ganz einfach.
Besteck und Ampullen ausgebreitet auf dem Stein, klinisch rein wie ein OP-Boden, Hovard putzt persönlich, in der Vorratskammer lagern Desinfektionsmittel in Fünflitergefäßen für den Krankenhausbedarf.
Ich sage: Hovard. Denk noch mal nach. Hundert können es nicht sein.
Nehme seinen Kopf, der scheint von Minute zu Minute zu schrumpfen. Pupillen klein und starr, Hovard sieht mich nicht.
Ich sage: Scheiße, Hovard, das wird ein neurogener Schockzustand.
Rolle ihn auf die Seite, Rücken mir zugewandt, greife seinen Hosenbund, Hose hinab und Unterhose, entblöße das magere weiße Gesäß, da liegt es vor mir in hundert Runzeln. Zuletzt gesehen in dieser Blöße vor Jahren, schon damals klein, jedoch straff, im Rückblick, aus heutiger Sicht, durchaus begehrenswert.
Jetzt dieser Plissee-Arsch. Den dankenswerterweise mein Hirn überschreibt mit dem jungen Hovard-Hintern und meiner Hand dazu verhilft, ihn betasten zu können, ich beuge mich vor, in Hovards Ohr: Also gut, Hovard, wie du meinst, einhundert Milligramm.
Verschraube Spritze und Kanüle, greife zur ersten Ampulle, breche und ziehe sie auf, flüssiger Rausch oder Tod, je nach Dosierung. Mit links die lose Backe gestrafft, mit rechts die Kanüle in den Glutaeus versenkt, abgedrückt.

Wieder und wieder in Hovards Fleisch, es geht immer leichter, zuletzt zehn Ampullen, ich halte ein.
Sein Gesicht liegt abgewandt, ich steige über den zerstochenen Hintern, knie mich hin, finde Hovard weiß, Atem langsam und flach. So friedvoll lange nicht gesehen.
Nur so viel: Die seltsame Episode, die Ursache des Sturzes aus heiterem Himmel, bleibt unaufgeklärt, war es der Rückenwirbel oder das Gemüt.
Ebenso wenig wird sich aufklären, welche physikalischen Gesetzmäßigkeiten es mir erlauben, in Gegenwart von Hovards Leid masselos zu werden. Das Ereignis wird sich wiederholen.
Fakt ist aber: Um Hovard Gehorsam zu leisten oder zu helfen, habe ich in Kauf genommen, ihn zu euthanasieren, zögerlich oder nicht. Ich habe im vollen Bewusstsein gehandelt, eine letale Dosis zu verabreichen, womöglich beabsichtigt, ihn zu töten. Es will mir nicht gelingen, den Gedanken, Sterbehelferin gewesen zu sein oder versuchte Mörderin, zu fassen. Zu einem Menschen zu sagen, ich kann nicht ohne dich, und dafür hasse ich dich, und dies in einer Weise, die mich wünschen lässt, du stirbst, ist etwas anderes, als ihn wirklich zu töten. Nicht nur ihn um sein Leben zu bringen, sondern auch mich selbst, zwanzig Jahre Gefängnis, oder mein eigener Tod, indem ich mich danebenlege, denn ohne jeden Zweifel genügen bei einer Frau meines Untergewichts hundert Milligramm, nur müsste ich rasch spritzen, um nicht einzuschlafen, bevor die volle Dosis mein Hirn erreicht.
Dass ich nicht getötet habe, oder noch nicht, ist zufälligen Umständen zu verdanken – Hovards schlecht durchbluteter Hintern mag das Medikament deponiert haben zwischen welkem Bindegewebe und schlaffer Muskulatur, oder es injiziert sich der Gatte des Öfteren selbst. Ein bei

Ärzten nicht seltener Betäubungsmittelzugriff, dieser aufgrund von Schmerzen an Leib oder Seele, die benötigte Dosis steigt rasch.
Aber Hovard wird sich ausschlafen auf seinem Teppich. Ich werde alles gereinigt haben und weggeschlossen, und nie wird jemand die Frage stellen, ob ich habe sicher sein können, dass meine Injektionen den Ehemann nicht umbringen würden.
Und wenn er selber fragt, werde ich sagen: Ich habe deiner Verordnung vertraut. Wir waren doch immer ehrlich zueinander.
Und werde denken: Ehrlich zueinander, da in der Ehe vor allem gelogen wird im Kontext des gegenseitigen Beischlafs und es uns in Ermangelung dessen nicht in den Sinn kam zu lügen.
Nun Hovards Hose hoch, den Knopf lasse ich offen, er soll es bequem haben im Traum.
Auf meinem Weg ins Badezimmer: kein Schweben mehr. Über mir das Verhängnis wie eine Glocke. Darunter zwei Kreaturen, die nicht vergesellschaftet gehören, im Kreis laufen Tag für Tag, gelegentlich zusammenprallen, zurücktaumeln, denen es an allem mangelt außer Geld und Abscheu und die sich gegenseitig den Tod wünschen.
Oder ist alles ganz anders, kein größeres Heil als unter der Glocke? Auch im Garten Eden waren sie nur zu zweit.

Ich hocke im Badezimmer am Boden, Heizung aufgedreht, und bin nackt. Bemüht, die kreisenden Gedanken abzustellen. Rasiere mich von unten nach oben, jedes Haar meines Körpers, zuletzt den kleinen blonden Bart, zeitraubender Prozess, allerdings unverzichtbar. Ich habe gelesen, Callgirls benötigen fünfundsiebzig Minuten, um sich für eine Liebesnacht herzurichten, das ist bei mir nicht anders.

Vor dem Spiegel mit der Hand über meine Vulva, Einheit von Form und Funktion, ich betrachte mich mit Hovards Augen, meinen Kinderkörper.

Ich könnte mir den Dildo aus dem Badezimmerschrank einverleiben, dieses Mal, um den Mann unter dem Tisch zu vergessen.

Ein Mechanismus, sagt er, den ich als Kind eingeübt habe. Ich wandele Einsamkeit in Lust und entkomme auf die Weise dem Schmerz. Hier sehe er die Anfänge meiner Nymphomanie. Sie zu überwinden gelänge nur, indem ich auf andere Weise als beizuschlafen meiner Einsamkeit Herrin würde.

Bei aller Einsamkeit ist der Kunstschwanz seit langem unbenutzt, noch fand sich immer ein echter, vielleicht sollte ich ihn mit ins Hotel nehmen. Zu berücksichtigen ist allerdings die maskuline Empfindsamkeit, wenn bei Nebeneinanderstellung des falschen und richtigen Gliedes Letzteres sich als schmächtiger erweist, womit in der Regel zu rechnen ist, sogar in Eriks Fall. Der Dildo ist von grotesker Größe. Das lässt die Natur schlecht aussehen, uns bekannt von falschen Brüsten.

Andererseits muss ich hier ein Wort für meine Ficker einlegen.

Ich lege den Kopf in den Nacken, lasse sie an mir vorüberdefilieren, auch wenn ich Mühe habe, mich zu konzentrieren. Sie haben mich nie verglichen. Männer spotten, aber sie vergleichen nicht. Betrachten das weibliche Exemplar als einzigartig, einzigartig schön oder hässlich, begehrenswert oder nicht, aber meistens begehrenswert, auch das Hässliche kann man ficken. Belehren Sie mich eines Besseren, wenn Sie männlich sind und dazu in der Lage.

Ich wende mich vom Spiegel ab, öffne die Tür, obwohl ich sie hätte offen lassen können, schleiche nackt zum Wohnzimmer, obwohl ich nicht schleichen müsste, von meinem

Ausguck an der Schwelle sehe ich, Hovards Hände sind hellblau, jedoch ohne Totenflecke.
Zurück im Bad durchsuche ich den Schleiflackschrank, ganz hinten liegt mein Ehering. Daneben unverborgen: der schwarze Schwanz, es ist sinnlos, ihn vor Hovard zu verstecken, nichts, was er nicht entdeckt hätte auf seiner Putztour durch das Haus, es ist davon auszugehen, dass er den Dildo regelmäßig desinfiziert.

Das anatomisch korrekte männliche Geschlechtsteil, prall geädert, mittelgradig gebogen (die von mir bevorzugte Krümmung), in steter Bewegung in meinem anatomisch korrekten Geschlechtsteil.
Verlangen und Grenzüberschreitung könnten abwesender nicht sein. Nicht einmal bin ich in der Lage, einen Schwanzträger herbeizufantasieren.
Auf den Fliesen, das Gerät bis an die Cervix versenkt, beschließe ich, den Versuch abzubrechen. Mit einem kleinen, schmatzenden Geräusch ziehe ich den Dildo heraus. Zwischen meinen Beinen schließt sich das Loch.
Umso mehr brauche ich jetzt Erik. Ich will Wiedergutmachung, er soll Stellvertreter sein für alle Männer, die etwas an mir versäumt haben, allen voran Hovard. Erik soll es mir besorgen, bis mein Hirn erweicht, bis ich Gemüse bin und gegen Morgen das Hotel verlasse mit leergevögeltem Kopf.
Ich wasche den Kunstschwanz mit Seife.

Geduscht, Nägel lackiert, Haar gefönt und zum Knoten geschlungen, mein Make-up heißt nude und ist Schminke, die aussieht wie keine.
Der Blick in den Spiegel gefolgt von Erschütterung, unsichtbarer war ich nie.

Die Sichtbarkeit der Frau mit fünfzig ist eine andere. Vor dem Sündenfall, nach dem Sündenfall. Ich bin perimenopauseal und vom Verkehr gezeichnet: Haut durchsichtig von der Reibung an bärtigen Männergesichtern und haarigen Ärschen, Mund geweitet vom Verschlingen ihrer Eier, leergesogene Brüste, bodenlos gevögelte Vagina.
Ich entferne die fleischfarbene Schminke, auch den leichenblassen Nagellack, und beginne von vorn, male alles flammenrot, Lippen, Hände, Füße, drei Lagen Mascara, spinnenbeinlang.
Wie könnte ich anders, wenn im Wohnzimmer Hovard liegt, tot oder lebendig, mein alter Mann, mein fleischgewordenes Memento mori.
Als ich noch einmal nachsehe, hat er sich nicht gerührt, liegt noch immer auf der Seite, aber seine Schultern heben sich, er atmet, er wird überleben, ich werde überleben und meinem Plan folgen.

Im Schlafzimmer. Ich bin noch unentschlossen, was ich anziehen soll, und bleibe vorerst nackt.
Als Schöne für eine Nacht zu packen ist nicht wenig strapaziös.
Präziser gesagt: als Frau, die den Anschein erwecken will, schön zu sein.
In Wahrheit bin ich allenfalls Mittelmaß. Geschminkt und gekleidet oberes Drittel. Wichtiges Detail: Darbietung zartester Ärmchen und Beinchen, auch und insbesondere im Winter. Obschon ich in der Weise eine Zielgruppe erreiche, behauptet Hovard, die sich im Grenzbereich zur Pädophilie bewege und mangels Angebot auf untergewichtige Frauen ausweiche. Ich behaupte: Die Motive meiner Liebhaber können mir gleichgültig sein.
Platz im Walfängerhaus ist knapp, Koffer und Kleidungs-

stücke liegen verstreut. Was mich zwingt, Hovards Krankenzimmer mehrfach zu passieren, und mir bestätigt, dass ich den stummen Hovard besser ertrage als den wachen, besonders, während ich meine Flucht vorbereite. Im Normalfall hat er keine Hemmungen, mir dabei zuzusehen.
Auf meiner Liste: Stiefel für den Strand, Sandalen für Frühstücksraum, Bar und Sternerestaurant, vier bis fünf Paar. Zu jedem Schuh das Kleid, Strümpfe (halterlos) und Tasche. Unterwäsche farblich assortiert, sportlich respektive elegant. Mantel Pelz, Jacke Leder. Negligés. Für den Indoor Pool Badeanzug und Bikini, knapp geschnitten, Eriks Geschmack dürfte ins Vulgäre tendieren.
Ich räume das Badezimmer auf. Nach dem Fick, spätestens am nächsten Morgen, muss die vollständige Wiederherstellung des wünschenswerten Zustands erfolgt sein, das gilt für Gegenständliches ebenso wie für mich. Wenn ich nach Hause komme, wird nichts mehr an Erik erinnern.
Mein Kosmetikkoffer ist schwer. Schmuck, Make-up, pharmazeutische Erzeugnisse zwecks Aufschubs des Alterns, dazu ein paar Schachteln eines ärztlich verordnungsfähigen Amphetamins. Da mich Hovards Kollaps Kraft gekostet hat, beabsichtige ich, fünfzig Milligramm einzunehmen, um nicht schon vor dem Akt einzuschlafen.
Jeder Liebhaber bedeutet Überforderung.
In der einen Waagschale mein Aufwand, in der anderen der zu erwartende Orgasmus von Eriks Hand oder mehrere Orgasmen - ein Mann muss sehr viel falsch machen, um mich nur einmal kommen zu lassen.
Die zweite Waagschale rast abwärts, reißt die Waage mit sich, jedoch sehen das so die wenigsten Frauen. Den meisten ist Fremdficken zu kräftezehrend. Allein schon das Gepäck.
Sonst verrichtet Hovard die Verladung der Ausrüstung

ins Auto. Nun schläft mein Kofferträger, und ich trage sie selbst zum Ausgang.
Dann kleide ich mich an, aber wie mit dem Komapatienten verfahren? Der Aufbruch drängt. Ihn am Boden liegen lassen? Hirn umspült von Morphium, bedrohlichste Nebenwirkung Atemlähmung? Die scheint aber abgewendet.
So betrachtet war Hovards Angabe, zur Schmerzfreiheit hundert Milligramm zu benötigen, korrekt. Die Halbwertszeit von Morphium beträgt einige Stunden, kurz nach Mitternacht wird er zu sich kommen, wenn auch noch nicht vollständig. Unabhängig davon, ob der Schmerz psychische Ursachen hatte oder körperliche: Sein Erwachen in meiner Abwesenheit ist keineswegs wünschenswert. Ich könnte ihm kurz vor meinem Aufbruch vierzig Milligramm nachspritzen, das dient uns beiden.
In Mantel und Schuhen knie ich ein weiteres Mal neben Hovard, rüttele den Erstarrten, nähere mich dem bläulichen Ohr: Kannst du mich hören?
Er öffnet schwach die Augen, es ist ihm unmöglich zu sprechen, der Luftausstoß durch die Stimmritze stark gedrosselt.
Ich sage: Nicke bitte, wenn du mich verstehst.
Gewichte an Hovards Armen, Kopf und Lidern. Sein Nicken eigentlich ein Flattern der Lider bei nahezu unterschwelligem Heben des Kinns.
Was ich für ein Ja nehme.
Für Nein keine Geste vereinbart, unbedingt ist zu vermeiden, den Patienten in Bedrängnis zu bringen, indem falsch gefragt wird.
Ich frage: Bist du schmerzfrei?
Seine Lider bewegen sich.
Ist Voraussetzung für diesen Zustand, dass der Blutspiegel gehalten wird?

Ja.
Möchtest du noch einmal vierzig?
Kein Ja.
Aber ich: Es ist auch so, dass ich dich gleich verlasse, Schätzchen, denn das, was ich vorhabe, lässt sich schlecht aufschieben.
Wenn ich es nicht besser wüsste, würde ich meinen, er sei noch weiter erbleicht, hebt unter äußerster Anstrengung die Lider zum Spalt, dazwischen die winzigen Pupillen eines Junkies. Schließt die Augen wieder, das war doch ein Ja? Jetzt muss ich mich beeilen, zurück zum Tresor, die Spritze geholt, Sie kennen den Ablauf.
Und verlasse das Haus.

Nach Süden hin werden die Dünen niedriger, die Insel schmaler, hier hat das Meer leichtes Spiel, einmal bereits, ich erwähnte das, kam es zum Durchstoß, es war Winter, die Erde auf einer Achse mit Sonne und Mond, auflandiger Wind, die Springflut brachte das Hochwasser.
Bei Nacht am Scheitelpunkt der Flut zerbrach die Insel, die neu entstandene Meerenge ein machtvoller, alles Erdreich fortreißender Strom vom Sandstrand zum Wattenmeer, einige Meter breit, ein schäumender Riss quer durch die Dünen, er trennte Nord von Süd.
Es legte sich der Sturm, wie er sich immer legt, und da die Insel inmitten eines Schelfmeeres liegt, nur zwanzig Meter tief, bevor der Meeresboden abstürzt in eine Rinne vor Norwegen, konnten Tonnen von Sand von den Sandbänken herangeschafft und die Lücke von Menschenhand gestopft werden, und niemand starb.
Anders vor England, als vierhunderttausend Jahre früher Zungen riesiger Gletscher die Nordsee zu einem Becken stauten, die gewaltige Wasserwand gegen Süden gestützt

von der Landbrücke zwischen Frankreich und England. Während einer Sturmflut brach der Damm. Es war die größte Flutwelle der Erdzeitgeschichte.
So gibt es große Dammbrüche und kleine, und es können für das eigene Leben die kleinen bedeutsamer sein als die großen.
Die Südhälfte meiner Insel besteht aus Sand, darauf baut man nicht. Linker Hand im Schlick liegt quadratkilometergroß ein Vogelschutzgebiet.
Seit Beginn unserer Zeitrechnung vor zweitausend Jahren ist der Meeresspiegel um zwei Meter gestiegen. Weitere tausend Jahre, und die Toten in den Gräbern der Seefahrerkirche werden davontreiben, auch meine Überreste und Hovards. Der Kirchturm mit Mollterzglocke wird als Letztes von der Insel zeugen, seine stumpfe Spitze muschelbewachsen, bei Sturmflut vollgeschissener Landepunkt für Möwen.
Hovard hat für uns ein Grab gekauft, der Friedhof ist seiner Schönheit wegen berühmt, es gibt eine Warteliste, jedoch haben Inselbewohner Vorrang sowie Persönlichkeiten des kulturellen Lebens.

Kilometer um Kilometer Sandberge, die Schluchten erreicht bis März kein Sonnenstrahl. Niemand kommt mir entgegen. Das Amphetamin habe ich vor der Abfahrt eingenommen, als Tablette verabreicht ist es am verträglichsten. In dreißig Minuten, spätestens fünfundvierzig, werde ich hellwach sein und frei von Hunger und Durst.
Die Straße ist gestreut, wenn an etwas kein Mangel herrscht, dann ist es Salz, auch sind die Pflanzen und Tiere daran gewöhnt.
Rechter Hand Parkplätze, hier stehen im Sommer Luxuskarossen, speien Männer aus mit Geld, an der Hand fickbare Gestelle.

Im Winter spiegelt Eis den gelben Himmel.
Nächster Parkplatz Strandsauna, drei, vier Wagen, möglicherweise würde man fündig unter den Schwitzenden, das nehme ich mir vor für ein anderes Mal. Zuerst die Geschlechtsteile in Augenschein zu nehmen kehrt die übliche Vorgehensweise um, zumal sich in der Regel enthaart wird, vollständig oder annähernd, insbesondere offenbaren sich die Hoden, natürlicherweise unter Gestrüpp verborgen, ein blankes Doppelgestirn, seine Anziehungskraft derjenigen des Gliedes vergleichbar.
Die Sonne ist untergegangen hinter den Dünen, blassoranges Gewölk, auch mein Ich im Rückspiegel blassorange, an den Schneidezähnen Lippenstiftrot.
Ganz im Süden wird die Insel wieder breiter. Ringsum kleine, spitzgieblige Häuser, zwei Zimmer, Mansarde. Hier, im Armenhaus der Insel, leben die letzten Fischer.
Zum Hafen 1,5 km. Das Schild weist verkehrt herum in die Dünen, das falsche Sträßlein endet im Sand. Seeleute lachen gern, besonders über Fremde.
Im Kegel der Scheinwerfer ein meterhoher, vielfarbiger Wegweiser zum Hotel B., fünf Sterne, Golfplatz.
Ich biege ein.
Ich steuere mit links, die Haut auf dem Handrücken lose im Licht der Laternen, Haltungsschwäche offenbart Faltenwurf, später im Sternelokal ist daran zu denken, an Hals und Armen und Händen um Straffheit besorgt zu sein.
Ich lasse den Wagen ausrollen.
Das Hotel, wie meine Praxis, leer. Auf dem Parkplatz drei ununterscheidbare Limousinen, mehr sind wir nicht.
Ich parke neben einem Porsche am äußersten Rand der Mole. Es könnte Eriks sein.
Und mag mich nicht entschließen auszusteigen. Auf meiner Zunge ein Aroma, das mit dem Amphetamin zu tun hat,

aber nicht nur. Sie kennen den Geschmack von Glück. In meinem Fall nichts anderes als die aufkeimende Erkenntnis, dass Hovard mir nicht mehr leidtut. Ich korrigiere: Nichts tut mir leid. Nicht, ihn fünfhundertmal betrogen zu haben, und nicht, ihm die zweite Spritze gegeben zu haben, um loszuziehen, mich vögeln zu lassen.

Ich schüttele das Haar, drehe den Schlüssel, kurz läuft der Motor nach. Kein Lichtschein, kein Laut, in den Ohren kein Rauschen, wie man es sonst kennt bei Lautlosigkeit, mein Blut zirkuliert nicht im Kopf, es ist in den Unterleib gestürzt.

Ich öffne die Wagentür, die Stille reißt ab. Hier, an der südlichen Spitze der Insel, wirbelt der Sturm um den Hafen gleich einem Taifun. Die Wanten der Kähne sirren. Wer bei diesem Wind versäumt, sein Boot zu vertäuen, sucht es am nächsten Tag auf offener See.

Auf dem Beifahrersitz mein Gepäck, der Kofferraum hätte es nicht aufnehmen können. Zuerst der kleinere Koffer, der große klemmt in der Tür, ich muss ihn drehen und wenden und schwitze, und wenn ich schwitze, dann in Sturzbächen.

Der Geruch weiblichen Schweißes, vermengt mit Spuren der Stunden zuvor aufgetragenen Puder und Parfums, erregt manche Männer. Trotzdem schäme ich mich.

Koffer abgestellt, einmal noch in den Wagen, den Packen Tücher herausgerissen, unter Mantel und BH geschoben, Titten und Achseln gewischt, es brennt der ganze Körper, besser, nach Krankenhaus zu riechen als nach Mikrokokken.

Ich verschließe das Auto, mit dem Kofferungetüm zum leuchtenden Eingang. Eine Sturmböe hebt mich an und fast in die See. Niemand hätte mich gefunden, allenfalls zehn Tage später an einer nördlichen Küste (der Golfstrom

zieht von Süd nach Nord, die Insel liegt an seinem Rand). Gerade noch halte ich mich fest am standhaften Gepäckstück.
Da kommt mir ein Page entgegen, Regenschirm in der einen Hand, die andere entzieht mir den größeren der beiden Koffer. Weder regnet noch schneit es, doch legt der Page wie eine Muschel den Schirm um mich, die Windrichtung hat er berechnet, augenblicklich beruhigt sich meine Frisur.

Die Rezeption ist lichtarchitektonisch gestaltet, als dämmere es fortwährend. Beinahe muss ich mich tastend vorwärtsbewegen. Erdacht für den Sommer, wenn die Sonne weiß am nördlichen Himmel steht, das Hotel ein kolossaler Glaskubus, den Scheiben von außen ein Lattengewirr aufgepflanzt, den Gräten eines Nordseefisches nicht unähnlich.
Ein Formular mit Angaben zum Gast, Nachname: *Havener*, Vorname: *Judit*, wie meine biblische Schwester ohne h. Alter wahrheitsgemäß: zweiundfünfzig.
Man verlangt meinen Ausweis, auf dem Bild mein siebenundvierzigjähriges Ich. Aus welcher Ferne wir das fünf Jahre jüngere Ich betrachten. Seither ist die Zeit zehnfach vergangen, dabei erinnere ich, mit der gleichen Wehmut das vorangehende Passbild betrachtet und meinen Analytiker gefragt zu haben, wie umzugehen ist mit der Vergänglichkeit, und Hovard war für einmal hilfreich: Betrachte es so, dass du heute dein jüngeres Ich von morgen bist, und schwelge darin.
Die Rezeptionistin sagt: Hier steht, Sie heißen Judith. Mit h.
Ich lächle und sage: Mit gefällt die andere Judit besser.
Die Rezeptionistin ist jung und arglos und fragt: Welchen Namen darf ich schreiben?

Ich sage: Judith mit h. Bitte entschuldigen Sie.
Wie ein Roboter lächelt die Junge, programmiert auf den Umgang mit Hysterikerinnen wie mir.
Plötzlich von hinten: zwei Hände an meiner Taille, das kann nur er sein, für einen Moment habe ich seinen Namen vergessen, dann aber: Erik!, und drehe mich um.
Schön gemacht hat sich der falsche Freiherr, Anzug, neuer Haarschnitt, mir neu auch die Brille aus Horn. Ich gehe auf Zehenspitzen, küsse seinen Mund, was ich öffentlich zu tun pflege, ohne darüber nachzudenken, ob ich meinen Kavalier in Verlegenheit bringe. Eriks Erwiderung ist kurz, fast eine Nicht-Berührung, stattdessen blickt er um sich. An mir vorüber, wechselt Worte mit der Jungen, blonder als ich mit doppelt so viel Haar, sie nickt, streckt den Arm aus, reicht Erik meinen Ausweis.
Wenn Sie glauben, es verärgere mich, in dieser Weise domestiziert zu werden, irren Sie. Es erregt mich, die Leibeigene zu spielen. Mein Meister führt mich ab.
Im Aufzug, sobald die Tür geschlossen ist, heftige Küsse. Eriks Atem riecht nach Pfefferminz, möglicherweise ein Kaugummi, anzutreffen ist es nicht mehr, außerdem hat er kürzlich getrunken. Sich Mut angetrunken, noch kühner als vor drei Tagen flattert die Zunge. Fasst unter meinen Rock, zieht mir die Pobacken auseinander, drückt mich an sich, auch an sein beengtes Organ, beinahe ist zu befürchten, er könne in den Slip abspritzen.
Halt des Aufzuges mit Glockenschlag. Erik löst seinen Griff und nimmt den Zungenvogel aus meiner Mundhöhle.
Wir wohnen im oberen von zwei Stockwerken. Auch dieser Flur ist schummrig, Erik geht voraus. Am Ende des Korridors ein großes Fenster, der Hafen ist beleuchtet, der Schifffahrt zuliebe, hier, an der Meerenge zweier Inseln, dem letzten bei Eisgang noch schiffbaren Wasserweg, hin-

dert starke Strömung die See am Gefrieren, noch verkehren dickwandige Boote. Wenn die Kälte anhält, bald auch die nicht mehr. Im Gegenlicht bildet Erik einen Schatten mit dem Umriss eines Kegels. Nicht die geometrische Figur, welche eine runde Grundfläche geradlinig mit einem Punkt außerhalb und oberhalb der Fläche verbindet, vielmehr die zum Umfallen gedachte flaschenartige Spielfigur: Eriks großer Arsch der Schwerpunkt, Brust und Schultern sich verjüngend, der Kopf ellipsoide Hohlform.
Vor dem letzten Zimmer bleibt Erik stehen, zieht eine Karte aus der Hemdtasche, öffnet die Tür. Lässt mir nun doch den Vortritt und sagt: Voilà, unser Reich.
Das Reich ist braun und grau, links das Bett, rechts ein Einbauschrank, vor dem Balkon ein Schreibtisch, Meerblick, auch wenn das Meer im Dunkeln nicht zu sehen ist. Aber zu hören ist es, und es brüllt, die Schiebetür zum Austritt hat Erik einen Spalt weit geöffnet. Der Page war vor uns da, zwischen Bett und Kleiderschrank: mein Kofferberg.
Was das denn sei, fragt Erik.
Ich antworte: Meine Koffer. Und wenn wir nachher einen Moment haben, würde ich mich gern einrichten.
Erik, die Arme unter dem Bauch gefaltet, wie Schwangere und Bauchträger es tun, um die ihnen vorgelagerte schwere Last abzufedern: Warum so viel Zeug, und warum einrichten?
Ich schweige. Zwar gäbe es eine Antwort, aber die ist zu gewichtig für diesen Abend, es die Geschichte meiner Heimatlosigkeit, jede Woche einen anderen zu ficken kommt einer vollständigen, irreversiblen Entwurzelung gleich, was dieses fast verdorrte Gewächs veranlasst, seine Wurzeln auszustrecken, keinen Versuch zu unterlassen, Halt zu finden, und sei es, im Hotelzimmer eine Wohnstatt zu schaffen,

Mann, Frau, Bett, wie soll ich das Erik erklären, der ficken will, sonst nichts.
Er geht an mir vorüber, hebt das Gepäck auf unser Bett, zuerst den großen, obenauf den kleinen Koffer.
Womit die Stätte besetzt wäre, und der Beischlaf, sollte er unverzüglich erfolgen, darauf oder daneben stattfinden muss.
Meine Bedürftigkeit duldet keinen Aufschub. Noch nicht einmal die Zimmertür haben wir abgeschlossen. Würdelos erklimme ich den Kofferstapel, setze mich zuoberst, werfe den Mantel ab, Rock nach oben gezogen, nie anders als in halterlosen Strümpfen. Mein Blick hält Erik fest. Ein Ablegen der Bluse erübrigt sich, grundsätzlich bleiben beim zweiten Geschlechtsverkehr meine Brüste unbeachtet. Ich spreize die Beine, sie stecken noch in Stiefeln, Oberkörper zurückgelehnt, bereit, sofern der Kofferturm standhält.
Erik steht vor mir, im Zentrum des Vs, das meine Schenkel bilden, im Zentrum meines Seins. Einziger Existenzzweck: dieser eine Mann.
Der starrt nicht nur, er ist erstarrt, weil es mir den Hintern herabläuft, wie soll er wissen, was da läuft, vor einer Stunde großzügig verabreicht im Glauben, die Vereinigung werde nach dem Essen stattfinden. Normalerweise ist der präkoitale Austritt mäßig, jetzt aber, aufgrund der Kletterei, entleert sich das Gleitgel im Schuss.
Eine Eruption, die Erik auf das äußerste irritiert, er steht wie Lot, vergeblich warte ich auf meinen Erlöser.
Und kann nicht mehr, kann keinen Aufschub dulden, schon gar nicht durch einen Schwachkopf wie diesen, lege Hand an mich, zur Hölle mit den Männern. Eriks Blick folgt meinen Fingern, wie sie schmatzend verschwinden im See meiner Möse.
Da springt er auf, gleich wird er Ungeheuerliches sagen,

und später in dieser Geschichte geht es um weitere Ungeheuerlichkeiten, noch ungeheuerlicher als die erste.
Mit einem Satz auf dem Bett, er packt die Hand, die mich fickt, meine eigene, vorzugsweise linke, biegt mir den Arm nach hinten, ist stärker als gedacht, packt auch noch den anderen, verwindet beide hinter meinem Rücken. Hält sie umklammert und mich auch. Er sagt und überzieht mich mit Speichel: Lass das, Judith, wenn es dir einer besorgt, dann mein Hammer.
Wir sprachen bereits über die verheerende Wirkung der Lächerlichkeit auf eine Erzählung, die Vernichtung einer Situation durch unfreiwillige Komik, was aber, wenn Erik gar nicht komisch ist, wenn durch das Wort *Hammer* seine Lust geschürt wird oder sogar vervielfacht, nicht mehr und nicht weniger?
Ich gestehe ein, für den im hormonellen Ruhezustand befindlichen Zuschauer stellt das gesamte Arsenal des Dirty Talks eine Falle dar, ein schwarzes Loch, in das Erzählerin samt Hammer hineingesogen und nie wieder gesehen werden. Ich möchte sogar behaupten, dass die Schilderung des Geschlechtsverkehrs grundsätzlich Gefahr läuft, albern zu sein, nichts Vernichtenderes als Albernheit, und trotzdem: Der Hammer gefällt mir.
Meine tropfnasse Möse an Eriks Stall, ich beginne, mich zu bewegen, es ist mein Fruchtbarkeitstanz, auch wenn es nicht weit her ist mit der Fruchtbarkeit, auf und ab an der Konvexität des eingesperrten Gerätes, das will seine Behausung sprengen.
Worte der Beschwörung aus meinem Mund, auf dass mein Meister das Eisen schmiede, solange es heiß ist.
Er gibt mich frei, seine Hände zittern, als er den Gürtel öffnet, die Hose hinabtritt, den Weg auf das Bett findet und in mich, gleichzeitig mich festhält und meine Eingeweide

durchbumst, dabei ein Gebrüll ausstößt größer als das Tosen des Meeres, viel gewaltiger als zu Hause kommt es ihm, aber nur ihm.
Ich gewähre ihm eine Minute, sein Atem wird ruhiger, widerstandslos gebiert meine Vagina sein schrumpfendes Teil, dann schiebe ich den halben Freiherrn von mir. Er steigt rücklings vom Bett, bereits damit beschäftigt, Ordnung zu schaffen, der Anzug allerdings ist nicht mehr zu retten.
Er dreht ab Richtung Bad, die Hose hängt an einem Fuß.
Ich sage: Erik.
Er hat den Knauf der Badezimmertür gefasst: Was.
Ein *Was* ohne Fragezeichen, die Stimme zum Ende hin gesenkt, ein *Was* nach Art gefickt habender, ejakuliert habender, ihren Beitrag zur Arterhaltung geleistet habender Männer, kein Sehnen mehr in diesem *Was*, vielmehr unverhohlene Ermattung. Nicht ganz ohne Zärtlichkeit, das zu behaupten, wäre ungerecht, immerhin schüttet postkoital auch die männliche Hypophyse Oxytocin aus, das Bindungshormon. Nennen wir es statt Zärtlichkeit Besitzerstolz, Erik hat mich zur Frau genommen, wenn auch nur für fünf Minuten, meinen Kelch gefüllt, ein Kind gezeugt, zumindest als Gestus, das ergreift ihn, auch wenn der Kelch schon leck ist.
Ich sage: Erik, ich bin noch nicht gekommen.
Das habe ich noch nie gesagt, denn noch hat mich keiner gehindert, selbst Hand anzulegen.
Erik lässt den Knauf los, wendet, die Hose hinter sich her, auf mich zu. Meine Beine noch gespreizt, wenn er hinsähe, sein Blick reichte bis zur Cervix.
Er sieht nicht hin, seine Erregbarkeit auf dem Tiefpunkt, das nennt man Refraktärzeit. Und kämen zehn Jungfrauen hernieder, nichts würde sich rühren um Eriks Genital.

Steigt aus der zerdrückten Hose. Fasst meine Füße, schließt mir die Beine, fasst meine Hände, hebt mich vom Kofferstapel. Hält mich im Arm, und ich will ihn, liebe ihn sogar, wenngleich nur in dieser Sekunde, so lange, bis ich gekommen bin, Tochter, Schwester, Geliebte und Mutter, das alles will ich sein, da sagt er: Frauen kommen nicht immer, das weißt du doch.

Auch die Sätze meiner Liebhaber sind redundant, die Sprache der Liebe von kümmerlicher Variabilität. Ich habe bis zum Überdruss vernommen, dass ich begehrenswert sei, von göttlicher Schönheit und Anmut, ausgestattet mit der Anziehungskraft einer rossigen Stute, beim Akt mit deren Temperament, all dies und mehr aus Hunderten Kehlen in hunderterlei Varianten.

Dem gegenüber Eriks Satz: eine ungeheuerliche Unterstellung. Die mich paralysiert, kraftlos, schutzlos, ich-los zurücklässt in seinem Arm, nun wieder Feindesland. Die Wahrheit ist: Die gewaltsame Unbeirrbarkeit des männlichen Exemplars, seine Verfügung über die Unversehrtheit der Frau, seine Unverschämtheit ist die einzige Waffe, die meine eigene Skrupellosigkeit schlägt.

Von einem bestimmten Punkt an werde ich übergriffigen Männern gegenüber submissiv.

Erik löst die Umarmung, ich solle ihn entschuldigen, der Tisch sei reserviert, ob es recht sei, wenn er zuerst das Bad aufsuche, Frauen brauchen länger, er kenne das von seiner. Langt um mich mit dem weichen Arm, klapst mir auf den Po, ich wollte, er täte es wieder, da ist er schon verschwunden.

Ich ruckele am Röckchen, das ist nicht wiederzuerkennen, ein makulierter Fetzen. Viel auszuziehen ist nicht, den spermösen Haufen auf den Boden, kurz der Gedanke, wie Eriks Samen in den teuren grünbraunen Teppich sickert.

Ich öffne den Kleiderschrank, Edelholzgriffe, Haken und Klemmen aus Messing, dort der Wäschesack gebügelt und gefaltet.
Das Corpus Delicti hineingestopft, vor die Zimmertür an die Klinke gehängt, für einmal will ich Hovard schonen und andere Dienstboten waschen lassen, als könnte ich damit die unterlassene Hilfeleistung wiedergutmachen.
Ich müsste mal und weiß nicht, wie Erik aus dem Bad locken, dann eben erst die Koffer auspacken, nackt hin und her, Dessous in Schubladen, rote, schwarze, weiße, mauve- und fliederfarbene, seidene Kleider, perlenbestickte, kurz und halblang, Handtaschen groß und klein und so weiter, für heute nur dies von Belang: Ich werde ausschließlich Rot tragen, die Kostümierung liegt bereit.
Noch immer besetzt Erik das Bad. Was tut der Scheißkerl da, den ich begehre. Es herrscht Stille, und jetzt muss ich wirklich pinkeln.
Also mache ich mich auf die Suche nach einem Gefäß, ganz links im Schrank, der an das Meer angrenzt, die Minibar, das Fläschchen Champagner Hausmarke für fünfzig Euro. Die geht auf Eriks Rechnung. Ich ziehe den Korken, es schäumt mir entgegen, noch eine Hinterlassenschaft auf dem Teppich, ein tiefer Zug aus der Flasche, die Hitze überkommt mich augenblicklich. Keine gewöhnliche Hitze, da gären Blut und Amphetamin und Alkohol und erzeugen ein falsches Fieber.
Zum ersten Mal im Leben pinkele ich in Champagner.
Die Flasche in der Hand, untersuche ich die Terrassentür, gläsern und auf Schienen, das Meer mit jedem Windstoß an der Scheibe. Ich schiebe, und sie fältelt sich beiseite, wundersamer, geräuschloser Mechanismus, gegen eine Wand aus Gischt drücke ich mich hinaus auf den Balkon und an die Balustrade. Der Sturm reißt an meinem Fleisch, als löse

er die Haut von der Unterlage, jetzt sollte mir kalt werden, mein Blut umkehren, binnen Sekunden von der Oberfläche ins Innere strömen, den Körperkern wärmen, Finger und Zehen opfern. Weil aber Junkies Blut schwitzen, weil ihr Blut an der Oberfläche aus den Gefäßen dampft, brennen sie, während sie erfrieren.

Nur ein leichter Schmerz, dann stehe ich empfindungslos. Würde ich springen, mir wäre nicht mehr heiß, Festmahl für die Fische, sie können es gebrauchen in diesem harten Winter. Zuerst fressen sie die Augen.

Aber das Haus. Wer kümmert sich dann um das Haus?

Ich schleudere die Flasche von mir, noch in der Luft ergießt sich das Champagnerpipi, landet im kochenden Meer, ich wende mich um, Haare im Gesicht wie die Schnüre einer Peitsche. Öffne die gläserne Schiebetür, stehe im Zimmer, die Wärme so unerheblich wie vorher die Kälte. Erik erscheint in Unterwäsche.

Er sagt: Du bist so dünn, dass man durch dich das Meer sieht.

Auf mich zu, zieht mich an sich, fast zerdrückt er mir den Brustkorb.

Löst sich und: Jetzt aber los, zum Glück habe er auch alles doppelt, Hose, Hemd, Sakko, wo denn sein Koffer sei, ach ja.

Stolpert über die roten Schuhe, zehn Zentimeter Absatz, und sagt: Hoppla.

Hebt den Koffer aufs Bett, da liegen nun drei, außerdem ein rotes Kleid.

Er öffnet die Schnallen, klappt den Deckel auf, zuoberst auf einem Pyjama: ein Buch.

Erik sagt: Ach ja.

Greift nach dem Buch und: Daraus habe er mir vorlesen wollen. Aber jetzt, nach dem Sex, passe das irgendwie nicht.

Ich sage: Ich bin nicht nach dem Sex, Liebling.
*Liebling* keineswegs spöttisch, im Gegenteil Auszeichnung für jeden, ausnahmslos jeden, der mich gevögelt hat. Der Status bleibt bestehen, Ausdruck meiner Ergriffenheit, auch wenn ich vereinzelt bleibe, *Liebling* gilt lebenslänglich. Diminutiv für alle meine Ficker.
Erik sagt: Das kann ja noch werden.
Im Zustand allerhöchster Bedürftigkeit ist dies ein Satz, der, statt zu verhöhnen, mich über alle Maßen erregt. *Kann ja noch werden.* Ein Satz, der meine Lust anfeuert gleich einem Brandbeschleuniger, ungeachtet Eriks Hybris, die zu verbergen er sich nicht im Geringsten bemüht. *Kann ja noch werden.* Maskuline Machtergreifung, die mich auf der Stelle fliehen lassen sollte, die mich den Mann, der versäumt hat, es mir zu besorgen, aus dem Zimmer werfen lassen sollte.
Aber gerade weil seine Frechheit meine noch schlägt, bin ich Erik auf einfache biologische Weise ausgeliefert.
Jedoch schwöre ich: Bevor der Hahn kräht, wird der falsche Freiherr auf dem Abfallhaufen der Geschichte gelandet sein. Meiner Geschichte.

Er will nun doch lesen. Befingert sein Buch, an langen Armen von sich gestreckt. Beginnt, mit hoher, näselnder Stimme zu deklamieren, eine Bemühtheit, die mich umgehend rührt.
Möglicherweise werde ich ihm im Moment seines Abgangs die Würde lassen. Soll doch der Liebesidiot das Schlachtfeld als Sieger verlassen, überzeugt, seine Erscheinung, seine Liebeskünste und sein Geist übersteigen das Maß des für eine Frau Erträglichen.
Ich weiß zahllose Ammenmärchen, die ihm das Ende versüßen: Wer fühlt wie ich, der kann nicht teilen und so wei-

ter. In gewissem Sinne wünsche ich mir die Männer unversehrt oder möglichst wenig versehrt.
Erik, nun mitten in seinem Vortrag und auf Zehenspitzen: Es gehe um Troja, um Penthesilea!
Hovard wundert es nicht, wenn mir die Liebesidioten bei ihrem Rauswurf die Lügen abkaufen. Es handelt sich um eine Form der kognitiven Dissonanz, die das männliche Ego schützt. Ohne sie gingen alle Männer zugrunde.
Penthesilea, sagt Erik, die kann sich nicht entscheiden zwischen Zärtlichkeit und Gewalt.
Das muss er bei Wikipedia gelesen haben.
Und während die Darbietung sich ihrem Höhepunkt nähert, beginne ich doch noch zu frieren, stellen sich an meinen Armen die weißen Härchen auf, ebenso das Büschelchen Schamhaar über der ansonsten blanken Vulva, frisiert nach Geschmack der Mehrheit.
Endlich schließt mein Erzähler: Indessen mordet Penthesilea fort. Kraft und Leben will sie rauben denen, die sich rühmen, die Stärksten zu sein.
Er legt das Buch zur Seite. Auf dem Umschlag: Achilles auf schwarzem Ross.
Ich weiß nicht, was ich sagen soll, dann fällt mir ein: Vom heutigen Standpunkt aus betrachtet eine Feministin.
Erik sagt: Sie wollte Achilles töten. Und sein Pferd.
Er betrachtet mich, ich verschränke die Arme über der nicht vorhandenen Brust.
Ich sage: Sieh mich nicht so an. Ich bin nicht sie.
Da sei er nicht so sicher, sagt Erik, und ein paar andere Weiber fielen ihm auch noch ein.
Ich frage: Die was gemeinsam hätten?
Und Erik: Das Ansinnen, sich den Mann gefügig zu machen.
Das gefällt mir, aber es ist nicht Eriks Sprache, er muss sich

umfangreicher vorbereitet haben als zunächst angenommen.
Wobei das Wort *gefügig* nur oberflächlich betrachtet zutrifft, denn ich möchte ja den Mann verstehen, aber der Einzige, der mir ansatzweise dazu verhilft, ist Hovard, weil er meinen Geist fickt.
Ich schüttele den Kopf, falte die Hände vor meiner Vulva, mehr Richtigstellung nicht vonnöten, erstens, da mir kalt ist, und zweitens, da Erik mir bald abhandenkommen wird, vielmehr: ich ihm.
Er sucht im Buch nach meinen Schwestern.
Er sagt: Antigone.
Ich sage: Schon eher.
Meine Finger so nah an seinem Schwanz, dass es schwerfällt, ihn nicht zu streicheln, auch wenn er lebloser nicht sein könnte.
Ich frage: Und wer bist du?
Erik, ohne zu zögern: Dionysos.
Du meinst, weil er trinkt, und nicht, weil er wahnsinnig ist, sage ich, ich kenne nämlich keinen Mann, der weniger neurotisch wäre als du.
Was Erik als Kompliment versteht, wenngleich es keines ist, er lächelt, seine Seele ein klarer Bergsee, flach und der Grund von hellem, festem Gestein.
Erik sagt: Ich trinke nur, wenn ich allein bin.
Kommt das oft vor?, frage ich.
Immer, sagt Erik.
Ich bin zum zweiten Mal gerührt, obschon Einsamkeit nicht selten ist, eher die Regel bei Männern, insbesondere post-, aber auch präorgastisch. Auch bei konzentrierter vorkoitaler Hinwendung zu primären weiblichen Geschlechtsteilen handelt es sich keinesfalls um den Wunsch nach Nähe, auch nicht um einen altruistischen Liebesdienst, be-

absichtigt ist lediglich die zügig herbeigeführte Befeuchtung von Klitoris und Vulva. Die Entkleidung, Betrachtung, Berührung, alle Stufen der Vereinnahmung des Frauenkörpers zielen auf die eigene Lustbeschaffung, gekrönt von der Penetration jedweden Lochs.
Die Originärität des Objektes ist nahezu belanglos. Würde sie riechen, sich anfühlen wie eine Frau: Eine Puppe wäre ebenso dienlich.
Auch der Mann bleibt vereinzelt.
Vereinzelt stehen Erik und ich, er noch immer in Unterwäsche, vor Kälte bebend ich. Und küsse Dionysos' schlüpfrige Lippen, gleich einem Rüsselchen stülpt er sie, daraufhin ich an ihm vorüber ins Bad.
Minuten später sein Ruf: Er gehe schon einmal vor, wir sehen uns am schönsten Tisch!, mir ist, als stünde er neben mir, so spürbar der Schalldruck seiner Stimme, wahrscheinlich das Rüsselchen in den Türspalt geschoben, sich daran festgesaugt, sogar das Schmatzen kann ich hören, mit dem er jeden Satz beendet.

Nicht übertrieben zu sagen, ich verlasse das Bad verwandelt. Im Grunde genommen, sagt Hovard, handelt es sich um einen narzisstisch-pathologischen Versuch, die Natur zu vervollkommnen, wenn ich mich schminke, als hätte ich ein heiliges Bild meiner selbst, an welches ich nicht reichen kann, demnach liebe ich meinen Körper und lehne ihn gleichzeitig ab, je stärker geschminkt, desto narzisstisch-pathologischer. Was Hovard mir damit vermitteln will, wirkt nach. Kaum je schminke ich mich ohne Krankheitsgefühl.
Anders heute Abend. Das hat mit dem Amphetamin zu tun, aber auch damit, dass Hovard mir nicht gefährlich werden kann. Als ich mich zum zweiten Mal herrichte, besitzen die Farben in meinem Gesicht eine Nähe zur Pop Art.

Noch immer liegt Eriks Koffer auf dem Bett, leer bis auf den Pyjama, der ist hellblau mit weißer Bordüre und Monogramm, obenauf Buch und Handy.
Nie bin ich an das Handy eines Fickers gegangen, auch nicht an Hovards. Aber etwas hat Erik, das mich herausfordert, eine zutiefst männliche Arroganz, die mir keine Wahl lässt, ich muss in Erfahrung bringen, welcher Art seine emotionale Beziehung zu Frauen ist.
BH aus roter Seide, kein Slip, keine Strümpfe, mein nackter Hintern auf der seidenen Überdecke. An Knien und Füßen Babyöl, Beine gepudert, so nahe am heiligen Bild meiner selbst wie nur möglich, auch wenn ich mich mit jedem Tag weiter davon entferne.
Da habe ich sein Handy in der Hand.
Viel Zeit ist nicht, im Sternerestaurant dürfte er bereits den Champagner trinken.
Das Gerät macht mir Schwierigkeiten, ich fürchte, Spuren zu hinterlassen, außerdem erschweren die Kontaktlinsen meine Nahsicht. Halbblind, getrieben, hacke ich auf das Display ein.
Ich will Eriks Mails sehen und den Browserverlauf, öffne unzählige Apps, bis ich ihn finde.
Weder bin ich überrascht noch schockiert. Es wäre untertrieben zu sagen, Erik möge Pornographie. Er verherrlicht Pornographie.
Unter Umständen tue ich das auch, zum Beispiel im Beisein eines Mannes.
Hovard behauptet, ihn interessiere der Porno aus anderen Gründen, nämlich als Kritik an der bürgerlichen Moral, an der gesellschaftlichen Ordnung, konkret der Ehe. Ihn amüsiere die Utopie, sexuelle Fantasien besser zu realisieren als mit dem Ehepartner, und das Scheiternmüssen aufgrund der miserablen Darstellung.

Ein derart gesellschafts- und kunstkritischer Ansatz dürfte Erik fernliegen. So viel Bedürftigkeit war nie in einem Browser.
Die Mails dagegen eine Enttäuschung, ebenso WhatsApp. Keine Geständnisse, Erik ist kein Briefeschreiber, so weit ich in seinem Account auch zurückgehe.
Überhaupt bekommt er sehr wenig Post. Die Firma, die Fluggesellschaft, die Autowerkstatt. Die Gattin hängt Bilder an, zahlreiche Reisen mit Sohn, Louise auf unverheimlichte Weise nachbearbeitet. Das heilige Freifrauen-Ich geglättet und verschlankt.
Freunde scheint Erik nicht zu haben.
Der Fotoordner birgt doch noch eine Überraschung, möglicherweise ist es auch keine. Erik fotografiert seinen Schwanz. Der schlaffe Erik-Schwanz, der steife, im Ejakulieren, Ejakulat auf Eriks Bauch. Sechs oder sieben bildbearbeitete Schwänze, länger, breiter, einer geschrumpft zum Mikropenis, immer noch erkennbar Eriks. Eier geglättet. Mir schon öfter untergekommen: das angstbesetzte Verhältnis des Mannes zu seinen Hoden. Aus meiner Sicht in keiner Weise nachvollziehbar, je schrumpliger, desto besser. In dem Zusammenhang zu betrachten auch meine Vorliebe für Alte.
Jetzt noch die Notizen. Ich werde ein zweites Mal fündig. Erik fotografiert nicht nur, er folgt auch seinem Schwanz in Prosa.
Wie auf den Bildern in disparater Beziehung, voll des Lobes an manchen Tagen: bestgebautes Stück, Hauptgestalt.
Gebrochenheit an anderen: Fleischwurst, der ich hinterherlaufe.
Dies ringt mir Respekt ab, zu so viel Poesie hätte ich den Freiherrn nicht für fähig gehalten.
Ich würde gern weiterlesen, jedoch wartet Erik seit vierzig Minuten.

Das Sternerestaurant geht wie unser Zimmer nach Osten. Die Fensterfront stürzt ins Wasser, die kleine Terrasse davor geflutet, Fetzen weißen Schaumes klatschen an die Scheiben, die schwarze See ist schwankende Masse, undurchdringlich für das Auge, Wassergebirge von der Magnitude eines Seebebens. Sturmflut von Ost. Zerbirst an der Brüstung, durchbricht das verschraubte Gestühl, seit Oktober gebe es an Fassade und Fundament nicht zu beziffernde Schäden. Der Architekt stamme vom Festland, wie man liest. Hatte den Sommer vor Augen, im August die See ein Tuch, auf der Terrasse Damen mit Hut, Männer und Kinder, reizende Fünf-Sterne-Rangen, einziges Schauspiel die Möwen, derer es sich zu erwehren gilt, im Sturzflug gehen sie nieder, stehlen das Brot vom Teller, entkommen pfeilschnell, manch Hotelier bedauert, sie nicht abschießen zu dürfen wie vor hundert Jahren.
Heute Nacht suchen die Möwen Schutz, zu Tausenden am Boden der Strände, stummes Kauern, wenige kühne Exemplare schwingen sich auf, hier und da in der Höhe ihr Weiß, vom Sturm umhergeworfen, als suchten sie das Verderben, vereinzelt Schreie, am Morgen zerrissene Flügel auf der Marsch.
Der Boden ist aus hellem Holz, auf den Tischen Kerzen, kein Laut, nur das dumpfe Krachen des Meeres.
Meine Schritte füllen den Saal, klackklack-klackklack, aus den Nischen springen Kellner. Zwei Tische besetzt von zwei einzelnen Herren, sie tragen Anzug und erheben sich.
Zwischen all dem Gold (Lampen, Sektkühler, Besteck), leuchtend rot die Vögelin, sie schreitet aus, wie glänzendes Gefieder hinter sich her den Schal, wissend, wichtiger noch als Schönheit ist Haltung, für ihren Auftritt Highheels unverzichtbar, zu stolpern nimmt sie in Kauf.
Die Kellner jetzt an meiner Seite, einer bei vier Uhr, der

andere bei acht, Üblichkeit in der Nautik, neben dem Kompass die Ziffern einer Uhr für die eigene Vorausrichtung zu verwenden, geradeaus ist zwölf, hinter mir sechs. Konnten Sie nautisch folgen, wissen Sie: beide Kellner schräg hinter mir, rechts beziehungsweise links. Hände erhoben, meinen Hüften genähert, berührungslos den Sturz vorwegnehmend, da halte ich an.
Die zwei Männer an ihren Tischen, ich in der Saalmitte, so bilden wir ein spitzwinkliges Dreieck, ich näher am Unbekannten als an meinem Kavalier, somit unterscheiden sich die Winkelgrößen aller drei Ecken.
Mich entscheiden zu müssen fällt schwer. Grundsätzlich hingezogen zu demjenigen, von welchem noch ungevögelt, dessen Physiognomie zudem den größeren Reiz ausübt (Anfang sechzig, klein, zwar etwas übergewichtig, jedoch von fester Konsistenz, Anzug mutmaßlich maßgeschneidert, Schwanzgröße mutmaßlich erheblich, obwohl, wie erwähnt, dies rein intuitiv ist, aber ich bitte, meine Intuition nicht zu unterschätzen).
Auf ihn zuzugehen, ihm den Mund zu küssen, mir in den Sessel helfen, ihn meine Hand nehmen zu lassen, als wären wir ein Paar seit einem Jahr oder zweien, erst im Gespräch fallen unsere Namen, dies beiläufig, außerdem Liebling und Einzigartiger und Schönster. Ohne Hast gespeist, wortlos auf sein Zimmer, ohne Scham entkleidet, geduscht, ungeschminkt ins Bett, nicht hergefallen übereinander, vielmehr ein stummer, langsamer Akt, er packt mich am Haar, will einen Blowjob, und sonst nichts, hat eine Eigenart: starrt mich an wie von Sinnen, Augen rollen in seinem Kopf, bevor er kommt in meinem Mund.
Mein Tagtraum ist konkret in einer Weise, dass ich beginne zu lubrifizieren, den Sexflush auf meinen Wangen vermag nicht einmal das schwere Make-up zu verdecken.

Die Augen des Kleinen und meine verschränkt, er steht noch immer, wie es Fremde auf unvollständige Weise tun, mitten in einer Verbeugung, da wende ich mich Erik zu.
Der im Begriff ist, die Ruhe zu verlieren, noch hat er nicht kapiert, dass hier jeder jeden manipuliert, und nicht nur hier, sondern grundsätzlich.
Dem Kleinen zugenickt, diesmal kein Blowjob, Schätzchen, aber du kehrst doch zurück, einmal auf der Insel gewesen, beginnt man, süchtig zu werden, wart's nur ab, im nächsten Jahr sehen wir uns wieder.
Und setze mich in Bewegung, das Kellnerballett folgt, endlich treffe ich bei Erik ein. Schulden fordere ich ein, und seine Schuld ist mein Orgasmus.
Der Maßgeschneiderte wartet, bis ich sitze, so viel sehe ich noch. Sinkt in seinen Sessel, sehr bald!, möchte ich rufen, da verschwindet er aus meinem Blickfeld.
Erik küsst meine Wange, aber nur flüchtig, gibt sich irritiert, was das denn gewesen sei, ob ich ihn nicht erkannt habe.
Ich sage: Das ist meine Natur.
Kein sehr freundlicher Auftakt für ein teures Abendessen.
Erik fragt: Welche Natur?
Ein neuer Kellner tritt auf, guten Abend, Madame, offeriert Champagner, Erik hat eine Flasche bestellt, seeseitig in goldenem Kübel, ja, gern.
Ich antworte: Natur ist als Begriff zu schwach. Eine Art innere Notwendigkeit.
Was ist notwendig?, fragt Erik.
Meiner Neugier nachzukommen, antworte ich.
Und Erik: Möglichst viele Männer?
Seine Taktlosigkeit überrascht, ebenfalls die vollständige Abwesenheit von Empathie. Er ist beleidigt, obwohl er meine Brünstigkeit teilt. Möglicherweise einer jener Män-

ner, die glauben, das Vollbild der Lüsternheit sei ihnen vorbehalten. Die göttliche Ordnung.
Ich sage: Nicht anders als du. Oder was treibt dich?
Erik lehnt sich zurück, blickt aus dem Fenster, Ströme von Meerwasser an der Scheibe, Algen, Muscheln, was widerfährt den Fischen in dieser Hölle.
Lust natürlich, sagt Erik.
Pause.
Und fügt hinzu: Und der Wunsch abzuhauen.
Ich nicke, der Kellner kehrt zurück, jung, schwarzes Haar im Überfluss, einziger Makel im Kindergesicht: weit vorgelagerte Schneidezähne, auch sind sie zu lang, liegen der Unterlippe auf, wenn er sich vergisst. Man möchte sie küssen. Er reicht das Menü.
Ich sage: Das dachte ich mir.
Erik nimmt meine Hand, und ich lasse ihn.
Ich fliehe auch, sage ich, aber auf andere Weise als du.
Ein schwärzeres Schwarz als draußen ist nicht, eigentlich ist es kein Schwarz, es ist nichts.
Vor dem Altwerden?, fragt Erik.
Ich schüttele den Kopf: Das Altern verleiht mir Kräfte, je weniger Zeit bleibt, desto rastloser werde ich, davor flüchte ich nicht, im Gegenteil. Die Lust wird größer.
Erik sagt: Habe ich bemerkt.
Ich wiederhole: Ich bin noch beim Vorspiel.
Das ein Versuch, Erik sein Ungenügen begreiflich zu machen, bislang ist er gescheitert an meinem Orgasmus, er soll zur Einsicht gelangen, dass unter Umständen ein Debakel kurz bevorsteht.
Vielen Männern gemeinsam ist die Eigenart zu hören, was sie hören wollen, und zum ersten Mal, seit ich den Saal betreten habe, lächelt Erik. Als habe ich, statt ihn zu kritisieren, meiner Hoffnung Ausdruck verliehen, die heran-

nahende Nacht werde ein Konzert der Lüste, mit großer Besetzung, Streichern, Bläsern, Schlaginstrumenten, anschwellend zur Symphonie fantastique, im Zentrum Eriks Dirigierstab. Unnötig, ihn aufzuklären über seinen Irrtum, grundsätzlich nehme ich davon Abstand, meine Ficker zu erziehen.

Ich löse meine Hand, seine Frage, wovor ich fliehe, hat Erik vergessen, ich möchte sie trotzdem beantworten und sage: Wenn ich überhaupt fliehe, dann vor mir selbst.

Erik sieht mich fragend an.

Ich sage: Je mehr ich ficke, desto tauber werde ich für die Scham, ich selbst zu sein.

Erik sagt: Verstehe.

Obwohl er nicht versteht, und nun studieren wir die Speisenkarte, aber was immer wir bestellen, ich werde es nicht zur Kenntnis nehmen, die sexuelle Deprivation verunmöglicht mir andere Sinnesfreuden als die eine.

Glücklicherweise entgeht das Erik, er sagt mit Ernst: Jakobsmuscheln, Garnelen, Galloway.

Der Kellner sagt: Alles regional.

Als gebe es keinen anderen Ort auf dieser Welt.

Dann ist er rücklings davon, und ich zu Erik: Mein Mann hatte heute einen Unfall.

Ich weiß nicht einmal, warum ich das sage, jedenfalls habe ich unverzüglich Eriks Aufmerksamkeit, Männer sind kompetitiv und interessiert am Unglück des Rivalen.

Ich gehe so weit zu behaupten, dass, wenn sie dieselbe Ressource benutzen, im konkreten Fall dieselbe Frau, ihr Interesse am Mitbewerber größer ist als an der Ressource, jedenfalls vorübergehend. Es gilt das Konkurrenzausschlussprinzip.

Zufällig war einer von Hovards Forschungsschwerpunkten die Rivalität des männlichen Sexus, das Phänomen aber

derart unterkomplex, dass die Arbeit bald abgeschlossen werden konnte.
Zusammengefasst können männliche Individuen mit identischer ökologischer Nische in größerer Zahl nicht dauerhaft koexistieren, daher ist Eriks Interesse an Hovard nichts anderes als ein Er-oder-ich.
Allerdings führt seine Anteilnahme ins Nichts, da die ihm verbleibende Zeit viel zu kurz ist, um an eine Verdrängung des Rivalen auch nur zu denken. Sowieso ist Hovard der konkurrenzüberlegene Artgenosse, Erik zeichnet lediglich seine Schnelligkeit aus, auch beim Geschlechtsverkehr. Nur ein Schwanken der Umweltbedingungen könnte ihn zum Konkurrenzüberlegenen machen, nämlich wenn mir der Nachschub an Liebhabern ausginge, das heißt, sein Schwanz der letzte auf der Insel wäre. Dem ist nicht so, oder noch nicht.
Nun hat Erik sich mir zugewandt, ein ganzer Fragenkatalog zu Hovard, akademischer Werdegang, Beruf, Vermögensverhältnisse, Gesundheit, und ich antworte wahrheitsgemäß, obwohl mich das Thema nervös macht. Dass ich Hovard unter dem Tisch habe liegen lassen, sage ich nicht.
Erik leert sein drittes Glas, von irgendwoher der Arm des Kellners, der schenkt nach.
Fragt: Darf ich noch eine Flasche bringen?
Es ist der Hübsche mit den langen Zähnen.
Erik antwortet: Unbedingt.
Und zu mir: Klingt doch nach einem passablen Gatten.
Ich sage: Er gehört einer anderen Spezies an als du.
Das gefällt ihm nicht, seine Züge verhärten sich, zugegebenermaßen eine abgedroschene Phrase, im vorliegenden Fall jedoch passend, da Erik nach Primatenart die Wangen- und Schläfenmuskeln bespielt. Dann aber kommt das Amuse-

Geule, wodurch seine Kaumuskulatur ihrer Bestimmung zugeführt wird, ein daumennagelgroßer Toast, meergesalzene Butter, eine Alge von der Insel und Kaviar, eine Weile mahlt Erik stumm.
Ich beobachte ihn aus dem Augenwinkel. Statt seinen Kiefer zu öffnen, schiebt Erik ihn hin und her nach Art eines Rindviehs. Es würde mir Freude bereiten, der nutztierartigen Gebrauchsweise seines Kauapparates auf die Spur zu kommen.
Er schluckt und sagt: Übrigens habe seine Frau am Straßenrand die rosa Bommelmütze gefunden.
Findet ein letztes Kaviar-Ei, lädt es auf die Gabel, zerbeißt es mit den Schneidezähnen, und: Ist nicht leicht gewesen, ihr das zu erklären.
Ich sage: Ist mir irgendwie aus dem Fenster geflogen, tut mir leid.
Jaja, sagt Erik.
Nun werden ihm die Lider schwer, er gähnt mit vorgehaltenem Handrücken, beugt sich vor und sagt, möglicherweise bekomme er ihn erst morgen wieder hoch.
Und mein Wunsch, an einem anderen Ort zu sein, wird übermächtig, als zöge eine Kraft mich fort von hier, Fäden an Armen und Beinen, an denen ich rückwärts hinausgleite.

Jeder habe seinen eigenen Wahnsinn, sagt Hovard, meiner sei die Hedonie, im Speziellen die Manie, sie trete auf ohne Vorwarnung, und nicht immer sei sie freundlich, der Erkrankte opfere ihr Geld, Gesundheit, Reputation, oft handele er im Affekt.
So wie in diesem Moment ich.
Ich erhebe mich, begleitet von herrlichster Erlösungsmusik. Setze die Sohlen nicht auf, gleite um den Tisch, oder es

scheint mir so, stoße mich an den Stühlen ab, zu Erik im Entschweben: Ich entschuldige mich.
Was gelogen ist, nichts tut mir leid und auch er nicht, allein mit der zweiten Flasche Champagner, mehr Freude hat ihm diese abgerungen als meine Gesellschaft. Glaubt er wirklich, er sei fesselnd in einer Weise, die mich die Nacht neben ihm verbringen lässt, wenn er mir den Höhepunkt vorenthält? Es wäre etwas anderes, geschähe seine Zurückweisung aus Kalkül, um mich in die submissive Rolle zu drängen und es mir frühmorgens umso gewaltsamer zu besorgen, aber Eriks Verweigerung ist aus nichts geboren als Sattheit und Trägheit. Er hat abgespritzt.

Ein kleiner Bogen zum Tisch des zweiten Kandidaten. Ob absichtsvoll oder nicht, entzieht sich seiner Kenntnis und auch meiner, gewisse sexuelle Handlungen werden initiiert auf tiefster Hirnebene. Auf das Stammhirn hat das Großhirn keinen Zugriff, sagt Hovard, oder so gut wie keinen. Er sei sich der Tatsache vollumfänglich bewusst, damit den Großteil aller sexuellen Übergriffe dem Unterbewussten zuzuschieben, was theoretisch Straffreiheit nach sich zöge, es aber nicht tut. Denn die Gesellschaft muss um jeden Preis vor Sexualstraftätern geschützt werden, ein Begriff, der auf mich nicht zutrifft, da meinen Fickern die Einschätzung der Folgen ihrer Handlungsweise zuzutrauen ist. Sie wählen den ihnen durch mich zugefügten Missbrauch. So weit Hovards Einschätzung.
Der Kleine betrachtet mich mit Ernst, schiebt seinen Stuhl zurück und erhebt sich, uns bleiben wenige Sekunden, das zu initiieren, was uns beherrscht, seit unsere Blicke zum ersten Mal aufeinander fielen. Und wenn ich sage zum ersten Mal, dann meine ich meine Ankunft, die allererste Sekunde, denn eine männliche Silhouette genügt, mich

zu entflammen, selbst ein Schatten, und weil ich hin- und hergerissen bin zwischen Anziehung und Abstoßung, sind meine Sinne doppelt scharf.
Nicht dass ein Plan entstünde, vielmehr eine Kraft, die meine Schritte lenkt. Jene Fäden, die mich fort von dem einen zerren, reißen mich hin zu dem anderen.
Dem Kleinen zugewandt und ebenso ernst wie er, denn das hier ist ernst, es geht um nichts weniger als Erlösung. Und er nickt, und ich nicke, eine winzige, beinahe synchrone Bewegung, vielleicht erfolgt meine den Bruchteil einer Sekunde vor seiner.
Damit ist etwas besiegelt, von dem wir nicht wissen, wie und wo es sich ereignen wird, es zählt nur, dass in absehbarer Zeit sein Schwanz mich penetriert haben soll in ein Loch seiner Wahl.
Dass ich einen Patienten zurücklasse, eine ganze Patientenfamilie, eine ganze Freifrauenfamilie, ist unvermeidlich, denn Erik an seinem Tisch versteht, endlich kapiert der Kretin. Außerdem lasse ich zwei Koffer zurück, denn ab jetzt ist mir der Zutritt zu unserem Zimmer verwehrt. Ungewiss, ob ich sie jemals wiedersehen werde, allzu viel Hilfsbereitschaft ist Erik nicht zuzutrauen, wie in weiser Voraussicht habe ich Schlüssel und Portemonnaie bei mir.
Ich lächle, der Kleine lächelt, und das ganz ohne Hybris, da weiß ich, er beherrscht die Regeln. Ich setze meinen Weg fort, an meiner Seite wieder die Kellner, aber fallen werde ich nicht, noch nicht. Klackklack-klackklack.

Der Knall ist nicht laut, vielmehr dumpf, zu vergleichen mit einem Faustschlag, man hätte ihn überhören können, wäre ich nicht stehen geblieben, um in meiner Tasche nach Trinkgeld zu suchen. Wäre das Meer nicht zur Ruhe gekommen in jenem Moment, als hätte es Anlauf nehmen

wollen für den nächsten Brecher, gewaltsamer als alle anderen zusammen.
Dumpf ist der Knall und hässlich, zuerst ein Schlag, darauf ein Spritzen, so klingt nur Fleisch, das aufprallt, explodierendes Zytoplasma.
Zugleich ein Ton aus hoher Kehle, Schrei kann man ihn nicht nennen, zu schön ist er, letzter Ruf aus einer Gurgel, befähigt zu wundervollstem Gesang.
Der Vogel muss riesig gewesen sein, eine gewaltige Masse von Blut und Federn und Scheiße, die an der Scheibe abwärtsrutscht, das Lied post mortem entwichen, der Kopf schon zerschmettert, für den Bruchteil einer Sekunde Kehlkopf und Lunge unversehrt geblieben, da hat das Tier noch gerufen.
Schon rollt die nächste Welle, kracht gegen die Glaswand, diesmal hüpft der Saal, es hüpfen die Gläser und Gabeln, die Scheibe blankpoliert, wo vorher der Kadaver klebte.
Umgewandt nach dem Ruf, bemerke ich noch etwas anderes: Erik und der andere sehen sich an, und was ich lese, ist Kameradschaft. Keine Spur von Rivalität. Komplott auf den Lippen, ein mimischer Ausdruck, den ich zwar kenne, in seiner ganzen Tragweite jedoch bis heute, nach unzähligen Situationen im Beisein zweier Männer, nicht vollständig dechiffrieren kann, da mir dazu das Instrumentarium fehlt. In etwa: Wir werden es ihr besorgen, und zwar beide auf einmal.
Paarungsverläufe sind ein durch räumliche Faktoren vermittelter Kompromiss zwischen gegenläufigen Interessen, sagt Hovard. Dies gelte für Vögel ebenso wie für Primaten.
Die Polyandrie, die Hingabe des Weibchens an zwei oder mehr Männchen, dabei nichts Ungewöhnliches, abhängig von der Ressourcenverteilung, sagt Hovard. Innerhalb einer

Art, die die Rivalität einmal über Bord geworfen hat, gebe es eine erstaunliche Vielfalt an Paarungssystemen.
Wenn auch hier nicht die Rede von Fortpflanzung ist, vielmehr von Fellatio und Cunnilingus, unterscheiden sich die Motive von Vögeln und Menschen nur marginal.
Jedoch liegt im Blickaustausch zwischen Erik und dem anderen noch etwas anderes, über Ökologie und Ressourcenverteilung Hinausgehendes: die Lust an der Dominanz. Zur Hölle mit deiner Klitoris, Judith.
Es ist ein wehmütiger Blick auf ihre Macht, die unwiederbringlich verloren ist, für den Mann nur rückholbar zu wenigen Gelegenheiten wie Politik, Krieg oder Gruppensex mit einer Frau.
Gesenkten Kopfes verlasse ich den Saal, die Paradiesvögelin ist gefangen und bereit.
Den Gang entlang, meine Füße schmerzen, ich sehe mich um, da ist niemand, steige aus den Pumps, haushoch kommen die mir vor an diesem Abend. Wäre ich allein und bräuchte ich die Männer nicht, müsste ich sie nicht tragen. Der kühle Boden wie Balsam. An der Wand eine kleine Bank, darauf setze ich mich, ziehe die Beine an.
Ich habe nichts dagegen, von beiden auf einmal drangenommen zu werden. Mein Körper verfügt über diametral entgegengesetzte Löcher, die können zwei Kerle füllen, ohne sich in die Quere zu kommen.
Für unseren Dreier kommt Eriks Zimmer in Frage oder die Suite des anderen, denn dass er eine Suite hat, setze ich voraus, sein Habitus ist derjenige eines Ästheten, bei Männern eine Frage der Haltung, oder drittens ein neutraler Ort.
Die Porsches fallen aus, sie dürften sich unter einer Kruste gefrorener Gischt befinden, Innentemperatur unter null, zudem würde es mir einiges an Akrobatik abverlangen, von einem Männerschoß zum anderen zu steigen.

Ich massiere meine Fußsohlen.
Um in die Suite des Kleinen zu gelangen, müsste ich davor warten, was meiner Würde abträglich wäre, und auch derjenigen Eriks.
Ebenso wenig besteht Zutritt zu Eriks Zimmer, ohnehin zieht es mich dorthin nicht zurück.
Und da ich neben der Toilette sitze und sowohl Damen- als auch Herrentoiletten bereits des Öfteren in Anspruch genommen habe für sexuelle Handlungen, häufig in Zusammenhang mit dem Wunsch eines Mannes, mir beim Pinkeln zuzusehen und mich direkt im Anschluss daran zu vögeln, dies am liebsten im Hocken auf dem Toilettensitz, die Sicht auf das weibliche Genital unverstellt, drängt dieser Ort sich auf.
Zumal die Toiletten sich am einzigen für speisende Gäste begehbaren Gang befinden, und unter der Annahme, dass sich weder Erik noch dem Kleinen erschließt, wo sonst ich warten könnte oder, sollten sie dem Trugschluss erliegen, der Treffpunkt sei anderswo, ich sie abfangen könnte.
Wieder in Pumps, ich entscheide mich für die Damenseite, einige Wartezeit ist einzukalkulieren. Einer ganzen Schar von Kellnern müssen meine Bewerber plausibel machen, warum das Dinner zu stornieren ist oder jedenfalls abzukürzen.
Bis zu ihrem Eintreffen veranschlage ich zwanzig Minuten, für den Vollzug eine weitere halbe Stunde.
Ob ich im Moment des Betretens dieses zwar hocheleganten, dennoch exkrementbehafteten Ortes mich selbst entwerte, ist eine Frage der Sichtweise.
In jedem Fall handelt es sich um einen Schritt über die Schwelle zur Notdurft.
Falls ich dabei unschuldig bin, dann im Sinne einer krankhaften Bedürftigkeit. Falls schuldig, dann aufgrund meiner

selbstbestimmten sexuellen Gier. Gern hätte ich Hovard gefragt, aber der ist befangen in dieser Sache, willentlich oder unwillentlich Mitverursacher meiner Lage.
Ohnehin wird eine Antwort gefunden sein, wenn der Morgen anbricht, und zwar auf alles.
Das WC ist von äußerster architektonischer Strenge. Wände, Böden, Mobiliar sind knochengrau. Auch der Teppich. Und weil er neu ist und so riecht, wie das ganze Hotel neu riecht, nach ökologisch unbedenklicher, teurer Textur, steht er nicht im Verdacht, bereits des Öfteren als Unterlage für Geschlechtsverkehr gedient zu haben.
Um seine Eignung zu testen, hebe ich den Saum und setze mich, und wenn man über fünfzig ist, dann stößt der Hintern nicht auf, er zerfließt, aber Umfragen haben ergeben, dass Männer das Fließen schätzen, ebenso das der Brüste, jedenfalls im Falle erwachsener Frauen.
In einer anderen Erzählung wird zu beleuchten sein, inwieweit die Männer ehrlich sind an dieser Stelle oder ob der Fick mit einem Teenager ewiger Wunsch bleibt, Spuk, der durch die Lenden zieht, bis Schwanz und Eier und ihr Besitzer zu Staub werden.
Mein Arsch ist bilaminär, innen fest, außen glasiert von einer schmalen Lage Fett, in die Männerhand passt je eine Hälfte, den Zugriff mag ich hart, dass noch Tage später fünf Männerfinger in Rot und Blau und Grün auf der glattweißen Backe prangen. Bedauerlicherweise verleitet meine Zartheit zu der Annahme, ich sei zerbrechlich. Wie man ein Baby schont, werde ich verschont von Stößen, richtigen Stößen, Erschütterungen an Leib und Seele, dass mir am nächsten Tag das Gehen schwerfällt, lange muss ich darum betteln.
Schritte. Nicht von Männerschuhen, schon gar nicht von vieren, da kommt eine Frau. Ich springe auf. Dass sich ein

weiterer weiblicher Gast im Hotel befindet, ist mir neu. Hoffentlich nicht allzu reizvoll, zwar ist Neid mir fremd, jedoch könnte ihr Reiz eine Ablenkung darstellen, wo mein Skript ausschließliche Fokussiertheit der beiden Hauptdarsteller vorsieht. Welche in diesem Moment im Begriff sein sollten, aufzustehen und sich zu mir auf den Weg zu machen.

Die Tür öffnet sich, ein Fuß tritt ein, ein Bein, und ich weiß, sie ist schön, viel schöner, als ich es jemals gewesen bin. Vollkommen sogar, eine jener liebreizenden Musliminnen, die ihr Gesicht haben gestalten lassen zu makellosen Skulpturen, wahrscheinlich auch den Körper, und deren Kopftuch ihre Anmut, statt diese zu verhüllen, noch betont. Die Lippen ein Überschuss pinken Fleisches, das man verschlingen will.

Sie dürfte etwa fünfundzwanzig sein. Schwarzer Hosenanzug, der Saum reicht bis zum Boden, die Spitze eines goldenen Stilettos. Die Frau ist klein, wir könnten ungleicher nicht sein.

Entweder ist sie Edelnutte oder in Gesellschaft. Solcherlei Töchter lässt man nicht allein. Ihr Begleiter muss in der Bar sitzen. Sie kam den Gang entlang von links, meine Begleiter erwarte ich von rechts.

Frauen untereinander sind kompetitiv, das brauche ich nicht zu betonen. Obschon im vorliegenden Fall kein Wettbewerb bestehen sollte, die Bekopftuchte wird vergeben sein, die Hürde zum Seitensprung unüberwindbar. Trotzdem ist die Paradiesvögelin auf der Hut, wenn nicht kampfbereit, die Herausforderin zu vertreiben. Vorzugsweise bevor Erik und der andere ihrer ansichtig werden. Andernfalls, ungünstigstenfalls, geriete mir ein Phänomen zum Verhängnis, das Hovard als kompetitive Hemmung bezeichnet: wenn die Muslima mich kaltstellt, aber für den Fick nicht

zur Verfügung steht, und am Ende alle mit leeren Händen dastehen.
Sie hat fertig gepinkelt, tritt zurück in mein Blickfeld und wäscht sich, ohne in den Spiegel zu sehen, Eigenart sehr schöner Frauen, sich ihrer Vollkommenheit sicher zu sein, ohne sie validieren zu müssen.
Hinzuzufügen ist, dass wir einander respektieren, wie grundsätzlich Frauen einander respektieren, aller Rivalität zum Trotz. Ein festes Band, das kein Mann je zu trennen vermag, und fester auch, als es zu einem Mann geknüpft werden kann.
Sie verlässt das WC ohne Blick und ohne Nicken, als hätte keine von uns den Zauber der anderen wahrgenommen. Sie biegt nach links.
Der Raum eine Weile erfüllt von ihrem Duft, noch einmal betrete ich die Kabine, prüfe mein Geschlechtsteil, geruchsfrei und ausreichend befeuchtet.

Ich fühle die Männer kommen, bevor ich sie höre. Da gibt es nichts zu belächeln, wir sprechen von Quantenphysik.
Die Reaktionen verschränkter Teilchen erfolgen abhängig und zeitgleich, auch wenn diese sich weit voneinander entfernt befinden. Trennen Sie ein zweiatomiges Molekül, und beide Teile bleiben in Verbindung, egal, ob das eine auf der Erde ist und das andere auf Proxima Centauri. Misst man den Spin des irdischen, entscheidet sich im selben Moment, um keine Nanosekunde später, das zweite für den gegenteiligen Spin.
Von gleicher Art meine Verbindung zu den Herannahenden, obschon ich keinen von beiden liebe, vermutlich nicht einmal leiden kann.
Biologisch betrachtet hängt die Verschränkung unserer Quanten mit dem Sexualtrieb zusammen, ich verorte die

kommunizierenden subatomaren Teilchen im Unterleib. Ich möchte sogar behaupten, dass durch die hohe Aktivität meiner Sexquanten diejenigen von Erik zu manipulieren wären, obwohl die Wissenschaft dies noch nicht nachgewiesen hat. Der Quantencomputer ist weiterhin Theorie.

Die Botschaft, die ich Eriks Unterleib schicke: Hier bin ich und warte, den Gang entlang, linke Seite.

Zum Kleinen keine Verbindung, möglicherweise muss man, um sich verschränken zu können, wenigstens geküsst haben.

Jetzt glaube ich, Füße zu hören, vorfreudige Schritte. Entgegen der früher geäußerten Einschätzung, Gruppensex stelle eine Belastung dar, bin auch ich vorfreudig. Die Ausnahme habe ich nötig.

Noch anderes habe ich nötig. Die Erschöpfung hat sich angekündigt als leiseste Schwäche, hat zuerst die äußersten Enden der Gliedmaßen befallen, als wögen Finger und Zehen einige Gramm mehr. Nun legt sie sich als Schwere auf den Rumpf. Wenn ich nichts unternehme, dürfte ich in weniger als fünf Minuten bewegungsunfähig sein oder so gut wie, genau dann, wenn ich im Begriff sein will, den Männern die Hosen aufzuknöpfen. Aus der Tasche krame ich ein halbes Amphetamin, schlucke es trocken, einen Handteller Wasser hinterher.

Es mag eine Dreiviertelstunde vergangen sein oder eine ganze, seit ich wortlos den Saal verließ. Für Erik dürfte kein Zweifel bestehen: Das hier ist ein Spiel, und zwar ein raffiniertes.

Sogar noch raffinierter, als er annimmt, denn während er und der Kleine meinen, die Fäden in der Hand zu halten, dem Weib durch sexuelle Machtdemonstration seinen Platz zu weisen, sind in Wirklichkeit sie die Lemminge, denen ihr Weg Verheißung scheint und auch noch ihr Flug die Klippe hinab.

Gleich werden die Füße angekommen sein, und ich noch ohne Plan, wo sie erwarten in der unwürdigen Eremitei.
Auf dem Teppich, die Beine gespreizt? Zu absichtsvoll.
In der Kabine: die Gefahr zu groß, übersehen zu werden.
Unerträglich der Gedanke, ich müsste ihnen hinterherlaufen.
Zwei Sekunden sind um, rasend wie ein Kugelblitz meine Gedanken, mich würde nicht wundern, wenn meine Elektrik bis auf den Gang leuchtet, zumal die Tür aus Glas ist, aus dickem braunem Rauchglas, Gedankenerlösung.
Drei, vier Sprünge, da stehe ich der Scheibe so nah, dass der Gang dahinter Kontur bekommt, wenn auch schlammfarbig und auf bizarre Weise verzerrt, ich sehe alles, dort meine kleine Bank, hinten die Lichter des Restaurants. Dann sieht man von draußen auch mich leuchten, das rote Kleid, die roten Schuhe. Ein Bein kann ich noch vorstellen, Blick gehoben und geradeaus, ebenbürtig einer Hure, ich weiß, was meine Freier mögen.
Erik geht links (auf meiner Seite), daneben der Fremde, einen Männerkopf kleiner. Gesichter einander zugewandt, gedämpft Eriks hohes Näseln, der Kleine hat einen Bass. Sie lachen.
Kopf in den Nacken, so fällt mein Haar am schönsten (halbhübsche Frauen befähigt, sich in jedem Moment selbst zu reflektieren), endlich blickt Erik zur Seite.
Erkennt mich und erkennt mich nicht, nähert sein Gesicht der Scheibe, ein Blick, wie er toter nicht sein könnte, Augenhöhlen leer, sein ganzes flaches Antlitz moorfarben, die modrigen Lippen geteilt, die Zähne verrottete Stümpfe, er starrt mich an, und ich sehe, wie er erschrickt. Das

pockige Glas entstellt mich ebenso wie ihn. Eben noch gelacht, jetzt schnellt sein Kopf zurück, als hätte er den Tod gesehen, alles gerät ihm zum Ruck, sein rechter Arm im braunen Dunst scheint denjenigen des Kleinen zu packen, sie beschleunigen den Schritt, viel eiliger und steifer, als sie kamen, und sind davon.

Zeigte ich bislang alle Anzeichen einer Neurose, einer geringgradigen psychischen Störung, rein nervlich bedingt ohne organische Ursache, ergreift jetzt die Angst von mir Besitz. Ein Hinübergleiten in den Wahn, das bedrohlichere Krankheitsbild, ist nicht mehr ausgeschlossen. Das Amphetamin, mittlerweile überdosiert, tut ein Übriges.
Ich habe Angst, ohne Schwanz dazustehen.
Für jede Frau kommt der Tag, da sie zum letzten Mal gefickt hat, wie auch jeder Mann ohne Möse dastehen wird.
Nie zuvor wurde ich zurückgewiesen, und jetzt gleich durch ein Männerbündnis.
Ich betrachte mich im Spiegel, die Vögelin im Schock, die Lehre aus der objektiven Schadhaftigkeit ihrer Lust in roten Lettern an den Spiegel geschrieben: Lass ab, lass ab, lass ab.
Die Musik setzt ein von ferne, vom Meer her ein Generalbass, zuerst als solcher nicht zu erkennen, gleich dumpfen, donnernden Wellenbrechern, gerät unmerklich zum Akkord, eine Melodie drängt an die Oberfläche, noch ganz leise.
Ich beginne zu lauschen, die Lippen nah vor dem Spiegel, alles in meinem Gesicht aufgerissen und viel zu groß, Augen, Nase, Mund. Da kommt etwas näher mit unzähligen Füßen, die marschieren im Takt der Musik, jetzt klar zu vernehmen: chromatisches Lamento, ein Orchester, ein gewaltiges Ensemble. Hunderte Streicher, Bläser, ich kann

ihre Stimmen unterscheiden, und ihre Schritte, sich unaufhörlich wiederholende Achtel, Aufwärtsbewegung in Mollakkorden, kein Ende nimmt das Staccato. Ich bin gefangen und unfähig, mich wegzurühren von meinem Spiegel.

Falls der Hergang eines psychotischen Schubes Sie nicht interessiert oder gar abstößt, schließen Sie Augen und Ohren. Der Anfall geht vorüber.

Unvermittelt setzt die Männerstimme ein, der klagende Sopran eines Kastraten. Sein Lamento schwillt an, in mythischer Sprache und dissonanten Seufzern, überstimmt den Bass, in Halbtonschritten höher und höher, näher und näher. Die eigentümlichen Worte verdichten sich, er brabbelt, in einen Urzustand gezwungen, vom Bewussten ins Vorbewusste.

Durchtritt die Tür, ohne sie zu öffnen, das Gesicht weiß geschminkt, hinter ihm drängen die Männer, es füllt sich der Raum mit Streichern und Bläsern und Trommlern.

Die Gewissheit zu halluzinieren beruhigt den Psychotiker in keiner Weise, die Angst ist existenziell, die Reflexion kommt später.

Der Eunuch steht hinter mir, weit aufgerissen über meiner Schulter sein rot geschminkter Mund, der lacht mich aus und verströmt einen seltsam kalten Atem.

Er hält in Achteln das hohe C, sieht mich nicht an, nicht sich, sieht hinter den Spiegel, ein ganzer Ozean von Empfindungen rauscht mir durch die Sinne, ich muss die Welle anhalten, da Hovard nicht hier ist, mich in ruhigere Obacht zu nehmen, ich wende mich um in die furchtbare Kälte, schiebe den Eunuchen mitsamt den streichenden und schlagenden Männern beiseite, obwohl sie nicht stofflich sind, obwohl ich weiß, sie sind nicht da, und doch sind sie da. Verlasse den Ort, werfe hinter mir die Tür zu.

Augenblicklich bricht die Musik ab.

Ich halte ein, da zieht es mich zurück an tausend Fäden, ich drücke die Klinke hinab, kalte Luft schlägt mir entgegen, der Raum ist leer. Das Ende eines Wahns kommt plötzlich.

Der Gang vom Restaurant in die Halle ist lang, außer der ersten gibt es eine zweite, eine dritte Bank, ihnen gegenüber Gemälde. Meine Glieder sind weich, in meinem Kopf Leere, sogar mein Begehren ist versiegt. Ich muss mich setzen und rasten.
Soweit es das Kleid ermöglicht, sitze ich breitbeinig, Ellenbogen auf die Knie, Kopf auf die Fäuste.
Das Gleitgel entleert sich in stetem Fluss, färbt mir den Hintern dunkelrot und auch das Polster. Ich rücke beiseite, betrachte das Malheur.
Hebe den Kopf, betrachte die Bilder in Ocker, Blau und Grün, nackte Männer und Frauen am Strand, Liebende mit riesigen Geschlechtsteilen, auf dem zweiten breithüftige, kurzbeinige Mädchen, die Vulva der Vorderen ohne Bewuchs, die andere, dargestellt von hinten, ist nichts als Gesäß. Am Horizont ein havarierter Kahn, darunter ein Schild: Ernst Ludwig Kirchner auf Fehmarn, 1913.
Der Schwindel will sich nicht legen und auch nicht die Kälte. Ich erhebe mich, sammle die Handtasche ein und den Schal, taste mich entlang der Wand, da ist rechter Hand ein kleiner Eingang zur Bar.
Gut möglich, dass Erik und der andere dort sitzen, irgendein Ecktisch, den Whiskey vor sich, den Raum im Blick und den Eingang, Beine gespreizt, inzwischen zum wissenschaftlichen Begriff gewordenes manspreading. Die Bezeichnung unterstellt der Beinhaltung männliches Hegemonialverhalten, aber zum letzten Mal in dieser Tragödie muss ich Fürsprache für die Männer einlegen: Ich behaupte, sie grätschen, um ihre Eier zu kühlen.

Statt den Orcus zu betreten, sollte ich geradeaus gehen, den Psychopompoi aus dem Weg, die nichts anderes im Sinn haben, als meine Seele zu quälen mit der Einsicht in Vergänglichkeit und Sterblichkeit, in einem kolossalen, feierlichen Geleitzug.
Ein Triumph, den ich ihnen nicht gönne. Obgleich verwundet, bin ich noch nicht geschlagen, nicht von diesen beiden, von einem Halbschwachsinnigen und seinem Kumpan, bemerkenswert, mit welcher Geschwindigkeit sich Männer verbrüdern, gesetzt den Fall, es geht um die Bezwingung einer Frau.
Ich könnte auch einen Whiskey gebrauchen, oder zwei, oder so viele wie für eine mehrstündige Narkose erforderlich.
Rechts durch die schmale Tür, Abkürzung für Trinker zur Toilette, die Vögelin ist zurück, wenn auch stark gefleddert.
Ich gelange von hinten in die Bar, passiere die Theke. Edelhölzer, halbrund, im Halbrund davor die Hocker. Überall Spiegel, hinter den Flaschen, an den Wänden, ich bin ein Schwarm gerupfter roter Weibchen, es müssen Hunderte sein, sie stelzen mit mir im Takt.
Entlang des Raumquadrats lederne Sitzgruppen, in der Mitte ein Flügel, schwarz und glänzend, heute nicht in Betrieb. Boden in sehr dunklem Rot, nicht einmal ich bin mehr bleich, der Lichtarchitekt versteht sein Handwerk.
Das Publikum besteht aus vier Gästen, fünf mit mir, und deren Spiegelungen, hundertmal Erik und der Gutgekleidete, hundertmal in ihrer Mitte die Muslima. Sie sitzen an der Bar, zu meinem Erstaunen hat sie ihr Kopftuch abgenommen. Nicht ganz abgenommen, eher in den Nacken geschoben oder zufällig fallen lassen, was dem schwarzen, vor lauter Schwärze blauen, vor lauter Glätte wie lackierten, im Überfluss vorhandenen Haar eine Fülle verleiht, die allenfalls mit ihren weiterhin verborgenen, sich nicht verber-

gen lassenden Brüsten konkurriert, der verrutschte Schleier macht glauben, sie sei im Begriff, sich zu entblößen. Die Männer zwei Raubvögel, Köpfe vorgeneigt, Schnäbel geschärft und gespitzt, ich senke das Kinn, gehe an ihnen vorüber, sehe sie mich entdecken, mir mit den Augen folgen, da sucht auch die Schöne meinen Blick, kein Hochmut, kein Triumph, auch kein Spott, eher noch Erbarmen. Ich will keine Gnade, nie hatte ich Gnade nötig, ich strecke den Rücken, stolziere in die entgegengesetzte Ecke, neben der Flügeltür des Eingangs ein überdimensioniertes Rosengebinde, wann zuletzt habe ich Rosen bekommen, meine Affären zu kurz, meine Ehe zu lang, halb verdeckt komme ich dahinter zu sitzen.

Am Nebentisch der vierte Gast, ein Alter, ist aufgestanden. Rücken gerade, grauer Anzug, Hose scharf gebügelt, Fliege. Für Sexyness im Alter sei ein hohes Maß an Glanz erforderlich, sagt Hovard, den er selbst als Letzter besitzt. Tatsächlich glänzt das Haar des Alten, sorgfältig in Wellen gelegt, auf unglaubwürdige Weise voll und lang, Geschenk des Himmels oder büschelweise vom Nacken zur Glatze transplantiert. Er trägt Seitenscheitel und Brille, Augen rührend vergrößert, die mustern mich schamlos, wenn auch ohne Habgier. Aus dem Rahmen fallend: die Brauen. Ungestutzt, wild wuchernd, mutmaßlich seine Libertinage. Noch eine Libertinage: kein Ehering. Vor ihm steht ein Glas.

Er verbeugt sich, ich setze mich abgewandt, zwischen seinem Rücken und meinem ein Abstand von sechzig Zentimetern.

Den ich vergrößere, so gut ich kann, ich rutsche vor, drehe und wende mich auf meinem Sofa, muss mich fernhalten von Männern gleich welchen Alters, ein Impuls, den ich niemals zuvor gespürt habe. Die Zurückweisung hat mich schrumpfen lassen, kaum berühren meine Füße den Boden,

das Damoklesschwert namens Vergänglichkeit ist schärfer als angenommen.
Der Alte von hinten: Ich könne ruhig still sitzen, er habe vergessen, sein Viagra zu nehmen, und stelle keine Gefahr dar.
Und weil ich schweige: Im Übrigen kenne man sich von der Fischtheke.
Was mir nicht entgangen ist, jedoch einerlei.
Der Alte sagt: Endlich wisse er, was mit dem Abend anzufangen sei. Er werde es sich zur Aufgabe machen, mich zur Vernunft zu bringen.
Und weil ich noch immer schweige: Im Ernst, er hätte darauf geschworen, dass die Eröffnung mit dem Viagra komisch gewesen sei.
Nicht die Worte, ins Wanken bringt mich die Stimme, tief und klar und unirdisch, ich kenne mich mit Klängen aus, derjenige an meinem Ohr außergewöhnlich rein, ein Bassbariton, und etwas im Raum schwingt mit, sinusgleich, nur mein Körper nicht, er verharrt im Zustand der Empfindungslosigkeit, ein kaltes Stück Fleisch.
Der Alte fragt, was ich gern hätte. Die Runde gehe auf ihn.
Ich sage: Einen Whiskey. Ohne alles. Besser noch die ganze Flasche.
Stuhl und Mann bewegen sich, er nimmt sein Glas, erhebt sich, tritt an meinen Tisch.
Ob ich erlaube, er wolle mir seinen Whiskey vermachen, nur bis die Flasche da sei.
Und setzt sich auf mein Sofa, die andere Ecke. Sein Glas vor mich hingestellt.
Er winkt dem Barmann, der eilt herbei, ist schwarz und groß und dünn, eine Einzigartigkeit, die mich im Normalfall aus der Fassung bringen würde, überhaupt erwecken Alleinstellungsmerkmale meine Habgier, zu unterscheiden

von gewöhnlicher Lust, sie können körperlicher Natur sein, Haar oder Hautfarbe, ebenso geistiger Natur, auch geistlicher, dies eine meiner Leerstellen, noch habe ich keinen Pfarrer gefickt. Unter normalen Umständen wäre ab diesem Moment, ab der Inaugenscheinnahme des Bartenders, ein Räderwerk in Gang gesetzt, das allein dem Zweck gedient hätte, dieses Gliedes unserer Gesellschaft habhaft zu werden, um es anschließend abzustoßen und dem nächsten weiblichen Exemplar zur Verfügung zu stellen.
Irgendwann in den letzten Minuten hat er die Flasche gebracht. Der Alte ist beschäftigt, mir nachzuschenken, ich muss getrunken haben während meines inneren Monologs. Noch mehr hat sich getan: Am anderen Ende des Saals sitzen zwei Greifvögel mit hängendem Schwanzgefieder. Zwischen ihnen der Hocker ist leer.
Der Alte sagt: Sehen Sie nicht hin.
Er liebkost das Glas, ebenso wie mit der Stimme ist etwas verkehrt mit seinen Händen. So glatt und fleckenlos ist die Textur, dass man glauben will, er trage Handschuhe, feinstes Leder.
Ich strecke den Zeigefinger aus, frage: Darf ich?, und streiche darüber.
Ich frage: Was ist mit Ihrer Hand?
Er antwortet: Ich benutze sie nicht viel.
Ich frage: Was benutzen Sie dann?
Mein Herz und meine Flügel, antwortet er.
Sitzt vorgelehnt, um eine Winzigkeit den Kopf gesenkt, den Blick auf Erik und seinen Bruder gerichtet. Am Hinterkopf ein rechtwinkliges Leuchtobjekt.
Ich frage: Warum ist Ihr Heiligenschein eckig?
Er antwortet: Das ist so bei Lebenden. Später werden sie rund.
Ich nicke und wundere mich, dass ich mich nicht wundere,

der Alte deutet auf die beiden Männer und fragt: Was ist dran an den beiden, dass Sie sie lieben müssen?
Ich richte mich auf und frage: Haben Sie *müssen* gesagt?
Müssen, jawohl, antwortet er, und mein Körper löst sich von der Unterlage, nur mein nasses Kleid bleibt kleben, Hintern und Schenkel über der ledernen Sitzfläche, die roten Schuhe in der Luft, ich greife nach der Lehne, um nicht noch höher zu steigen.
Es ist nicht, dass ich begehren will und ficken. Ich *muss*. Vier Buchstaben von ungeheurer Tragweite. Der Unterschied zwischen Wollen und Nicht-anders-Können ist himmelhoch, das Nicht-anders-Können noch nach tausend Couchstunden unüberwindbar, vergeblich Hovards Mühen, die Ursache meiner Neurose zu ermitteln, sie bei der Wurzel zu packen und auszureißen, mir die ganze Libido auszureißen, sie auf den Scheiterhaufen aller weiteren Neurosen zu werfen und abzufackeln, auf dass meine Körpersäfte verdampfen, nur ein Häuflein Asche zurückbleibt, mein Ich anorganisch geworden, keimfrei, geruchs- und geschmacklos.
Sigmund Freud musste scheitern, weil ich keine Wahl habe.
Noch immer fixiert der Alte Erik, dies in einer Weise, die jenem nicht entgehen kann, sei es, weil im Spiegel unübersehbar oder weil der Blick ihn förmlich aufspießt.
Erik wendet sich um, sein mächtiger Arsch Körperschwerpunkt, was ihm eine Drehung um die eigene Achse erleichtert, er starrt den Alten an. Der Gutgekleidete versucht es auch, kommt ins Wanken, er hat Schwierigkeiten, die horizontale Stange auf der Mitte des Hockergestells mit den Füßen zu erreichen.
Sie tauschen Worte, der Kleine blickt auf seine Uhr, sie kreiseln zurück, Erik winkt dem Barmann, der galoppiert, kehrt wieder mit einer Kiste, die er öffnet, seine Hände fliegen, schöne schwarze Hände, sie zeigen dicke Zigarren und

dünne, lange und kurze Stängel, Erik drückt und streichelt, hebt manche an sein Ohr und rollt.
Ich sage: Keine Ahnung, warum ich sie begehre.
Von der Theke her der schwere Schwaden einer Cohiba.
Der Alte nickt, schenkt nach. Deutet auf die Männer: Sehen Sie ihre Rastlosigkeit. Auch sie suchen ihren Platz und finden ihn nicht. Sie glauben vielleicht, ihn im Schoß einer Jüngeren zu finden, aber da ist er auch nicht.
Er wendet sich mir zu, nimmt meine Hand, darauf eine Skizze von tausend winzigen Rhomben, ist Ihnen das schon aufgefallen? Sie werden mit jedem Tag größer, meine mittelalte Hand in seiner jungen.
Er sagt: Erzählen Sie, Judith.

Und ich:

Ich bin zweiundfünfzig Jahre, Zahnärztin und Nymphomanin.

Fast vier Uhr morgens, als meine Erzählung endet.
Der Barmann längst gegangen, ebenso die anderen beiden. Erik wird gedacht haben, ich komme nach, oder er war zu betrunken, um überhaupt zu denken. Der Schwarze hat freundlicherweise unsere Kerze brennen lassen, auch diejenigen an den Tischchen rechts und links. Ein Ort gleich einem Schiff, unter Positionsleuchten sicher inmitten des alten Meeres.
Neben dem Whiskey eine leere Flasche Wasser, der Alte hat mir nachgeschenkt, dies mit Bedacht und wechselweise.
Meine Hand hat er nicht losgelassen, mich zwei- oder dreimal zum WC begleitet. Irgendwann gesagt, er sei versucht, jetzt doch noch sein Viagra zu nehmen, da war die Whiskeyflasche schon fast leer.

Ich lege meinen Kopf in seinen Schoß. Die Schöße von Männern duften oder riechen, je nach Tageszeit und Standpunkt. Obwohl auch der Alte getrunken hat und ausgedünstet und Wasser gelassen: Sein Schoß ist rein.
Er legt seine Hand in mein Dekolleté, zwischen die Brüste, ohne sie zu streicheln, und sagt: Du bist überirdisch schön, und glaub mir, ich weiß, wovon ich rede.
Ich wende ihm das Gesicht zu und sage: Hovards Einschätzung ist, es sei mein freier Wille zu ficken. Und ebenso, nicht zu ficken.
Der Alte schüttelt den Kopf. Sein Gesicht nähert sich meinem.
Das hat eine Sünderin aus mir gemacht, fahre ich fort.
In Kussweite, und er küsst nicht, obschon ich sterbe, geküsst zu werden, mein Verlangen ist zurückgekehrt, höher als alle Wellen dieser Nacht, Überlagerung von Elementarwellen, Monsterwelle, von deren Kamm die Gischt sprüht.
Er spricht sehr leise: Hovard hat recht. Du bist eine Sünderin.
Nimmt mein Haar, wickelt eine Strähne um seinen Finger.
Lässt los, betrachtet die Locke und sagt: Aber du kannst nichts dafür.
Und weil er mich noch immer nicht küsst, hebe ich das Gesicht und will an seine Lippen, aber er weicht zurück und sagt: Dein Mann ist in großer Gefahr.
Wie meinst du das?, frage ich und richte mich auf.
Der Alte sagt: Der Eisberg hat das Haus erreicht.
Mir ist, als begänne sich die Erdrotation zu beschleunigen, und ich frage: Du kannst ihn sehen?
Und der Alte: Er schläft noch immer.
Und mir ist, als zöge eine anschwellende Zentrifugalkraft die Dinge von ihrem Platz, und auch mich selbst, aber von

allen Momenten in meinem Leben ist es dieser, in dem mein Geist am klarsten ist.
Der Alte sieht geradeaus und wartet.
Er sagt: Die Entscheidung liegt bei dir. Wenn du jetzt losfährst, kannst du es noch schaffen.
Ich schüttele den Kopf.
Er nimmt eine Serviette und wischt mir von meinen Lippen den Rest von Rot.
Er sagt: Dann bist du jetzt frei.
Aber vielleicht denke ich auch nur, dass er dies gesagt hat.

Er küsst mich mit ruhigen Lippen, und seine Zunge ist kühl.
Er sagt: Lass mich hineinleuchten in deine Mädchenseele.
Und ich lache und sage in seinen Mund: Das hast du aus Hebbels *Judith*.
Das dritte Mal, dass ich in dieser Geschichte lache.
Ja, Hebbel, den habe er auch ganz gut gekannt, sagt der Alte.
Er lässt mich ein weiteres Mal kosten, seine Zunge ein köstliches Stück Obst, an dem ich hungrig sauge, und während ich noch schlinge, schiebt er die Hände zwischen seine Brust und meine.
Ich will ihn nicht loslassen, aber er sagt: Du brauchst keine Erlösung.
Und seine Stimme ist das Anschwellen eines gebrochenen Akkords ohne Anfang und ohne Ende, ein Brausen, Addition aller Wellen, die jemals waren, immer schon gewesen, nur nicht vernommen.
Ich steige auf, und diesmal halte ich mich nicht an den Lehnen fest. Weit unten liegen abgeworfen der rote Schal und die roten Schuhe.

Keine Erlösung. Die Erlösung ist hinfällig geworden. Erlösung von der Erlösung.
Aus meinem Mund der höchste hörbare Ton.

Wie viel Zeit vergangen ist, weiß ich nicht. Die kleinen Kerzen sind abgebrannt.
Der Alte schiebt den Sessel zurück und sagt: Meine Liebe, ich bin jetzt entbehrlich.
Steht auf, verbeugt sich. Kleiner, als ich in der Nacht glaubte. Das Haar nun doch ein wenig schütter.
Will meinen Protest nicht hören.
Ich frage: Sehe ich dich wieder?
Und er im Gehen: Ich bin immer da.
Einmal dreht er sich noch um: Kümmere dich um deinen Mann und das Haus, Judith, oder das, was davon übrig ist.

In der Ferne Stimmen, das Geräusch eines Staubsaugers.
Ich sehe an mir hinab, über Nacht sind mir Hüften gewachsen, Brüste, Schenkel, wenn auch nur infinitesimal. Das Kleid ist zerknittert, seitlich an der Naht einen Zentimeter weit eingerissen, hat einen tauweißen Fleck, den es vorher nicht gab.
Ich suche meine Schuhe, einer unter dem Sessel, der andere in der Mitte des Raumes, hoffentlich sieht mich niemand, wie ich zerzaust und barfuß den Boden absuche nach weiteren Objekten, es fehlt ein Ohrring und bleibt unauffindbar.
Der Staubsauger kommt näher.
Ich öffne die Tasche, finde ein Gummi. Mein Haar ist strähnig, ich flechte einen dürren Zopf. Schminkversuche unterbleiben, und auch der Versuch, das Kleid zu retten. Hätte ich meinen Koffer, ich würde einen Pullover darüberziehen, aber der ist oben im Zimmer.

Ich denke an den schlafenden Erik und all die anderen schlafenden Schwänze meines Lebens, gegen Morgen gedeiht ihr am besten, dann ist es meine Art, euch fünf Minuten zu bearbeiten, auf dass ihr zu Bajonetten werdet, aufgepflanzt dem erwachenden Soldaten, den rolle ich rücklings, pflanze meinerseits mich auf, nehme, was mir zusteht, lasse den Geschlagenen liegen, sein stumpfes oder scharfes Schwert, je nachdem. Schlaft wohl, meine Diener, fürs Erste habt ihr von eurer Generalin nichts mehr zu befürchten.
Ich passiere die Rezeption, das Pult ist beleuchtet, ein frischer Blonder dahinter, lächelt, nickt mir zu in seiner Fünf-Sterne-Nachsicht, ich trete durch die gläserne Tür.
Früher Morgen, halb fünf. Sternengewirr, drei Stunden noch, bis es tagt. Der Sturm ist weitergezogen, Temperatur leicht über dem Gefrierpunkt. Vom Kai her Männerstimmen.
Ebenso gut könnte ich nackt sein, das rote Kleid nutzloser Fetzen. Ich laufe über Asphalt so gut es geht auf Zehn-Zentimeter-Absatz, unbeachtet von den Fischern. Sie begutachten ihre havarierten Kähne, ich kenne ihre Klaglosigkeit, von Geburt an dem Wetter ergeben.
Noch bin ich berauscht genug, um nicht zu frieren.
Hinterlassenschaften des Meeres auf dem Parkplatz: Plastikflaschen und einzelne Schuhe, Ölkanister und Bojen, Netze, Austern, Tang.
Auf Eriks Wagen sitzen zwei Möwen, Augen auf mich gerichtet, ich trete vor das Fahrzeug, an der blinden Scheibe, Schwanzflosse im Wischer, ein toter Hering. Irgendwann nachts ist ein Brecher über die Mauer gestiegen. Ich fasse den Fisch, rau und kalt, schleudere ihn fort mit bloßer Hand. Die Möwen springen ihm nach.
Auch mein Auto daneben nicht wiederzuerkennen. Salz auf Haube und Fenstern, ich entriegele die Tür und öffne sie,

bücke mich nach dem Schaber, dank Hovard alles an seinem Platz. Umrunde das Gefährt, kratze Bullaugen, je eines pro Seite.
Jetzt wenden die Männer sich doch um, sie tragen grünes Ölzeug, früher war es gelb, und Wollmützen, beglotzen die halbnackte Hexe, keiner macht Anstalten, mir zu helfen.
Morgen wird Hovard den Wagen waschen, denke ich noch. Ich sitze, und sofort beschlägt die Scheibe, ich stelle die Heizung auf Maximum. Rolle im Schritt über den Parkplatz, Benzin für dreizehn Kilometer, sagt die Anzeige, das genügt bis zu Hause, wenn auch knapp. Bei *zu Hause* überkommt mich Wehmut, überkommt mich nicht nur, reißt mir Wunden, aber nicht, weil ich Hovard vermisse, sondern nur, weil ich kein anderes kenne. Vielleicht hat er Feuer gemacht. Vorbei an den Männern, ihren zerdrückten Booten, Rümpfe vom Eisgang umklammert, Führerhäuschen vom Sturm umgeworfen wie Klötze.

Endlich, am Ortsausgang, warme Luft. Meine Finger sind schneeweiß, abwechselnd halte ich sie rechts und links vor die Schlitze des Gebläses.
Die einzige Straße teilt die Insel in Diener und Herren. Liebhaber hatte ich auf beiden Seiten.
Am Oststrand die Millionäre, vor den ständigen Winden geschützt.
Die den Reichen zuarbeiten, leben im Westen, Kindermädchen, Gärtner, Köche. Grau verputzte Häuser, unten Stube und Schlafkammer, Küche und Bad. Darüber der Giebel für das Kind, im Sommer an sparsame Badegäste vermietet, zwanzig Euro pro Nacht, Frühstück inklusive. Vorgärten von Wäscheleinen zerschnitten, für den Badegast ein ergrauter Strandkorb. In dessen Innerem sommers wie win-

ters ein eigentümlich modriger Geruch, nie habe ich jemanden sitzen sehen in diesem Behältnis.
Auf den Straßen Schlaglöcher, die letzte Schule hat vergangenes Jahr geschlossen, die verbliebenen Schüler werden morgens zum Unterricht aufs Festland verschifft.
Die Fenster der Arbeiter sind erleuchtet. Kernarbeitszeit für Putzer: zwei Uhr früh bis sechs.
Zu Begegnungen kommt es ausschließlich aufgrund einer landschaftlichen Zwangsläufigkeit: Der Badestrand säumt die Küste der Armen. Sand wie Zucker.
Aber Schlick vor den Gartenzäunen der Reichen, auch vor unserem, der grauschwarze Meeresboden zweimal am Tag von der Ebbe bloßgelegt, das Schlammbad ist Weltnaturerbe.
Zum Strand müssen wir durch Arbeiterland, behelfsweise vom Tourismusverein als pittoresk bezeichnet, immerhin handele es sich historisch betrachtet um Fischerbehausungen.
Der Wagen schlingert, auf der Straße Eis, Sand, Salz, zerzauste Büsche. Alle hundert Meter Mäuse, Kaninchen, vor der Sturmflut aus ihren Behausungen geflohen, ganze Sippen auf dem Rückweg.
Die Straße nimmt kein Ende, schlitzt die Insel wie einen Aal, das Benzin wird knapp.
Geologisch betrachtet fahre ich auf Meeresboden, rechts und links Berge von Quarz, die im Dunkeln leuchten.
Bilder im Kopf, die sich nicht ordnen lassen.
Ich bin Naturwissenschaftlerin, habe einen Doktortitel, lese die *Science*, lese die *Nature*, ich bin alles, nur keine Esoterikerin. Ich glaube, was ich sehe, was jedoch, wenn ich sehe, was nicht ist?
In der Erinnerung des Psychotikers sind Ereignis und vermeintliches Ereignis in keiner Weise unterscheidbar.

Männerkapelle im Damen-WC, angeführt von Horrorclown. Äußerst unglaubwürdig. Nein, ausgeschlossen. Rendezvous mit einem Engel in der Bar. Gern hätte ich sein heißes Schwert in meiner kleinen, schockgefrorenen Möse gehabt. Eva himmlisch gefickt, Maria himmlisch gefickt, warum nicht ich?

Ich lenke mit links, raffe mit rechts das Kleid, der tauweiße Fleck ist noch da. Hebe den Stoff an meine Nase. Keine geschlechtsreife Frau, die diesen Duft nicht kennt.

In dem Moment verpasse ich die Abfahrt zum Dorf.

Es gibt nicht viele Ausfahrten von der schnurgeraden Straße zu den Ortschaften. So wenige, wie es Ortschaften gibt. Wie es von allem zu wenig gibt auf dieser verfickten Insel.

Ich halte an und betätige die Warnblinkanlage, obwohl kein Fahrzeug unterwegs ist. Man sieht sie Kilometer weit auf dieser Insel.

Rückwärtsfahren nicht meine Stärke, die Straße hinter mir ist schmal wie die Schneide eines Messers. Ebenso unmöglich ein Wendemanöver, links und rechts des Asphalts Schnee und Sand, mancher behauptet: Treibsand. Der verschlinge jeden Reifen, möglichenfalls den ganzen Wagen samt Fahrerin.

Der nächste Wendeplatz sechs Kilometer nördlich.

Ein Trilemma, eine Bedrängnis, aus der drei Möglichkeiten führen, alle mit unerwünschtem Ausgang.

Ich lehne mich zurück, brauche die Bremse nicht anzuziehen, die Insel ist flunderflach. Ich schließe die Augen. Durch meine Lider das Feuer der Warnlichter.

Eine Minute geschlafen oder dreißig. Der Motor läuft noch, östlich leuchtet das Schneefeld blau.

Ich richte mich auf, schalte die Innenbeleuchtung an, betrachte mich im Spiegel der Sonnenblende. Faltenfrei

gebotoxt, Haut über den Schädel gespannt, stecknadelkopfkleine Pupillen, helle, fast farblose Iris. Straff zurückgebundenes Haar, zwischen den Büscheln schimmert Kopfhaut. Lippenstift abhandengekommen, um den Mund ein blasser Rest des Lipliners. Eine Vergrößerung des Lippenvolumens mittels Filler habe ich stets für einen Eingriff gehalten, der jeder Erwartung zuwiderläuft.
Ich weiß nicht, warum ich schön sein soll, aber der Engel hat es gesagt, und ich glaube ihm. Ich schlage auf das Lenkrad.
Klappe die Sonnenblende zurück, lege den Rückwärtsgang ein, lasse die Kupplung kommen, ohne das Steuer zu berühren, durch das Inferno orange blinkender Wehen von Sand und Salz und Schnee, rückwärts, rückwärts, durch diesen Tunnel aus Eis. Augen weit aufgerissen, nach vorn gerichtet statt zurück, ich schreie, wenngleich mich niemand hört, nicht Hovard, nicht mein Engel, kein einziger Mann, ich war, bin und bleibe allein. Die Reifen packen den Untergrund, totes Getier, Sand, Gras und Schnee, da steht der Wagen vor der Ausfahrt: *K., 4 km.*
Ich falle zurück in den Sitz.

## *Sonntagmorgen*

Der Himmel verrät den Tag, weniger ein Leuchten, eher ermatten die Sterne.
Ich setze mich aufrecht, der BH schneidet in meinen nicht vorhandenen Busen. Die Benzinanzeige: *verbleibende Kilometer null.*
Ein Liter ist immer noch drin, sagt Hovard.
Im Schritttempo über die schmale Landstraße nach Osten. Einsame Höfe in Wehen von Schnee, in trübem Licht mistige Vorplätze, der Bauer in Stiefeln, ein kleiner, langsamer Mann.
In den Scheunen für die Kühe das Heu des Sommers, dafür geben sie Milch, fette Milch, fetter als alles, was auf dem Festland zu haben ist, sie schmeckt nach Inselgras. Aus der Stalltür dampft es, die Bäuerin tritt heraus, jeden Tag seit vier Uhr wach, bringt wochentags die Kinder vor sechs zur Fähre, die setzt sie über aufs Festland, die Schule liegt gleich hinter den Deichen. Sonntags helfen sie beim Misten. Es ist kein Leben für die Jungen, sie werden in die Städte gehen, einmal groß geworden, der Hof wird eine Pension.
Wer bekommt unser Walfängerhaus, wenn wir alt sind und sterben? Hovard ist schon alt.
Der Ortseingang. Auf der Hauptstraße gehen die Laternen aus, der Bäcker schließt auf und grüßt.
Im Dorf die meisten Pflastersträßchen freigeschaufelt, ebenso die Gehwege. Zu schaufeln hat ein jeglicher vor seinem Haus. Die Gemeindeordnung ist streng, Regeln für Eis und Schnee und Ruhezeiten können im Bürgermeister-

amt eingesehen werden. Daneben gibt es ungeschriebene Regeln für Schutz und Bewahrung der bürgerlichen Familie, weitergegeben von den Alten an die Jungen, wenngleich es nur wenige Junge gibt. Gern gesehen der Kirchenbesuch unter Erhalt der Sakramente sowie gegenseitige Einladungen zum Tee.
Zur Kirche gehe ich, aber nicht zum gemeinsamen Tee, das wissen die Weiber zu verhindern. Sie haben geboren, und damit genug, ihre Vulven grau gekränzt und undicht, gerade noch zum Pinkeln gut. Dann soll der Alte auch nicht dürfen. Sie stehen hinter den Gardinen wie an jedem Morgen.
Eine Kurve bis zu Hause, da tut es einen Donner, mir ist, als verdichte sich die Luft, in den Ohren zehn Gewitter, dabei ist der Himmel klar.
Zuerst sehe ich den Kran, ein knochiger Finger im bleichen Himmel, quer über das Walfängerhaus gestreckt. Ich fahre Schritt, und obwohl ich weiß, was kommt, liegt etwas um meinen Brustkorb wie Eis.
Die letzten Meter abgesperrt, ich halte vor dem weißen Band. Kranwagen mit Drehbühne, Häuschen und schwach beleuchtetem Führer. Dahinter Polizei und Krankenwagen. Wieder dieses Beben.
Ich greife Schlüssel und Tasche, steige aus, statt meiner Beine unter mir zwei Hölzchen, die können jeden Moment brechen.
Der Kranführer mit hohem Schädel und Wollmütze, mehr lässt sich nicht ausmachen im Morgenlicht. Er trägt ein Headset, ist damit befasst, den Kranarm zu richten. Wer immer den Mann befehligt, er muss in meinem Garten stehen.
Von dort kommt ein Polizist, geht den Weg entlang, der links vom Haus zur Straße führt. Wäre der Weg nicht von

Eis bedeckt, Sie würden erkennen, die Steine sind ausgetreten. Jahrhundertelang trug er die Frauen ins Heim, sie hielten Haus und Hof, nach einem Jahr auf rauer See kam der Mann, und manchmal kam er nicht, und es machte keinen großen Unterschied.
Der Polizist kommt auf mich zu, vorüber an Hovards Kammer, Hovards Bad, die Fenster sind geschlossen. Hovard legt Wert auf verriegelte Fenster und Türen. Der Junge hebt die Hand, Teller mir zugedreht, ein uniformierter Halbwüchsiger, noch nicht einmal ein Bartschatten. Ich kenne ihn nicht, aber ich weiß, wie diese Haut sich anfühlt. Er muss neu sein auf der Insel.
Ich bleibe stehen, der Junge nickt mir zu, den Mund zum Strich gekniffen. Er nimmt meinen Arm, führt mich zum Polizeiauto, seine Hand ist warm und weich wie die eines Kindes. Er öffnet mir hinten rechts, schiebt mich hinein, sagt mehrmals: So. Immer wieder: So.
Begibt sich auf die andere Seite, setzt sich neben mich, greift hinter die Lehne auf die Ladefläche, da liegen Kegel, Bänder, Werkzeug und drei oder vier Decken. Die hängt er mir um, und ich denke: Wie eigenartig, dass Decken immer kariert sind, egal ob zum Ficken oder für Schutz und Rettung.
Der Junge schiebt sich über die Vordersitze, drückt einen Schalter, der Motor startet und mit ihm das Gebläse.
Er sagt: Polizeimeister Strübing, und dass mir jetzt hoffentlich warm werde. Hat die Morgensonne im Gesicht, jetzt sehe ich den Bart, flusig und rotblond über der Oberlippe.
Ich nicke und nenne meinen Namen, und er: Das Haus gehört Ihnen?
Ja, sage ich, meinem Mann und mir.
Er zögert.
Ich frage: Haben Sie ihn gesehen?

Er nickt, ganz schwach zuckt sein Lid. Da weiß ich, das, was jetzt kommt, hat er noch nicht oft gesagt: Ja, und es tue ihm sehr leid, es sei ein Unglück geschehen.
Beobachtet mich, und weil ich mich nicht rege: Wissen Sie es schon?
Ich schüttele den Kopf, und er: Ich muss Ihnen leider mitteilen, dass Ihr Mann tot ist.

Zu hören, dass Hovard tot ist, ist etwas anderes, als es sich vorzustellen.
Wir sitzen, und nichts geschieht, nur die Sonne, die im Wagen aufgeht.
Strübing sagt: Ich habe Kaffee.
Stemmt sich auf, greift vorn eine Thermoskanne, Arme lang wie der Kran, obgleich er nicht sehr groß ist.
Er schraubt den Deckel ab, zieht ein Tuch aus der Hosentasche, wischt den Rand, schenkt ein: Bitte vorsichtig, heiß.
Die Hitze verwandelt meine Mundschleimhaut in einen Pelz.
Ich trinke in kleinen Schlucken und sage: Wir standen uns nicht sehr nahe.
Strübing setzt den Deckel zurück auf die Kanne.
Und ich denke, dass es nicht stimmt, was ich gesagt habe.
Ich frage: Was ist mit dem Haus?
Es tut mir sehr leid, sagt Strübing wieder, das Haus ist stark beschädigt. Ein Eisberg, der es während dem Hochwasser letzte Nacht gerammt hat.
Kurz macht er zwei Fäuste, Daumennägel kurzgebissen.
Ich sehne mich danach, den Kopf an seine Schulter zu legen, wenigstens an irgendwessen Schulter, aber Strübing sitzt aufrecht und könnte ferner nicht sein.
Ich wünschte, sie hätten einen Alten geschickt.

Ich frage: Kann ich ihn sehen?
Strübing fährt sich über das Kinn, dass die winzigen Stoppeln ein weiches Geräusch machen, er senkt zum ersten Mal den Blick.
Jetzt nicht, sagt er, wegen der Sprengung, aber in die hinteren Räume könne ich wohl rein, mir was holen.
Während wir aussteigen, sagt er: Es ist ja auch kein schöner Anblick, der Mann so unter dem Eis.
Und: Behalten Sie die Decke um.

Wir stehen vor dem Haus, die Eingangstür nur angelehnt, was Hovard missfallen dürfte, und ich frage mich, wann ich aufhören werde, ihn zu fürchten. Strübing geht voran und sagt: Warten Sie hier.
Verschwindet im Innern, ich höre Männer und eine Frau, ziehe die Decke um mich fester, mit jeder Detonation schwankt der Boden wie ein Schiff.
Strübing kehrt zurück und sagt: Okay, wir gehen nach rechts, und sehen Sie bitte nach unten. Ersparen Sie sich das.
Ich folge ihm in den Flur, im Haus ist es so kalt wie draußen. An der Garderobe Hovards Gummistiefel, Joppe und Südwester, alles in Gelb, als stünde er dort selbst. Ich sehe nicht nach unten, ich sehe in die Stube, aber da ist keine Stube mehr, da ist eine Wand aus reinstem grünem Eis.

Hovard sitzt auf meinem Bett, noch immer im braunen Pullover, den Rücken mir zugewandt. Das Fenster ist offen. Ich stehe fest, leibhaftig in der Mitte des Raumes, Geburtszimmer, Atelier, Sterbezimmer, ich könnte nicht klarer sehen.
Hovard sagt: Er ist über Nacht gekommen.
Spricht mit der jungen Hovard-Stimme.

Er sagt: Wäre die Sturmflut abgeflaut, eine Stunde eher oder zwei, ich läge dort nicht unter dem Eis.
Die Stoßwelle erreicht das Haus eine Hundertstelsekunde vor dem Knall.
Alles klingt. Auf dem Tisch die Vase mit meinen Geburtstagsblumen, die Fenster, das Innere der Standuhr, Akkord aller Töne, die sie schlägt, die höchste Note steht im Raum.
Hovard sagt: Das geht noch Stunden weiter so.
Ich sage: Erklär es mir, Hovard.
Er sitzt aufrecht, sein Rücken scheint nicht mehr zu schmerzen, und er sagt: Sie hängen Sprengstoff an den Kran und zünden ihn über dem Eis. Die Schockwelle verbreitet sich im Inneren.
Ich sage: Das meine ich nicht.
Das Zimmer hat sich in Richtung der See geneigt.
Ich sage: Ich meine das Morphium.
Hovard nickt.
Ich frage: Warum, Hovard?
Er dreht sich um, seine Augen sind hell.
Jedem seine Art, sich zu betäuben, sagt Hovard, den Schmerz am Leib, aber nicht nur den.
Er fügt hinzu: Oder dachtest du, den hättest nur du?
Ich umrunde das Bett, am Boden Tablett und Teller und Brötchen, ich setze mich neben Hovard. Das Laken hat Kaffeeflecken, und ich sage: Dass das erst gestern war.
Hovard nimmt meine Hand und sagt: Du hast nichts gegessen.
Er wendet mir den Kopf zu. So lange betrachtet hat er mich noch nie.
Er sagt: Versprich mir, dass du etwas isst.
Ich nicke und sage: Ich versprech's.
Draußen ist das Licht über seine Rosenhecke gestiegen. Mir ist, als lasse die Kälte nach.

Der nächsten Detonation folgt ein Krachen.
Hovard fragt: Hast du gehört? Ich muss jetzt gehen. Die Schockwelle hat das Eis gespalten.
Wir sehen uns an.
Gleich einer Axt, sagt Hovard, nur tausendmal stärker.
Und als ich nicht antworte, steht er auf und tritt ans Fenster.
Dreht sich noch einmal um und lächelt und sagt, im Übrigen habe es ihm den Kopf abgetrennt, wie ich das nun wieder hinbekommen hätte?
Und ich lächle auch.
Hovard sagt: Judith, Judith.

*Judith: »Nicht wahr, ich bin morgen noch nicht alt, und übermorgen auch noch nicht! Komm, wir wollen wieder spielen, aber was Besseres.«*
*Friedrich Hebbel: Judith. Eine Tragödie in fünf Akten*

FSC
www.fsc.org
MIX
Papier aus verantwortungsvollen Quellen
FSC® C014496


Lektorat © Frankfurter Verlagsanstalt
Umschlaggestaltung: Laura J Gerlach
unter Verwendung eines Motivs von © D. S.
Herstellung: Laura J Gerlach
Satz: psb, Berlin
Druck und Bindung: GGP Media GmbH, Pößneck
Printed in Germany
ISBN 978-3-627-00261-9